# 익사이터

무영자 판타지 장편 소설

**FANTASY STORY & ADVENTURE**

2

dream
books
드림북스

# 익사이터(Exciter) 2

초판 1쇄 인쇄 / 2011년 12월 20일
초판 1쇄 발행 / 2011년 12월 30일

지은이 / 무영자

발행인 / 오영배
편집팀장 / 신동철
책임편집 / 신동철
편집디자인 / 신경선
펴낸 곳 / (주)삼양출판사 · 드림북스

주소 / 서울특별시 강북구 송천동 322-10호
대표 전화 / 02-980-2112  팩스 / 02-983-0660
편집부 전화 / 02-980-2116  팩스 / 02-983-8201
블로그 / blog.naver.com/dreambookss

등록번호 / 제9-00046호
등록일자 / 1999년 3월 11일

값 8,000원

ISBN 978-89-542-4646-0 (04810) / 978-89-542-4644-6 (세트)

* 지은이와 협의하에 인지는 생략합니다.
* 잘못된 책은 구입한 곳에서 바꾸어 드립니다.

# 익사이터

### 무영자 판타지 장편 소설

**FANTASY STORY & ADVENTURE**

2

**dream**
books
드림북스

# Contents

# EXCITER

# CHAPTER
## 1

## 1.

구멍은 충분히 깊었지만 마법진의 광채로부터 시야를 가려줄 정도는 아니었다. 에를린은 덕분에 마물이 사라지는 모습을 두 눈 똑똑히 볼 수 있었다.

대체 뭐가 어떻게 된 건지는 알 수 없었다.

분명한 것은 두 가지.

마물은 사라지고 카잔은 남아 있다는 것뿐이었다. 그를 구하기 위해 움직일 이유로는 충분했다.

문제는 루틴이었다.

"내려가야 해요."

"안 됩니다."

"아직 살아 있을 수 있어요."

"이미 죽었을 가능성이 높습니다."

"늑대 씨는 절 구하기 위해서 목숨을 걸었어요."

"그 희생을 헛되이 하지 않기 위해서라도 당장 출발하셔야 합니다."

에를린은 입술을 질끈 깨물었다.

루틴은 한 치도 물러나지 않고 그녀를 마주 보았다.

비록 마물이 사라졌더라도 언제 다시 나타날지 모른다. 지금 당장 이곳에서 도망쳐도 부족할 판에 카잔의 시체를 구하기 위해 낭비할 시간 따위는 없었다.

에를린은 결국 최후의 수를 꺼냈다.

"루틴 경, 이건 명령이에요!"

"거부합니다."

녹색 눈동자가 크게 확장됐다.

루틴은 에를린에게 무뚝뚝하게 말했다.

"원하신다면 명령불복종으로 절 파직시키셔도 좋습니다. 하지만 후작가로 돌아갈 때까지, 저는 아가씨의 호위기사입니다."

"……!"

에를린은 할 말을 잃었다. 지금의 루틴에게 명령 따위는 안 통한다는 것을, 정 필요하다면 자신을 기절시켜서라도 강제로 끌고 가리란 사실을 깨달은 것이다.

깊은 침묵에 빠진 에를린과 루틴.

두 사람의 정적을 깨트린 것은 제삼자의 목소리였다.

"나한테 좋은 생각이 있는데, 들어볼래요?"

나라샤는 허공에서 솟아나듯 나타나 눈웃음을 지었다.

루틴은 반사적으로 검을 쥐며 나라샤를 경계했다.

에를린은 루틴을 제지하며 선뜻 고개를 끄덕였다.

"뭐든 좋으니까 말씀해보세요."

"기껏해야 내가 내려가보겠다는 얘기일 뿐이니까 그렇게 기대하실 필요 없는데요?"

"네?"

에를린은 뜻밖의 제안에 눈을 크게 떴다.

나라샤가 그런 위험을 자처할 줄은 몰랐던 것이다.

루틴 또한 예상 밖의 사태에 미간을 찌푸렸다.

"무슨 속셈이냐?"

"속셈이 뭐든 해가 되는 건 아니잖아요?"

"……."

루틴은 침묵을 지켰다. 사실 구멍으로 내려가는 것을 막은 이유에는 그녀의 존재 또한 한 몫을 하고 있었다.

나라샤로부터 에를린과 아크라드를 지키는 것만으로도 버거운 상황에 카잔까지 챙길 여유가 없었던 것이다.

하지만 정작 경계해야 할 당사자가 구출하겠다고 나서는 것을 말릴 이유까지는 없었다.

"좋다."

이후는 일사천리였다.

나라샤는 한 손에 횃불을 들었다.

그리고 가느다란 줄을 거목에 묶고 미끄러지듯 경쾌하게 구멍을 내려갔다.

카잔에게 다가가는 것은 그다지 어렵지 않았다.

문제는 카잔의 상태였다.

'……끔찍한 시체네요?'

카잔의 시체는 끔찍하다는 말로도 부족했다.

쩍 갈라져 내장이 훤히 드러난 복부.

하나같이 기묘하게 비틀린 사지.

피로 목욕이라도 한 것 같은 전신.

곳곳이 붓거나 파랗게 질려 있는 피부.

나라샤나 되기에 크게 동요하지 않는 것이지, 보통 사람이 봤다면 기절할 모습이었다.

'그런데……?'

나라샤는 고개를 갸웃거렸다.

잠시 의아해하던 그녀는 결국 카잔의 맥을 짚어보았다.

'……아직 살아 있네요?'

비록 당장이라도 끊어질 만큼 약하긴 해도 맥은 뛰고 있었고, 호흡 또한 가늘게나마 이어지고 있었다.

이 상태로 아직까지 살아 있다니!

정녕 기적이라고 해도 과언이 아니었다.

"고양이 씨! 늑대 씨는 어때요?"

나라샤는 힐끔 위를 올려다보았다. 지상에서는 에를린이 걱정스러운 표정으로 고개를 빠끔히 내밀고 있었다.

"살아 있는데요?"

나라샤의 대답에 위에서는 한바탕 난동이 일었다.

"만세! 살아 있대요!"

"아, 아가씨, 위험합니다!"

"괜찮…… 꺄악!"

나라샤는 폴짝폴짝 뛰다가 하마터면 구멍에 빠질 뻔한 에를린의 메아리를 들으며 눈웃음을 지었다.

"당장이라도 죽을 거 같으니까 너무 좋아하실 필요 없을 걸요?"

환호는 당장 절망으로 바뀌었다.

"일단 치료는 해볼 테지만 자신은 없답니다?"

나라샤는 크게 외치며 품을 뒤졌다.

바늘, 실, 붕대, 가위 등등.

여러 물품이 들어 있는 가죽 뭉치를 바닥에 펼쳐놓은 채, 나라샤는 도구를 하나하나 횃불로 달궈서 소독했다.

'흐응, 나도 참 별일이네요?'

나라샤는 속으로 중얼거렸다. 본래대로라면 다른 일 따위는 신경 쓰지 않고 아크라드를 탈취해서 도망치는 데만 전념했을 것이다.

하지만 이번만큼은 달랐다. 멋대로 미끼가 되어놓고는 자신에게 일방적으로 일행의 안전을 부탁해버린 이 괘씸한 사내를 그냥 버려두고 싶지 않았다.

'모처럼의 변덕인 걸까요?'

고양이를 닮은 여인은 눈웃음을 지으며 소독한 도구를 집어 들었다.

대수술의 시작이었다.


## 2.

시간이 흐르면 밤이 찾아오는 것이 순리.

하늘나무에도 어둠은 여지없이 찾아왔다.

짐마차가 박살 난 탓에 루틴은 엉망진창인 잔해에서 겨우거우 쓸 만한 것을 챙겨와 노숙 준비를 해야 했다.

불행 중 다행으로 공동은 제법 괜찮은 야영지였다. 하늘나무가 바람을 막아주는 데다, 특별히 춥지도 않았다. 덕분에 모닥불을 피우고 모포를 까는 정도로 야영 준비를 마칠 수 있었다.

타탁, 탁.

모닥불은 뜨겁게 불타올랐다.

일행은 모닥불 주위에 모여 그 열기를 나눠 받고 있었다.

딱딱한 얼굴의 루틴.

어두운 얼굴의 에를린.

피곤한 얼굴의 나라샤.

그리고…… 죽은 듯이 누워 있는 카잔.

창백한 얼굴, 굳게 감긴 눈, 복부를 칭칭 감고 있는 붕대, 사지에 붙어 있는 부목 등등.

카잔의 상태는 얼핏 보기에도 심각했고, 실제로는 그 이상이었다.

에를린은 물끄러미 카잔을 바라보았다.

"……늑대 씨는 언제쯤 깨어날까요?"

"모르겠는데요?"

나라샤는 어깨를 으쓱거렸다. 차크라에 능통한 자는 의술에도 해박하기 마련. 때문에 나라샤는 장장 한나절에 걸친 수술로 카잔의 몸뚱이를 그럭저럭 사람의 형상까지 복구해낼 수 있었다.

다만 그것이 그녀의 한계였다.

"상식대로라면 괴짜 씨가 살아 있는 게 말이 안 되거든요?"

"늑대 씨를 치료한 건 당신이잖아요."

"그러니까 하는 말인데요?"

복부가 갈라져 내장이 드러나기만 해도 치명상이거늘, 거기에 근육파열, 혈관파열, 신경손상, 전신탈골이 겹쳐 있었다.

신의 기적이 아니면 절대 살아날 수 없는 상태.

나라샤가 빈사상태의 카잔을 공동으로 올려 보낼 수 있었던 것도 회생 가능성이 없다고 판단했기 때문이다.

하지만 몇 시간이 지났음에도 카잔은 아직 죽지 않았다. 의식불명에 손가락 하나 까딱하지도 못하는 상태라지만, 어쨌거나 숨은 붙어 있었다.

'괴짜 씨는 운이 좋은지 나쁜지 모르겠네요?'

나라샤는 머리카락을 비비 꼬았다. 지금 그가 겪고 있을 통증을 생각하면 차라리 죽는 게 훨씬 나을 수도 있겠다는 생각이 든 것이다.

거기까지였다. 이제 더 이상 그녀가 카잔에게는 해줄 수 있는 일도 없었고, 해줄 필요도 없었다. 변덕으로 도움을 줬다지만 변덕은 변덕일 뿐이다. 당장 나라샤에게는 더 중요한 일이 있었다.

"자, 그럼 미뤄뒀던 이야기를 시작해볼까요?"

"무슨 얘기 말이죠?"

에를린은 의아한 표정으로 나라샤를 보았다.

루틴은 굳은 얼굴로 나라샤의 말을 잘랐다.

"너와 할 이야기 같은 건 없다."

"흐웅, 그래요? 그럼 나 그냥 가버려도 되는 거죠?"

나라샤는 눈웃음을 지으며 재차 물었다.

루틴은 눈썹을 파르르 떨었다.

에를린은 그제야 사태의 심각성을 깨달았다. 카잔이 이 상태인 이상, 루틴과 에를린을 무사히 대수림 밖까지 안내해줄 수 있는 인물은 나라샤뿐이다.

즉, 나라샤가 무엇을 요구하든 들어줄 수밖에 없는 처지라는 것이다.

"원하는 게 뭐죠?"

"아가씨!"

에를린은 단도직입적으로 물었다.

그리고 기함을 토하는 루틴을 달래기 위해 말을 덧붙였다.

"일단 조건만이라도 말해보세요. 받아들일지 말지는 그다음에 판단할 테니까요."

"생각보다 말이 통하네요?"

나라샤는 눈웃음을 지었다.

루틴은 그 모습을 보며 신음을 삼킬 수밖에 없었다. 어떤 조건이 나올지 짐작하고 있었기 때문이다.

"아크라드를 달라고 한다면 어떤가요?"

"그냥 혼자 가세요."

산뜻할 정도로 즉답이었다.

나라샤는 눈을 가늘게 뜨고 에를린을 바라보았다.

"내가 없다면 기사 오빠는 몰라도 당신은 살아 돌아갈 수 없을 걸요?"

"헛소리! 아가씨는 내가 지켜드릴 수 있다."

루틴은 버럭 노성을 내질렀다.

반론은 뜻밖의 인물에게 돌아왔다.

"맞아요. 전 아마 죽겠죠."

"아가씨, 저를 못 믿겠다는 말씀이십니까?"

"그럴 리가요. 루틴 경이라면 분명 가능하리라고 믿어요. 하지만 절세의 암살자가 대수림에 숨어 있는 상황에서 저와 아크라드를 함께 지키실 수는 없잖아요?"

"……!"

루틴은 이를 악물었다. 바로 그 점이야말로 루틴의 가장 큰 걱정이며, 나라샤가 자신만만해하는 이유였다.

비슷한 수준의 오러 수련자와 차크라 수련자가 싸우면 어떻게 될까?

해답은 잔인할 정도로 명확하다.

차크라 수련자는 오러 수련자를 이길 수 없다.

오러 수련자는 차크라 수련자를 막을 수 없다.

전투에 특화된 오러와 암살에 특화된 차크라의 차이로, 최소 한두 단계 정도의 수준 차이가 없는 한 이 법칙을 깨는 것은 불가능에 가까웠다.

만약 루틴이 혼자라면 걱정할 것 없다.

하지만 에를린을 호위하는 입장이라면 아무리 걱정해도 소용이 없다.

에를린 또한 그 사실을 잘 알고 있었다.

"그러니까 저를 두고 가세요. 쓸데없는 짐은 버리고 가는 게 좋잖아요?"

자신을 짐이라고 말하는 것치고는 가벼운 음성이었다.

"거부하셔도 상관없어요. 제가 자살해버리면 아무리 루틴 경이라도 절 데려갈 수는 없을 테니까."

"아가씨, 어찌 그런 말씀을……!"

루틴은 소리를 치던 도중 입을 다물었다.

무서울 만큼 맑은 녹색 눈동자 저편에서 흘러나오는 위압감 때문이었다.

"루틴 경, 저는 농담을 하고 있는 게 아닙니다."

더없이 차분하면서도 무거운 음성.

에를린은 오직 대귀족으로 태어나 자라난 이만이 가질 수 있는 권위를 뿜어내며, 천천히 나라샤를 돌아보았다.

"아시겠어요, 고양이 씨? 저를 걸고 하는 협박은, 루틴 경에게는 통해도 저에게는 통하지 않아요."

"글쎄요, 과연 안 통할까요?"

나라샤는 머리카락을 꼬았다.

에를린의 말이 허세가 아니라는 것은 분명했다.

하지만 루틴이 아크라드보다 에를린을 중시하는 이상,

기회는 남아 있었다.

적어도 제삼자가 끼어들기 전까지는 그랬다.

"글쎄올시다…… 아무래도 안 통할 거 같은뎁쇼?"

"……!"

세 사람은 동시에 고개를 돌렸다. 목이 부러지지 않을까 걱정될 정도로 엄청난 속도였다.

카잔은 모닥불 옆에 시체처럼 누운 채 히죽 웃었다.

"뭘 그렇게 놀라쇼?"

"늑대 씨!"

에를린은 환호성과 함께 감격의 포옹을 하기 위해 카잔에게 달려들었다.

루틴은 그 모습을 보며 기겁했다.

"아가씨, 놈은 지금 환자입니다!"

"아차차!"

에를린은 그제야 카잔이 손가락 하나만 찔러 넣어도 생사불명에 처할 수 있는 중환자임을 기억해냈다.

그때 에를린은 이미 카잔의 코앞에 도달해 있었다.

"와와와왓!"

쿠당탕!

앞으로 달려가던 속도와 불안전한 중심, 급격한 도약 등이 겹쳐진 결과, 에를린은 카잔을 훌쩍 뛰어넘어 데굴데굴 나뒹굴게 되었다.

참으로 장렬한 회피!

루틴은 레이디의 꼴불견을 차마 직시하지 못하고 한 손으로 얼굴을 감싸 쥐었다.

"······거참 성대한 축하 인사입니다그려."

카잔은 떨떠름한 표정으로 중얼거렸다.

에를린은 두 남자의 반응에도 아랑곳하지 않고 씩씩하게 몸을 일으켰다.

"늑대 씨, 정신이 좀 드세요? 제가 누군지 기억나요?"

"이 몸은 아가씨 정신이 더 걱정되는뎁쇼."

"괜찮아요. 기껏해야 손바닥 좀 까지고 흙먼지 좀 묻은 것뿐인데요, 뭐."

"참 씩씩하십니다그려. 캬하하하!"

카잔은 중환자답지 않게 유쾌하게 웃었다.

루틴이 다가온 것은 그때쯤이었다.

"아가씨, 제발 체통을 지켜주십시오."

"에이, 그거 좀 안 지킨다고 사람 안 죽어요."

"방금 하나 죽일 뻔하지 않으셨습니까."

"괜찮아요. 사람이 아니라 늑대잖아요?"

에를린은 태연히 말했다.

루틴은 일리가 있다는 듯 고개를 끄덕였다.

"하긴, 아가씨 품에 안겨서 죽는다면 늑대새끼에게는 과분하지요."

"거 너무하십니다요. 죽이려면 적어도 미녀의 품에 안겨 죽게 해주셔얍죠."

"맞을래요?"

"캬하하! 사양하겠습니다요."

에를린은 킬킬거리는 카잔을 보며 빙긋 웃었다.

이렇게 정신 나간 농담을 하고 있다 보니 카잔이 살아 있다는 실감이 들었다.

그때, 한 줄기 싸늘한 음성이 허공을 베었다.

"괴짜 씨가 깨어났다고 내 협박이 소용없을 것 같나요?"

에를린은 아차하는 표정으로 뒤를 돌아보았다. 카잔에게 정신이 팔려서 나라샤를 잊고 있었던 것이다.

카잔은 나라샤를 보며 히죽 웃어 보였다.

"안 그렇습니까요?"

일행이 나라샤에게 협박당했던 근본적인 이유는 길잡이의 부재 때문이다. 일단 카잔이 정신을 차린 이상, 나라샤의 협박이 힘이 잃은 것은 분명했다.

하지만 나라샤에게는 아직 남은 수가 있었다.

"당신을 죽이는 건 손바닥을 뒤집는 것만큼이나 쉬워요. 굳이 내가 당신을 죽이고 다시 협상을 시작하기를 원해요?"

나라샤는 차가운 눈으로 카잔을 바라보았다.

누가 뭐라고 해도 나라샤는 무법도시 제일의 암살자!

설령 루틴이라는 장애물이 있더라도, 카잔과 같은 중환

자를 죽이는 건 언제든지 가능했다.

카잔은 나라샤의 협박에도 불구하고 동요하지 않았다.

아니, 오히려 씨익 미소 지었다.

"고양이 아씨, 허세는 그만 부리십쇼."

에를린과 루틴의 머리 위에 물음표가 떠올랐다.

반면 나라샤의 얼굴은 바위처럼 딱딱하게 굳어졌다.

"……무슨 말이죠?"

카잔은 느긋하게 고개를 뒤로 젖혔다.

설명은 천천히 시작되었다.

"대수림의 관문을 파악하고 있다는 건 분명 장점입지요. 하지만 그렇다고 해서 고양이 아씨 혼자서 대수림을 빠져나갈 수 있는 건 아닙죠."

에를린의 입이 벌어지고, 루틴의 눈살이 찌푸려졌다.

카잔은 천장에 시선을 고정한 채 느긋하게 말을 이어갔다.

"방패막이가 없는 현재, 혼자서 살아나갈 확률은 기껏해야 20퍼센트. 적어도 기사 나리의 도움을 받아야 50퍼센트가 넘고, 이 몸의 안내까지 있어야 90퍼센트 이상이 됩지요. 그런데도 이 몸을 죽이고 기사 나리와 싸우겠다는 말씀이십니까요?"

나라샤의 표정에는 변화가 없었다.

바로 그렇기에 에를린과 루틴은 카잔의 말이 사실이라는

것을 깨달을 수 있었다.

"고양이 씨, 당신…… 우릴 속였군요?"

에를린은 기가 막힌다는 표정으로 나라샤를 바라보았
다.

어차피 대수림에서 빠져나가기 위해서는 서로의 협력이
필수적이다. 나라샤는 그 사실을 뻔히 알면서도 허세와 공
갈로 아크라드를 손에 넣으려 했던 것이다.

나라샤의 침묵은 길게 이어졌다.

한참의 시간이 지났을 때, 그녀는 결국 한숨과 함께 두
손을 들어 올렸다.

"아크라드는 포기할 수밖에 없겠네요?"

"현명한 선택이십니다요."

카잔은 히죽거리며 고개를 끄덕였다.

나라샤는 싱긋 눈웃음을 지었다.

아크라드를 획득할 기회가 날아가긴 했어도 그녀에게는
아직 쓸 만한 카드가 남아 있었다.

"하지만 나를 적으로 두면 당신들도 꽤 귀찮아질걸요?"

"뭐어, 그건 그렇습죠."

카잔은 선선히 고개를 끄덕였다.

대수림에서 나라샤와 같은 암살자를 적으로 돌린다는
건 자살행위에 가깝다.

게다가 나라샤의 협력 없이 대수림에서 생환하기 힘든 것

은 일행 또한 마찬가지.

거기에 나라샤의 마지막 노림수가 있었다.

"그러니까 타협하면 어떨까요?"

"무슨 타협 말씀입니까요?"

"대수림을 벗어난 뒤, 아크라드의 힘을 잠깐만 빌려주겠다면 협력하겠어요. 나쁜 조건은 아니죠?"

나라샤의 제안에 에를린과 루틴은 눈을 깜빡거렸다.

카잔 또한 의아한 표정으로 고개를 갸우뚱거렸다.

"아크라드의 힘이라니. 뭘 어디에 쓰려고 그러십니까요?"

나라샤는 싱긋 눈웃음 지었다.

"내가 원하는 건 아크라드의 힘으로 누군가를 치료하는 거예요. 그거면 설명은 충분하겠죠?"

성검 아크라드가 십대비보 중에서도 최고의 보물로 꼽히는 것은 단지 뛰어난 명검이기 때문만은 아니다.

독과 저주를 물리치고 모든 병을 치유할 수 있는 힘!

그것이야말로 나라샤가 아크라드를 노리는 이유였다.

물론 오러 블레이드 못지않게 강력한 파괴력은 누구에게나 매혹적인 것이지만, 나라샤는 아크라드의 치유력을 잠깐 빌리는 것만으로 만족할 수 있었다.

문제는 에를린과 루틴의 반응이었다.

"환자를 치료하기 위해서…… 라고요?"

에를린은 당황한 표정을 숨기지 못했다.

루틴의 굳은 얼굴에도 희미하게 곤혹감이 묻어났다.

나라샤는 의아해했다. 아무리 생각해도 이건 곤란해할 만한 조건이 아니었던 것이다.

에를린이 말문을 연 것은 한참 뒤의 일이었다.

"미안해요, 고양이 씨."

"빌리는 것조차 안 된다는 건가요?"

"아뇨. 빌려드리는 것은 얼마든지 가능해요."

"그럼 뭐가 문제죠?"

나라샤의 눈이 가늘어졌다.

에를린은 복잡한 표정으로 그녀를 마주 보았다.

착잡함과 안타까움, 그리고 죄책감이 섞인 얼굴이었다.

"아크라드에 병을 치료하는 힘 같은 건 없어요. 아니, 아예 저주나 독을 막는 힘 자체가 존재하지 않아요."

"……!"

나라샤는 뜻밖의 고백을 듣고 눈을 크게 떴다.

잠시 후, 그녀는 눈웃음을 지었다.

"내가 아는 것과는 다른데요?"

웃고 있는 눈매와 달리 싸늘한 눈동자.

에를린은 나라샤의 눈을 마주 보며 고개를 끄덕였다.

"예, 세간에 알려진 것과는 다르죠. 하지만 아크라드에 그런 힘이 있다면 왜 늑대 씨를 치료하는 데 쓰지 않았겠어요?"

나라샤의 눈꼬리가 파르르 떨렸다.

에를린의 설명은 얄미울 만큼 논리적이었다.

하지만 나라샤를 설득하기에는 부족했다.

"당신 말대로라면 왜 아크라드에 기적의 힘이 있다는 소문이 도는 거죠?"

"그건……."

에를린은 말을 끝맺지 못했다.

망설임이나 죄책감 때문이 아니었다.

다른 사람이 대답을 대신해주었기 때문이다.

"왜냐면 고의적으로 만든 헛소문이라 그렇습니다요."

마치 공기가 얼어붙는 것 같았다.

루틴과 에를린은 경악한 표정으로 카잔을 바라보았다.

나라샤 또한 얼음장처럼 싸늘한 눈으로 카잔을 주시했다.

"무슨 소리죠?"

카잔은 어깨를 으쓱…… 거리려다가 신음을 흘렸다. 잠시 몸 상태를 잊은 대가였다.

"끄응……. 말씀 그대로입니다요. 아크라드에 기적의 힘이 있다는 건 고의적으로 만들어진 헛소문이죠. 실제로 500년 쯤 된 고문에는 아크라드에 그런 힘이 있다는 언급이 어디에도 없습죠."

"나보고 그 말을 믿으란 건가요?"

"믿지 않으셔도 사실은 사실입니다요."

카잔은 태연하게 대답했다.

나라샤는 황금빛 눈동자를 바르르 떨었다.

"누가? 왜?"

질문조차 되지 못한 의혹.

카잔은 그 해답을 알려주었다.

"독이 없더라도 뱀은 무섭고, 싸움닭은 싸우기 전에 몸을 부풀리는 법입죠."

이유는 간단하다.

헛소문을 퍼트림으로써 독이나 저주를 사전 차단하는 것!

물론 혹시나 하고 시도하는 자가 있긴 하겠지만, 그래도 한 번쯤은 독이나 저주를 쓰는 것을 망설일 것이다.

오직 대륙십대비보를 이용했기에 가능한 사기극이었다.

"그렇지 않습니까요, 아가씨?"

"……."

에를린은 창백한 얼굴로 고개를 숙였다.

나라샤가 소문의 유포자를 깨닫기에는 그걸로 충분했다.

아크라드를 가장 오래 가지고 있던 이들은 누굴까?

전 대륙에 헛소문을 퍼트릴 정도의 힘을 가진 가문은 어딜까?

대답은 명백했다.

하지만 나라샤는 그 말을 믿을 수 없었다. 아니, 믿고 싶지 않았다.

"그렇다면 당신은 왜 아크라드를 찾아온 거죠? 고작 잘드는 검 하나를 얻으려고 대수림까지 찾아온 건가요?"

"제가 아크라드를 찾아온 이유는……."

에를린은 말꼬리를 흐렸다.

본래 그것은 함부로 외부인에게 얘기할 수 있는 사항이 아니다. 하지만 어차피 비보에 대한 사기극까지 드러난 마당에 그런 것을 숨기고 있다는 것도 우스운 일이다.

에를린은 결국 진실을 고백했다.

"솔직하게 말씀드리죠. 어떤 저주를 풀기 위해서예요."

"이제 와서 말을 뒤집으시는 건가요?"

"아니요."

에를린은 조용히 고개를 내저었다.

곧이어 에를린의 설명이 시작됐다.

"제게는 오라버니가 한 분 계세요. 그런데 얼마 전 생일에 어떤 선물을 받고 쓰러지셨죠. 조사 끝에 선물에 저주가 걸려 있었다는 건 알아냈지만, 문제는 그 저주를 풀 방법이 없다는 거였어요."

"훗! 후작가의 도련님이 쓰러지셨는데 사제 한 명 부르지 못했다고요?"

"대체 어떤 사제가 커스 마스터(curse master)의 저주를 풀수 있겠어요."

"……!"

나라샤는 흠칫했다.

세상에 일곱 명밖에 없는 매직 마스터!

커스 마스터는 그중에서도 저주에 뛰어난 흑마술사로, 커스 마스터의 저주는 본인이 아니면 누구도 풀 수 없는 것으로 악명 높았다.

다만 예외가 있다면 하나뿐.

"저주의 매개물을 파괴하기 위해서…… 성검을?"

"예. 오리움으로 만든 물건을 파괴하는 방법은 오리움을 쓰는 것뿐이니까요."

오리움은 세상에서 가장 강인한 금속!

특히 오러에 반응하는 성질이 뛰어나 검을 만들면 명검이 되고 방패를 만들면 오러 블레이드조차 막아낼 수 있다.

아크라드가 바로 그 대표적인 예였다.

결국 납득하고 말았기 때문일까.

아니면 더 이상 그들을 의심하기에 지친 것일까.

나라샤는 주먹을 꽈악 움켜쥐었다.

파랗게 질렸던 얼굴은 창백하게 변했다.

의심은 허무를 넘어 절망으로 떨어졌다.

털썩.

나라샤는 허물어지듯 무릎을 꿇었다.

"나는…… 또 실패했군요?"

새하얀 두 손이 땅을 짚었다.

"무지개를 찾아다닌 바보가 돼버렸군요?"

가느다란 손가락이 흙먼지를 그러모았다.

"결국 내 동생을 구하지 못한 거로군요?"

손등 위로 하나둘씩 물방울이 떨어져 내렸다.

일행은 침묵했다.

눈웃음 대신 흘러나온 눈물은 너무나 서글펐고, 쾌활한 목소리 대신 새어나온 한탄은 너무나 애달팠다.

에를린은 죄책감에 가슴이 조이는 느낌을 참을 수 없었다.

"미안해요."

"……뭐가 미안하다는 건가요? 당신의 가문이 헛소문을 퍼트린 게? 내 마지막 희망까지 빼앗아간 게?"

나라샤의 목소리는 점차 날카로워졌다.

극에 이른 슬픔은 점차 분노로 화해갔다.

"아무것도 모른 채 발버둥치는 나를 구경하고 희롱하는 게 재밌었나요?"

"당신의 심정은 이해해요. 하지만……."

"이해한다고요?"

에를린은 흠칫하며 뒤로 물러났다.

루틴은 반사적으로 검을 뽑아 들고 앞을 가로막았다.

천천히 몸을 일으키며 살기를 뿜어내는 나라샤의 모습이 그들을 긴장케 했다.

"뭘 이해한다는 거죠? 당신들이 뭘 안다고? 하루하루 돌처럼 굳어가는 동생을 내가 어떤 심정으로 봐야 했는지 이해한다고요?"

에를린은 아무 말도 할 수 없었다.

심장을 베어들 듯이 오싹한 살기가, 단 한마디라도 하면 죽여버리겠다고 말하고 있는 듯한 금빛 눈동자가 에를린을 공포로 떨게 만들었다.

한 줄기 목소리가 끼어든 것은 그때였다.

"이해할 수 있을 리가 없잖습니까요."

나라샤의 황금빛 눈동자가 카잔을 향했다.

카잔은 섬뜩한 살기를 받으면서도 동요치 않았다.

"사람이 사람을 이해할 수 있다는 건 오만입죠. 알고 있잖습니까요?"

카잔은 히죽 웃으며 말했다.

나라샤는 침묵 속에 카잔을 노려보았다.

얼마나 시간이 지났을까.

마치 영원히 이어질 듯만 싶던 정적이 끝난 것은, 나라샤가 고개를 떨어트린 순간이었다.

"후…… 후후후훗."

웃음소리는 낮고도 가늘었다.

나라샤는 고개를 들며 머리카락을 쓸어 넘겼다.

그녀의 눈가에는 평소와 같이 옅은 웃음기가 맺혀 있었다.

"내가 추태를 보였네요?"

"괜찮습니다요. 미녀는 추태조차 예쁜 법이니 말입죠."

"칭찬 고맙다고 해줄까요?"

"뭐, 사실을 말했을 뿐입니다요."

대화는 평탄하고도 잔잔하게 이어졌다.

하지만 에를린과 루틴은 긴장감을 풀지 못했다. 지금의 평온이 살얼음판처럼 아슬아슬하게 이어지고 있다는 것을 느끼고 있었기 때문이다.

나라샤는 살짝 눈웃음을 지었다.

"잠깐 산책 좀 다녀올게요. 괜찮죠?"

"흐음, 혼자 있고 싶으신가 봅니다그려."

나라샤는 피식 웃으며 몸을 돌렸다.

공동 밖을 향하는 걸음은 무겁고도 나약했다. 에를린은 측은한 눈으로 나라샤를 바라보았다. 마음 같아서는 따라가서 그녀를 위로해주고만 싶었다.

하지만 애초부터 그들은 동료가 아니었다.

더구나 나라샤에게 절망을 주고 그녀의 애한을 들은 에를린으로서는 감히 그녀를 따라갈 수가 없었다.

결국 에를린은 힘없이 고개를 숙였다.

카잔이 입을 연 것은 그때였다.

"처음에는 별다른 증상이 없습죠. 하지만 시간이 지남에 따라 뼈가 돌처럼 굳어가고 통각이 마비되기 시작합니다요. 개개인에 따라 차이가 있지만 피부, 근육을 거쳐 내장까지 경화되면 심장마비로 죽게 됩죠."

에를린과 루틴은 멍하니 카잔을 바라보았다. 뜬금없이 무슨 말을 하는지 이해할 수 없었기 때문이다.

그리고 또 한 명, 두 사람과는 다른 이유로 굳어진 여인이 있었다.

카잔은 그녀의 뒷모습을 보며 씨익 웃었다.

"스톤 시크니스(stone sickness). 치료법마저 없는 희귀병…… 이라고 알려져 있습죠."

깨달음은 뒤늦게 찾아왔다. 에를린은 그제야 카잔이 말한 것이 나라샤가 치료하고자 하는 병임을 눈치채고 분노했다.

떠나는 사람의 마음에 못을 박다니!

하지만 카잔의 말은 끝난 것이 아니었다.

"뭐, 치료법이 있긴 하지만 말입죠."

파앗!

카잔이 혼잣말처럼 중얼거린 순간, 나라샤의 모습이 감쪽같이 사라졌다.

루틴은 반사적으로 에를린을 감싸며 뒤로 물러났다.

하지만 나라샤의 목표는 그들이 아니었다.

스릉.

대체 언제 나타난 것일까.

나라샤는 카잔의 가슴 위에 올라탄 채 단검을 들이댔다.

카잔은 그녀를 올려다보며 히죽 웃었다.

"고양이 아씨 같은 미녀가 이 몸에게 올라타주시다니, 이거 영광입니다그려."

"치료법은 뭐죠?"

나라샤는 카잔의 농담에 흔들리지 않았다.

아니, 오히려 그 어느 때보다 냉혹하고도 스산한 목소리로 물었다.

카잔은 아쉽다는 듯 입맛을 다셨다.

"맨입으로 말씀드릴 수는 없는뎁쇼."

"내가 고문을 하게 만들 셈인가요?"

"고양이 씨!"

나라샤는 에를린의 비명을 무시했다. 지금 그녀는 장난을 하고 있는 것이 아니었다. 치료법이 있다면 반드시 얻어내고야 말겠다는 각오와, 없는 치료법으로 자신을 우롱하는 거라면 결코 용서할 수 없다는 분노가 나라샤 마음을 얼어붙게 만들었다.

카잔은 히죽 웃었다.

"원하신다면 얼마든지 하십쇼. 뭐, 가능할는지는 모르겠지만 말입죠."

"……."

나라샤의 눈동자가 흔들렸다. 대수림을 빠져나가기 위해서는 카잔을 죽일 수 없다.

무엇보다 현재 카잔의 상태는 그야말로 최악!

나라샤가 가슴 위에 주저앉기만 해도 죽을 지경이었다.

카잔은 오히려 그것을 이용해 나라샤를 협박하고 있었다.

"……뭘 원하는 거죠?"

결국 백기를 든 것은 나라샤였다. 나라샤에게 있어 스톤 시크니스의 치료법은 목숨을 걸고서라도 손에 넣어야 하는 것이었으니까.

카잔은 그녀를 보며 씨익 웃었다.

"이번 일이 끝나고 나면 치료법을 찾아드립죠. 대가는 그 뒤에 말씀드리겠습니다요."

나라샤는 물끄러미 카잔을 바라보았다.

반드시 닫혀 있던 입술이 열린 것은 잠시 뒤였다.

"당신…… 정말 이해할 수 없는 악당이네요?"

"말씀드리지 않았습니까요. 어차피 사람은 사람을 이해할 수 없다고 말입죠."

카잔은 히죽 웃으며 한마디를 더했다.

"뭐, 이해 못해도 도울 수는 있지만 말입니다요."

"그런가요?"

나라샤는 피식 실소했다.

뒤이어 평소와 같은 눈웃음을 떠올렸다.

"좋아요. 이번 일이 끝날 때까지는 당신을 도와줄게요."

"캬하하하. 이거 고맙습니다그려."

"단."

나라샤는 짧은 한마디와 함께 허리를 숙였다.

더불어 카잔의 귓가에 입술을 바짝 붙인 채, 연인에게 속삭이듯 나지막이 말을 이었다.

"만약 그 알량한 후작가 따위를 믿고 나를 우롱한 거라면 가만두지 않을 거예요. 내 모든 것을 걸고 반드시 당신을 세상에서 가장 끔찍하게 죽여버리겠어요. 알겠죠?"

뚜두둑!

단순한 공갈이 아님을 증명하기 위해서일까.

나라샤는 카잔에게 밀착한 채 살짝 체중을 더했다.

카잔의 몸은 그것만으로 뼈가 비틀리는 소리를 토해냈다. 그야말로 어지간한 고문 못지않은 고통!

하지만 카잔은 카잔이었다.

"이야, 역시 고양이 아씨는 안는 맛이 있습니다그려."

카잔은 부드럽고도 탄력적인 감촉을 느끼며 낄낄거렸다.

나라샤는 눈웃음을 지으며 몸을 일으켰다.

"원하면 언제든 말해요. 포옹이야 아까울 거 없잖아요?"

"캬하하, 그럼 다음에도 부탁드리겠습니다요."

루틴은 그들을 보며 한숨을 내쉬었다.

나라샤는 뛰어난 실력자인 만큼 많은 도움이 될 것이다. 허나 카잔 못지않은 괴짜가 둘이 된다고 생각하니 어쩐지 머리가 아파왔다.

"어쨌든 일이 잘 풀려서 다행입니다."

루틴은 혼잣말처럼 짧게 중얼거렸다.

에를린은 묘한 눈으로 두 사람을 바라보다가 한 박자 늦게 대답했다.

"흐응…… 아, 네? 네, 그러네요."

"……어디 편찮으십니까?"

"아뇨, 아뇨. 편찮다니요. 그럴 리가 없잖아요?"

에를린은 싱글싱글 웃으며 대답했다.

분명 웃고 있음에도 어딘지 모르게 무섭게 느껴지는 얼굴이었다.

루틴은 그 모습을 보며 힘없이 고개를 숙였다.

'둘이 아니라 셋이군.'

점차 늘어가는 괴짜의 틈바구니에서 그저 한숨을 내쉴 수밖에 없는 루틴이었다.

# 3.

마물을 피해 숲 속으로 피신했던 다섯 번째 일행이 찾아온 것은 이튿날 아침이었다.

히히히히힝!

"여어, 어르신. 무사하셔서 다행입니다요."

카잔은 알렉산드리아 13세를 보며 히죽 웃었다.

상처를 치료받지 못한 13세의 몰골은 엉망진창이었지만, 알렉산드리아 종 특유의 강건한 생명력 덕분에 운신하기에 부족함이 없을 정도로 회복되어 있었다.

중환자를 어떻게 데려갈지 골머리를 썩고 있던 일행에게 13세의 등장은 둘도 없는 희소식이었다.

일행은 귀환 준비를 시작했다.

루틴은 짐마차의 잔해로 수레를 만들기 위해 고전분투를 했고, 나라샤는 관문 통과에 필요한 해독제 등을 준비하느라 바쁘게 움직였다. 에를린 또한 놀지 않고 카잔의 간호와 일행의 식사를 책임졌다.

카잔은 중환자임에도 가장 바쁜 사람이 되었다. 루틴에게는 수레 만드는 방법을 알려주고, 나라샤에게는 관문에 대한 조언을 주고, 에를린에게는 빨래 등등을 가르쳐줘야 했기 때문이다.

각자가 최선을 다한 덕분에 귀환 준비에는 많은 시간이

걸리지 않았다.

알렉산드리아 13세의 몸도 그쯤에는 완쾌되어 있었다.

하늘나무에 머문 지 열흘째 아침.

카잔의 기운찬 외침이 울려 퍼졌다.

"자, 그럼 출발입니다요!"

돌아오지 않는 자의 숲, 대수림에서의 귀환은 그렇게 시작되었다.

CHAPTER

2

# 1.

어스름한 새벽녘.

한 무리의 일행이 무법도시에 진입해왔다.

넝마나 다름없는 옷과 먼지투성이 몸뚱어리, 피로에 찌든 일행의 몰골은 거지조차 혀를 내두를 정도로 형편없었다.

"우와아! 루틴 경, 루틴 경! 보세요, 도시예요!"

먼지투성이 여인은 초록색 눈동자를 초롱초롱 빛냈다.

"예, 무법도시가 이렇게 반갑게 느껴질 줄은 몰랐습니다."

건장한 사내는 감개무량한 표정으로 고개를 끄덕였다.

수레에 누워 있던 환자와 옆에 있던 흑발의 미녀는 그들을 보고 피식 실소를 흘렸다.

"캬하하! 많이 힘드셨나 봅니다요."

"흐응, 아무래도 여행이 익숙하지 않은가 보네요?"

푸르릉.

수레를 끌고 있던 노마는 동의하듯 콧김을 내뿜었다.

두 남녀에 비하면 그들은 별로 지친 편이 아니었다. 방금 대수림에서 귀환한 입장이라는 것을 고려해볼 때, 오히려 지나칠 정도로 멀쩡한 편이었다.

"흠, 이 몸은 한 일 년쯤은 더 여행해도 상관없는데 말입니다요."

카잔은 수레에 누운 채 느긋하게 중얼거렸다.

루틴은 잡아먹을 듯한 눈으로 카잔을 노려봤고, 에를린은 불쌍하게도 축 늘어져버렸다.

카잔은 그들을 보며 낄낄거렸다.

"거 농담 좀 한 거 가지고 너무 기죽지 마십쇼. 적어도 하루쯤은 무법도시에서 쉬어갈 예정이니 말입니다요."

"그 거짓말, 정말이에요?"

에를린은 의심 어린 눈으로 카잔을 보았다.

카잔은 히죽 웃었다.

"아무래도 등이 쑤셔서 말입죠. 좀 편한 마차를 구해서 갈 예정입니다요."

루틴은 수레를 만든 장본인으로서 끄응 앓는 소리를 냈다.

반면 에를린은 폴짝폴짝 뛰며 좋아했다.

"만세! 루틴 경, 들었어요? 마차래요, 마차!"

"너무 좋아하실 거 없습니다요. 짐마차 이상은 구할 생각이 없으니 말입죠."

"무슨 배부른 소리예요? 마차를 타고 갈 수 있다는 것만 해도 다행이죠!"

에를린은 씩씩하게 외쳤다.

루틴은 그 말을 듣고 한숨을 내쉬었다.

사두마차를 타고 다녀도 부족함이 없는 후작가의 영애가 기껏해야 짐마차 하나에 환호하는 처지가 될 줄이야!

카잔은 수레에 누운 채 피식 웃었다.

"그럼 둘로 갈라져서 한쪽은 마차를 구해보고, 한쪽은 숙소를 찾아봅죠. 어떠십니까요?"

"좋아요!"

"제가 마차를 구해보겠습니다."

에를린과 루틴은 두말없이 승낙했다.

느닷없는 음성이 들려온 것은 그때였다.

"큭큭, 거기 부랑자들!"

일행은 목소리를 따라 시선을 돌렸다.

목소리의 주인은 길거리의 한구석에 주저앉아 있었다. 꼬질꼬질한 옷과 덥수룩한 수염, 한 손에 쥐고 있는 술병까지, 영락없는 주정뱅이의 몰골이었다.

사내는 비웃음이 담긴 눈으로 일행을 노려보았다.

"무법도시가 무슨 화전촌인 줄 알고 찾아온 모양인데, 당장 꺼지는 게 좋아. 여긴 댁들 같은 쓰레기가 찾아올 곳이 아니라고."

"뭣이 어째!"

루틴은 노성을 토하며 검을 움켜쥐었다. 호랑이도 간이 졸아들 정도로 사나운 기세였다.

사내는 루틴의 기세를 앞두고도 꿈쩍도 하지 않았다. 아니, 오히려 루틴을 비웃었다.

"왜? 죽여보시게? 마음대로 하시지. 어차피 댁들도 내일쯤에는 강간당하고 창관에 팔려가든지 노예로 팔려가든지 죽든지, 셋 중 하나가 될 테니까. 큭큭큭!"

"이이이……!"

너무나 분노했기 때문일까.

루틴은 뻘겋게 달아오른 얼굴로 몸을 떨었다. 에를린의 만류가 아니었다면 기어코 사내의 목을 베어버렸을 것이다.

나라샤는 사내를 보며 고개를 갸웃거렸다. 사실 무법도시에서 주정뱅이를 보기란 쉽지 않다. 고주망태로 취해 있다가는 다음 날 내장 하나가 사라진다는 농담이 실제로 벌어지는 곳이기 때문이다.

그런 면에서 사내의 존재는 특이한 것이었다.

하지만 나라샤가 고개를 갸웃거리는 건 다른 이유에서였

다.

어쩐지 사내의 얼굴이 낯익었기 때문이다.

"저기 당신, 혹시 루바란 아니에요?"

"뭐?"

나라샤의 말에 사내는 미간을 찌푸렸다.

취해서 흐리멍덩한 눈으로 나라샤를 바라보길 잠시.

사내는 기겁하며 몸을 튕겨 일으켰다.

"나라샤!"

"이야, 몰라보게 변했네요?"

나라샤는 싱긋 눈웃음을 지었다.

무법도시의 치안을 책임지는 조직, 블랙 하운드의 대장 루바란은 두 눈을 부릅뜨며 나라샤를 바라보았다.

"다, 당신이…… 어떻게?"

루바란의 얼굴은 유령을 본 것처럼 변했다. 대수림으로 가겠다며 사라졌던 나라샤의 귀환이 워낙 충격적이었던 것이다.

"오히려 내가 묻고 싶은데요? 당신, 어떻게 된 거예요?"

나라샤는 고개를 갸웃거렸다.

블랙 하운드는 단순히 무법도시의 치안을 관리하는 조직이 아니다. 무법도시의 모든 물류와 분쟁을 중재하는 조직이며, 그것은 즉 전 대륙의 범죄 조직에 영향력을 가지고 있다는 뜻이기도 하다.

헌데 블랙 하운드의 수장 루바란이 이런 주정뱅이 몰골로 길거리에 뒹굴고 있다니?

곧바로 루바란을 알아보지 못한 것도 무리는 아니었다.

나라샤의 질문이 급소를 찌른 것일까. 루바란은 잔뜩 얼굴을 일그러트렸다.

"나는 망했소."

"망해요?"

"그렇소."

루바란은 시니컬하게 웃으며 다시 주저앉았다.

그리고 술병을 기울이며 나라샤가 떠난 뒤에 벌어진 일을 얘기해주었다.

"루다아르네는 홀랑 불탔지, 탐험가들이 쳐들어오며 성벽까지 무너졌지. 그 책임은 모조리 내가 뒤집어썼소. 큭큭!"

블랙 하운드가 아무리 강해도 무법도시 전체를 상대할 수는 없다.

루바란은 모든 자금과 세력을 내놓고 쫓겨나야 했고, 블랙 하운드는 갈가리 찢겨져 다른 조직에 흡수되었다.

덕분에 이 모양 이 꼴이 된 것이다.

나라샤는 눈을 가늘게 떴다.

"흐응. 당신, 용케도 살아 있네요?"

"큭큭큭. 그건 다 당신 덕분이오."

"내 덕이요?"

나라샤는 눈을 깜빡거렸다.

루바란은 피식 웃으며 벽에 등을 기댔다.

"댁이 떠난 뒤 새끼 거미들이 가만있었을 거 같소? 당연히 무법도시를 뒤집어났지."

거미소굴은 무법도시 최강 최악의 조직!

수장인 나라샤가 자리를 비웠다고 그 이름이 사라지는 것은 아니었다. 아니, 오히려 통제할 수 있는 유일한 사람이 없는 만큼 더 골치 아파졌다.

"당신을 찾아내라며 구석구석 헤집고 다니더군."

"이런, 이런. 우리 아이들이 폐를 끼쳤네요?"

"신경 쓸 필요 없소. 덕분에 나는 목숨을 건졌으니까."

루바란은 실소했다.

범죄 조직의 수장들이 새끼 거미들 때문에 골머리를 썩다가 해결책으로 내놓은 것이 바로 루바란이었다.

나라샤를 마지막으로 만난 건 루바란이다.

그러니까 나라샤가 돌아오지 않으면 루바란의 책임이다!

무슨 애들 장난 같은 덮어씌우기였다.

사실 그렇기에 통한 수작이기도 했다.

"덕분에 내 목은 새끼 거미들한테 저당 잡혔지. 큭큭큭."

"흐응, 일이 그렇게 된 거군요?"

나라샤는 눈웃음을 지었다.

마구잡이로 무법도시를 헤집고 다니다가, 나중에는 지루

해져서 손을 뗐을 새끼 거미들의 모습이 눈에 훤히 보였다.

"뭐, 이제는 그 저당도 끝났지만 말이오."

루바란은 술병을 내려놓으며 중얼거렸다.

나라샤가 돌아온 이상 새끼 거미들이 날뛸 일은 없다. 고로 범죄자들은 마음 놓고 루바란을 도살할 것이다.

"저런. 안됐네요?"

나라샤는 눈웃음 지었다. 걱정은커녕 동정심도 보이지 않는 얼굴이었다.

애초부터 루바란과는 안면만 트고 있는 사이에 불과하다. 더구나 이곳은 무법도시. 쓸데없는 오지랖으로 남을 도울 수 있는 곳이 아니었다.

정작 동정심을 드러낸 것은 다른 사람이었다.

"진짜 불쌍하네요."

에를린은 딱한 눈으로 루바란을 바라보았다. 자세한 사정까지는 몰라도 지금까지 들은 이야기만으로도 동정하기에는 충분했다.

반면 루틴은 콧방귀도 뀌지 않았다. 무법도시의 범죄자는 하나같이 흉악범뿐. 그중에서도 한 조직의 두목이라면 동정의 여지조차 없는 악당임이 당연했으니까.

카잔이 입을 연 건 그때쯤이었다.

"아가씨, 저 형씨가 불쌍하쇼?"

"조금은요."

"흐음, 아가씨가 저 형씨를 도와줄 수 있는 방법이 있는데 말입죠."

"방법이요?"

에를린은 의아한 표정을 지었다.

카잔은 씨익 웃으며 귀를 가까이 하라는 눈짓을 했다.

귀를 바짝 붙인 에를린에게 카잔은 작은 목소리로 그 방법을 설명해주었다.

"……? 그런 걸로 돼요?"

"예입, 충분하고도 남습죠."

에를린은 의아한 표정을 지었다. 카잔이 알려준 방법은 너무 간단하고도 이상한 것이었다.

한편 루틴은 눈살을 찌푸렸다.

"아가씨, 저런 범죄자 따위를 도와주실 필요는 없습니다."

"루틴 경, 사람 목숨은 다 귀한 거잖아요."

"하오나……."

"따지고 보면 루틴 경도 범죄자잖아요?"

루틴은 할 말을 잃었다. 블루 버드를 상대로 깽판을 쳐도 제대로 쳤으니, 루틴 또한 범죄자라는 말이 딱히 틀린 것은 아니었던 것이다.

에를린은 싱글거리며 수레에서 뭔가를 꺼내 들었다.

그리고 앞으로 걸어가서 루바란에게 불쑥 내밀었다.

"이거, 가지고 싶으세요?"

"……? ……!"

의아한 눈으로 에를린을 바라보길 잠시.

루바란은 작은 화분에 피어 있는 하얀 꽃을 보고 두 눈을 부릅떴다.

"루다아르네!"

경악과 혼란이 뒤섞인 고함이 울려 퍼졌다.

블랙 하운드의 화재로 깡그리 타버렸던 마약화 루다아르네가 눈앞에 나타난 현실이 믿기지 않는 것일까.

루바란은 감히 화분을 받지 못하고 몸을 떨었다.

"어디서? 어떻게!"

"대수림에서 이분이랑 구해온 거예요."

에를린은 싱긋 웃으며 나라샤를 가리켰다.

나라샤는 뜬금없는 말을 듣고 눈을 깜빡거렸지만 어디까지나 잠시뿐이었다.

루바란이 혼란스러운 시선을 자신에게 보내자 나라샤는 눈웃음을 지으며 에를린의 말에 맞춰주었다.

"당신한테 이게 필요할 거 같아서요. 아닌가요?"

"그, 그런……."

루바란은 나라샤와 루다아르네를 번갈아 보았다.

물론 루다아르네는 필요하다. 아니, 필요한 정도가 아니라 대륙십대비보보다 더 절실한 물건이었다.

문제는 나라샤가 이런 선물을 줄 이유가 없다는 것이다.

의심과 희망의 틈바구니를 헤매는 루바란을 구해준 것은 에를린이었다.

"물론 공짜는 아니에요. 도와주셨으면 하는 게 있어요."

사람은 때때로 조건 없는 호의보다는 대가 있는 거래를 믿는 법. 무법도시의 범죄자인 루바란도 예외는 아니었다.

"도와줬으면 하는 것…… 말이오?"

루바란의 눈이 날카롭게 변했다.

혼란에서 빠져나와 블랙 하운드의 대장다운 냉정을 되찾은 것이다.

에를린은 내심 고소를 머금었다.

카잔이 말해준 것과 한 치도 다르지 않은 반응을 보이는 루바란의 모습이 어쩐지 재밌었던 것이다.

"자세한 이야기는 집에 가서 해볼까요?"

"집이라면……?"

에를린은 빙긋 웃었다.

덧붙여 준비한 마지막 대사를 말했다.

"당연히 고양이 씨 집이죠."

"……."

루바란은 따라갈지 말지를 결정하기에 앞서, 에를린이 말한 고양이 씨가 누구인지 심각하게 고민해야만 했다.

## 2.

"화아, 이런 곳에 이런 저택이 다 있네요?"

나라샤의 집은 무법도시 안에 있지 않았다. 외곽을 둘러싼 숲 깊숙한 곳에 위치한 커다란 저택이 바로 그녀의 집이었다.

루바란은 덤덤한 말투로 설명해주었다.

"한 5년쯤 전에 위세 부리는 걸 좋아하던 어떤 두목이 지은 저택이오. 암살당하지만 않았어도 무법도시의 판도를 바꿀 인물이었지."

일행의 시선은 무심코 나라샤를 향했다.

나라샤는 싱긋 눈웃음을 지었다.

"의뢰비가 꽤 되더라고요?"

"……아, 네에."

에를린은 슬그머니 시선을 돌렸다.

"거 언제까지 서 계실 겁니까요? 이만 들어가십시다."

카잔은 수레에 누워서 투덜거렸다.

루틴과 에를린은 고개를 끄덕여 동조했다. 그들도 빨리 쉬고 싶었던 것이다.

나라샤는 머리카락을 배배 꼬았다.

"나도 그러고 싶긴 한데, 그럼 위험하거든요?"

"네?"

에를린은 무슨 소린가 싶어 고개를 갸웃거렸다.

루바란은 말 대신 행동으로 대답해주었다.

탁! 탁!

루틴과 에를린은 느닷없이 주먹만 한 돌멩이를 길에다 던지기 시작한 루바란을 멀뚱멀뚱 바라보았다.

의문을 경악으로 바꾸어준 것은 세 번째 돌멩이였다.

우르릉!

"어머나!"

"이건……!"

두 사람은 돌멩이를 맞아 푹 꺼진 땅을 보고 기겁했다.

워낙 정교하게 만들어진 함정인지라 고작 다섯 걸음 앞에 있음에도 눈치채지 못했던 것이다.

더구나 구멍 안에는 뾰족한 날붙이까지 박혀 있어, 보기만 해도 살벌할 정도였다.

루바란은 차가운 얼굴로 두 사람을 비웃었다.

"암살자의 소굴에 쉽게 들어갈 수 있을 줄 알았소?"

에를린과 루틴은 할 말을 잃었다.

나라샤는 그들을 보며 눈웃음을 지었다.

"집 주변이 험해서 보안을 철저히 하거든요. 놀랐어요?"

"에…… 조금요."

에를린은 '여기가 가장 험해 보이는데요.'라는 말을 겨우 삼켰다.

루바란도 별 웃기는 소리 다 들어보겠다는 듯한 표정을 지어 보였지만, 목숨은 소중했던 만큼 그것을 입 밖으로 내지는 않았다.

나라샤는 고민에 잠겼다.

"흐응, 어쩔까나? 못 보던 함정이 많이 생긴 게, 그냥 지나가자니 시간이 걸릴 거 같고…… 역시 빠른 게 좋을까요?"

카잔은 피식 웃었다.

"고양이 아씨 편한 대로 하십쇼."

"그럴까요?"

나라샤는 싱긋 눈웃음을 지었다.

뒤이어 품에서 손가락만 한 피리를 꺼내 들고, 그것을 힘차게 불었다.

삐이이이익!

귀를 찢는 소리가 사방에 울려 퍼졌다.

나라샤를 제외한 일행은 하나같이 인상을 찌푸린 채 귀를 틀어막았다.

소리가 멈춘 것은 잠시 뒤였다.

"좀 시끄러웠죠?"

"끄으응. 고양이 아씨, 혹시 귀먹으셨습니까요?"

카잔은 앓는 소리를 내었다. 귀를 막을 수조차 없어서 특히 큰 고생을 했기 때문이다.

알렉산드리아 13세 또한 영 못마땅한 눈으로 나라샤를

바라보았다.

어쨌거나 피리 소리는 제법 효과가 좋아서, 채 다섯 호흡이 지나기도 전에 '마중'이 나타났다.

스르륵.

루틴은 순간적으로 흠칫했다. 복면인 한 명이 일행의 앞에서 솟아나듯 모습을 드러냈기 때문이다.

그것은 시작에 불과했다. 옆의 수풀에서, 위의 나뭇가지에서, 뒤의 땅속에서.

유령처럼 모습을 드러낸 복면인의 숫자는 무려 수십!

루틴은 그들을 보고 침음을 삼켰다.

'차크라 수련자가 수십 명이라니……!'

어지간한 기사단조차 능가하는 전력이 아닌가!

거미소굴이 어째서 무법도시 최강의 조직이라 불리며 암흑가에서 공포로 군림해왔는지 알 수 있는 모습이었다.

마지막 인물이 모습을 드러낸 것은 그 순간이었다.

스르륵.

일행의 정면에 나타난 인물은 뜻밖에도 어린 소녀였다.

종아리까지 내려오는 백발에 피처럼 붉은 눈동자를 지닌 소녀는 무표정한 얼굴을 하고 앞으로 걸어 나왔다.

그리고 천천히 허리를 숙였다.

"잘 다녀오셨습니까."

나라샤는 쿡쿡 웃으며 앞으로 나섰다.

"잘 지냈나요?"

"잘 지내지 못했습니다."

소녀는 쌀쌀맞게 대답했다.

"흐응, 무슨 일 있었나요?"

"수장께서 말도 없이 대수림으로 가신 것 말고는 없었습니다."

나라샤는 소녀의 말을 듣고 눈웃음을 지었다.

더불어 일행에게 소녀를 소개해주었다.

"이쪽은 내 동생 하야트예요. 예쁜 아이죠?"

루틴은 할 말을 잃었고, 에를린 또한 눈을 깜빡거렸다.

갑작스러운 등장 때문에 미처 눈치채지 못했지만, 자세히 보니 소녀의 얼굴에는 나라샤와 닮은 부분이 많았다.

나라샤는 싱긋 웃으며 소녀를 돌아보았다.

"하야트, 손님 대접을 부탁해도 될까요?"

"알겠습니다."

백발의 소녀, 하야트는 무표정하게 고개를 끄덕였다.

더불어 살짝 한 손을 들었다.

스르륵.

복면인들은 신호를 받고 사방으로 흩어졌다.

에를린은 그 모습을 보고 고개를 갸웃거렸다.

반면 루틴은 감탄했다.

복면인들이 물러나자마자 길목에 널려 있던 함정이 해체

됐음을 눈치챘기 때문이다.

'그림자단과 비교해도 손색이 없겠군.'

루틴은 내심 중얼거리며 나라샤를 따라 저택에 들어갔다.

나라샤는 일행을 응접실로 안내해주었다.

응접실은 제법 산뜻하게 꾸며져 있었다.

특히 푹신푹신한 소파를 본 에를린은 기절할 것처럼 환호성을 내질렀다.

루틴은 등에 업고 있던 카잔을 소파에 눕힌 뒤, 자신 또한 무너지듯 소파에 걸터앉았다.

나라샤는 일행을 둘러보며 물었다.

"식사부터 할래요? 아니면 침대? 목욕?"

"목욕이요!"

"일단 배를 좀 채우고 싶군."

"난 술이나 한 병 주면 됐소."

에를린은 주저 없이 목욕을 외쳤고, 루틴은 식사를 택했다. 그리고 루바란은 텅 빈 술병을 흔들었다.

반면 카잔은 히죽 웃으며 반문했다.

"다른 선택지는 없습니까요?"

"예를 들면요?"

"고양이 아씨와의 오붓한 시간이라든가 말입니다요."

루바란은 카잔을 미친놈처럼 바라보았다. 다른 사람도 아닌 나라샤에게 저런 헛소리를 지껄이는 카잔이 제정신으로 보일 리 없었다.

뜻밖인 것은 나라샤의 반응이었다.

"흐응, 그게 좋아요?"

나라샤는 눈웃음을 지었다.

뒤이어 머리카락을 배배 꼬며 말했다.

"씻고 준비하는 데 시간이 좀 걸릴 텐데, 괜찮죠?"

"캬하하, 미녀를 기다리는 건 신사의 즐거움입죠."

"그런가요?"

나라샤는 피식 웃으며 하야트를 돌아보았다.

"하야트, 괴짜 씨를 지하실로 안내해줄래요?"

"알겠습니다."

하야트는 무표정한 얼굴로 고개를 끄덕였다.

잠시 후, 복면인 하나가 스르륵 나타나 카잔을 조심스럽게 들쳐 업었다.

"어쿠쿠. 조심해주쇼. 떨어지겠습니다그려."

카잔은 그렇게 복면인에게 업혀서 어디론가 옮겨졌다.

나라샤는 카잔의 모습을 보며 피식 웃었다. 짐짝처럼 실려 가면서도 신 나게 떠들어대는 모습을 보니, 물에 빠져도 입만 둥둥 뜰 것 같았다.

"목욕, 식사, 술이 맞습니까."

하야트는 남은 세 사람에게 말을 걸었다. 질문이라기보다는 확인의 의미였다.

대답은 곧장 돌아왔다.

"그렇다."

"그렇소."

"아뇨."

루틴과 루바란은 의아한 표정으로 에를린을 돌아보았다.

조금 전까지만 해도 목욕에 안달을 내던 그녀의 부정은 그만큼 뜻밖이었다.

에를린은 싱글싱글 웃는 얼굴로 대답을 덧붙였다.

"저도 식사부터 할게요."

"알겠습니다."

하야트는 살짝 고개를 끄덕이고 스르륵 물러났다.

나라샤는 묘한 눈으로 에를린을 바라보았다.

"양보해주는 건가요?"

에를린은 생긋 웃으며 대답했다.

"앉아 있다 보니까 배가 고프더라고요."

"흐웅, 그런가요?"

나라샤는 피식 웃으며 고개를 끄덕였다. 납득이라기보다는 단지 그렇게 알아두겠다는 묘한 기색이 묻어나는 웃음이었다.

하야트가 돌아온 것은 잠시 뒤였다.

"목욕 준비가 끝났습니다."

"그래요?"

나라샤는 가볍게 몸을 일으켰다.

에를린은 빙긋 웃으며 한 손을 흔들었다.

"잘 다녀오세요. 좋은 시간 보내시고요."

나라샤는 살짝 고개를 돌려 눈웃음을 지어 보인 뒤, 아무런 대답도 없이 그대로 방을 나섰다.

그 순간, 에를린의 얼굴에서 미소가 사라졌다.

어째서인지 불퉁한 표정으로 문가를 노려보길 잠시.

에를린은 문뜩 진지한 얼굴로 루틴을 돌아보았다.

"루틴 경, 물어볼 게 있는데요."

"말씀하십시오."

루틴은 반사적으로 허리를 꼿꼿하게 폈다. 뭔가 중요한 질문이 있을 거라는 예측은, 안타깝게도 완벽하게 빗나갔다.

"남자라는 건 원래 조금 예쁘고 몸매 좋은 여자라면 아무한테나 들러붙는 생물인가요?"

"……예?"

루틴은 순간 눈을 깜빡거렸다.

에를린은 그런 루틴을 집요하게 추궁했다.

"기사가 아니라 남자로서 얘기해보세요. 그런 거예요?"

"예, 예? 아, 아니, 그것이……."

사나이 루틴, 30세.

남성의 본성에 대해 난생처음으로 심사숙고하게 된 순간
이었다.




## 3.

　　깊은 어둠이 드리운 지하실.

　　두 남녀는 그곳에서 뜨거운 열기를 뿜어내고 있었다.

　　스르륵.

　　나라샤의 새하얀 손이 천천히 움직였다.

　　카잔의 상처투성이 피부를 비단처럼 부드럽게, 혹은 바늘
처럼 날카롭게 쓸어가는 손가락의 움직임은 그 자체만으로
미려하기 그지없었다.

　　가느다란 손가락이 움직일수록 두 사람의 체온은 뜨거
워져갔다.

　　나라샤의 손이 멈춘 것은 카잔의 몸 구석구석을 샅샅이
훑어낸 뒤였다.

　　"하아……."

　　나라샤는 이마에 송골송골 맺혀 있는 땀을 훔쳤다.

　　잠시 후, 그녀의 시선이 침대에 누워 있는 카잔에게 향했
다.

　　"좀 어때요?"

카잔은 히죽 웃으며 답했다.

"고양이 아씨 애무 솜씨가 일품이십니다그려."

"그래요?"

나라샤는 피식 웃으며 카잔의 몸에서 손을 뗐다. 차크라를 이용한 치료술은 아무나 펼칠 수 있는 게 아니다. 그런 면에서 나라샤의 솜씨는 진정 일품이었다.

그녀는 준비해둔 물약을 조심스럽게 카잔에게 먹였다.

꿀꺽, 꿀꺽, 꿀꺽.

카잔은 단숨에 물약을 들이마셨다.

"커허…… 맛이 참 씁니다그려."

"원래 비싼 약은 쓴 법인 거 몰랐어요?"

나라샤는 피식 웃으며 침대 옆에 앉았다. 길게 뻗은 다리를 꼬고 앉아서 손으로 한쪽 무릎을 끌어당기자, 꽉 조이는 가죽 바지 위로 매끄러운 각선미가 드러났다.

"좋은 소식부터 드릴까요? 나쁜 소식부터 드릴까요?"

"맛있는 건 먼저 먹어야 뺏기지 않습죠."

카잔은 히죽 웃었다.

나라샤는 선선히 고개를 끄덕였다.

"좋은 소식은 뼈가 거의 다 붙었다는 거예요. 한 며칠만 더 있으면 부목은 떼도 될걸요?"

전신골절치고는 무척이나 빠른 회복이었다.

나라샤가 여행하는 틈틈이 치료를 해준 덕분이었다.

"그거 참 반가운 소식입니다요. 안 그래도 팔이 간지러웠
는데 말입죠."

카잔은 만족스럽게 고개를 끄덕였다.

"나쁜 소식은 간지러운 데를 긁을 수 없으리라는 거예요.
아마도…… 평생쯤?"

나라샤는 옅은 눈웃음을 지었다. 때로는 충격으로부터
환자의 정신을 보호하기 위해 진담도 농담처럼 말해야 할
때가 있다. 지금이 바로 그런 순간이었다.

'당신은 어떤 반응을 보일까?'

농담으로 받아들이면 웃고, 진담으로 받아들이면 화를
낼 것이다. 어쩌면 자포자기해서 무력해질 수도 있다.

카잔은 씨익 웃었다.

"알고 있습니다요."

예상치 못한 충격이 나라샤를 강타했다.

그녀는 잠시 눈을 깜빡거렸다.

"……알고 있었다고요?"

"예입, 처음부터 알고 있었습죠. 세계 제일의 추색탐험전
문가가 자기 상태도 모를 리 없잖습니까요."

카잔의 상태는 '인생 끝장났다'고 요약할 수 있다.

힘줄이 몽땅 끊어진 데다가 신경계도 엉망.

거기에 심장이나 폐까지 상해서 숨을 좀 거칠게 쉬기만 해
도 큰일 날 지경이었으니…….

앞으로 평생을 사지불구로 살아야 하는 것은 물론, 수명마저 극단적으로 줄었다.

나라샤는 그 사실을 뻔히 알면서도 히죽거리고 있는 카잔을 묘한 눈으로 바라보았다.

"알면서도 웃음이 나오나요?"

"주둥이는 멀쩡하니 말입니다요. 참 다행입죠. 캬하하!"

카잔은 유쾌하게 웃었다.

그리고 실실거리며 말을 덧붙였다.

"뭐, 앞으로 살기가 좀 팍팍해지겠지만 세계 제일의 추색탐험전문가가 어디 가겠습니까요. 생각할 수 있는 머리가 있고 떠들 수 있는 입이 있는데 못 웃을 이유가 없습죠."

낙천적인 것도 이쯤 되면 무섭다.

더욱 무서운 사실은 카잔은 결코 낙천주의자가 아니라는 것이다.

나라샤는 묘한 눈으로 카잔을 바라보았다.

"당신…… 세상에서 가장 이상한 사람이네요?"

"캬하하하! 세계 제일의 자리는 추색탐험전문가만으로 만족합니다요."

나라샤는 카잔을 보며 피식 실소했다. 정말이지 이해할 수 없는 사내였다.

'그래서 더 마음에 드는 건지도 모르겠네요?'

나라샤는 내심 중얼거리며 카잔에게 붕대를 감아주었다.

하야트가 나타난 것은 그때쯤이었다.

"식사 준비가 끝났습니다."

"그럼 손님들을 식당으로 안내해주겠어요?"

"알겠습니다."

하야트는 손을 들어 올렸다.

기다리고 있던 복면인이 스르륵하고 나타나 카잔에게 다가왔다.

나라샤가 입을 연 것은 그때였다.

"괴짜 씨는 내가 옮길게요. 먼저 가 있어주겠어요?"

복면인은 멀뚱멀뚱 나라샤를 바라보았다.

잠시 후, 복면인의 시선은 하야트에게 향했다.

하야트는 무표정한 얼굴로 나라샤를 보다가 고개를 끄덕였다.

"알겠습니다."

붉은 눈동자로 카잔을 주시하길 잠시.

하야트와 복면인은 허공에 녹아들듯이 사라졌다.

카잔은 나라샤를 보며 히죽거렸다.

"직접 옮겨주시는 겁니까요? 이거 영광입니다그려."

"당신은 귀한 몸이니까요. 안 그래요?"

나라샤는 눈웃음을 지으며 카잔을 가볍게 들어 올렸다. 성인 남성을 드는 것치고는 거침없는 동작이었다.

카잔은 떨떠름한 표정을 지었다.

"거…… 편하긴 한데, 그래도 공주님 안기는 조금 아니지 않습니까요?"

"흐응, 그럼 왕자님 안기라고 생각하면 되겠네요?"

"캬하하하! 그건 생각 못 했는뎁쇼."

나라샤는 그렇게 카잔을 안아 든 채 지하실을 나섰다.

하야트는 2층에서 미리 기다리고 있다가 무표정하게 식당의 문을 열어주었다.

"늦어서 미안해요. 많이 기다렸어요?"

"아뇨, 별로…… 요?"

식당에 있던 루틴, 에를린, 루바란은 나라샤의 인사를 받고 무심코 시선을 돌렸다가 뜨악한 표정을 지었다.

카잔은 조금의 부끄러움도 없이 뻔뻔하게 웃었다.

"여어, 푹 쉬셨습니까요?"

"……그래."

루틴은 떨떠름하게 시선을 돌렸다. 카잔의 몸 상태가 상태다 보니 업혀오는 거야 어쩔 수 없는 일이다.

하지만 설마 나라샤가 직접, 그것도 저런 공주님 안기 모습으로 데려올 줄이야. 참으로 눈 둘 데를 찾지 못할 광경이었다.

반면 에를린은 눈을 가늘게 뜨고 두 사람을 직시했다.

"둘이서 꽤나 좋은 시간을 보냈나 보네요?"

"캬하하. 아가씨, 너무 질투하지 마십쇼."

"질투라는 건 일단 호감이 있어야 한다는 전제가 있지 않던가요?"

"어이쿠, 거참 매정하십니다그려."

카잔은 에를린의 쌀쌀맞은 대답을 듣고 낄낄거렸다.

나라샤는 쿡쿡 웃으며 카잔을 의자에 앉혀주었다.

음식이 나온 것은 그때쯤이었다.

향긋한 빵과 따끈따끈하게 데운 우유, 거기에 야채 샐러드와 수프 한 접시라는 단출하면서도 먹음직스러운 식단이었다.

일행은 그 순간 대화를 잊었다.

에를린은 물론이고 루틴과 루바란조차 식사에 열중했다. 모두 장기간 제대로 된 식사를 하지 못했기 때문이다.

덕분에 카잔은 꽤나 애처로운 신세가 돼야 했다.

"보쇼, 이 몸도 좀 먹여주쇼. 아가씨! 나리! 고양이 아씨!"

카잔은 손가락 하나 까딱할 수 없기에 먹음직스러운 음식을 앞두고 고래고래 소리를 지를 수밖에 없었다.

숟가락이 불쑥 들이밀어진 것은 그때였다.

"먹여드리겠습니다."

"엥?"

카잔은 떨떠름한 표정으로 시선을 돌렸다. 옆에는 백발의 미소녀가 무표정한 얼굴로 숟가락을 들고 있었다.

"흐음, 이 몸은 성숙한 미녀의 시중만 받는데 말이요."

"그렇습니까."

하야트는 일말의 망설임도 없이 숟가락을 치웠다.

카잔의 태도가 바뀌는 것은 순식간이었다.

"하지만 예외란 언제나 존재하는 법입죠. 캬하하!"

물끄러미 카잔을 바라보길 잠시.

하야트는 결국 다시 숟가락을 들어 카잔에게 수프를 떠 먹여주었다.

카잔은 그렇게 겨우겨우 식사를 할 수 있었다.

일행이 대화할 여유를 되찾은 것은 하야트가 초토화된 접시를 치우고, 따끈따끈한 차를 내왔을 무렵이었다.

"단도직입적으로 묻겠소. 내게 뭘 원하시오?"

루바란은 냉정한 눈으로 나라샤를 주시했다.

나라샤는 눈웃음을 지으며 카잔을 돌아보았다.

"괴짜 씨, 부탁해도 될까요?"

"예입."

대화의 주도권은 그렇게 카잔에게 넘어갔다.

루바란은 놀란 표정을 지어 보였다.

나라샤가 다른 누군가를 동료로 삼은 것도 부족해 주도권마저 넘기다니. 정말 뜻밖의 일이었다.

카잔은 히죽 웃으며 루바란에게 말을 걸었다.

"자, 대장. 이 몸과 얘기 좀 해보십시다."

"대장? 날 부르는 것이오?"

"블랙 하운드의 대장이시잖수."

"그건 옛날 일이오."

"캬하하, 그래도 한 번 대장은 영원한 대장인 법입죠."

루바란은 떨떠름하게 고개를 끄덕였다.

카잔은 그런 루바란을 향해 느긋하게 말을 이었다.

"우리가 대장한테 원하는 건 세 가지뿐입죠. 들어보시렵니까?"

순간적으로 루바란의 미간이 찌푸려졌다. 대장이라는 느닷없는 호칭에 휘말려 주도권을 빼앗을 기회를 놓쳤음을 깨달은 것이다.

하지만 이미 놓친 흐름은 되찾을 수 없는 법.

루바란은 탐탁잖은 표정으로 고개를 끄덕였다.

"······말해보시오."

"첫째, 마약을 생산하거나 거래하지 마십쇼."

"뭐요?"

카잔의 말은 루바란을 황당하게 만들었다. 마약화 루다 아르네의 가치는 거기서 생산되는 마약에 있다. 마약을 만들지 않으면 쓸모없는 꽃에 불과한 것이다.

루바란은 비틀린 냉소를 머금었다.

"마약화로 마약을 만들지 않으면 어쩌란 소리요?"

"글쎄올시다. 꼭 그렇게 생각할 일은 아니죠."

카잔은 씨익 웃으며 말을 덧붙였다.

"금덩이는 쓸데가 있어서 귀한 게 아닙죠."

나라샤는 카잔을 보며 눈웃음을 지었다.

카잔의 말이 무엇을 뜻하는지 단숨에 파악한 것이다.

"흐응, 마약으로 만들지 않더라도 루다아르네는 가치가 충분하다는 거네요?"

"캬하하, 그렇습니다요."

"으음……."

루바란은 침음을 삼켰다.

나라샤의 지적은 정확했다.

마지막 루다아르네는 무법도시의 유일한 희망!

단지 그걸 가지고 있다는 것만으로도 범죄 조직은 루바란에게 잘 보이려고 기를 쓸 터였다.

"……다른 조건은 뭐요?"

루바란은 차가운 얼굴로 물었다. 암묵적인 수락이 깃든 질문이었다.

카잔은 씨익 웃으며 두 번째 조건을 얘기했다.

"둘째, 재기에 성공하면 거미소굴에 매달 500골드를 주쇼."

"컥!"

루틴은 마시던 차를 내뱉었다.

에를린도 눈을 깜빡거리며 카잔을 바라보았다.

매달 500골드라면 연간 6천 골드. 어지간한 귀족이라도 기둥뿌리가 휠 만한 금액이다. 결코 일개 범죄자가 내놓을 수 있는 금액이 아니었다.

"흠."

뜻밖에도 루바란은 별로 놀라지 않았다. 아니, 오히려 산뜻하게 고개를 끄덕였다.

"좋소. 겨우 그 정도라면 상관없소."

"역시 대장! 시원해서 좋습니다요. 캬하하하하!"

에를린과 루틴은 두 사내를 미치광이처럼 보았다.

반면 나라샤는 태연하게 눈웃음 지었다.

무법도시는 세계의 모든 검은돈이 흘러들어오는 장소!

외부인인 두 사람과 달리, 나라샤와 루바란은 블랙 하운드가 재건되기만 한다면 6천 골드쯤이야 별것 아니라는 사실을 잘 알고 있었다.

"자, 그럼 세 번째 조건을 말씀드리죠."

카잔은 의미심장한 미소를 머금었다.

루바란은 이제야말로 본론임을 직감하고 긴장했다.

다른 사람들도 하나같이 궁금한 표정으로 카잔을 바라보았다. 오직 하야트만 무표정하게 차를 따르고 있을 뿐이었다.

카잔은 히죽거리며 세 번째 조건을 얘기했다.

동시에 식당의 공기는 얼어붙었다.

에를린과 루틴은 따악 입을 벌렸다.

나라샤는 눈웃음을 유지하고 있었지만, 그건 부동심의 발현이라기보다는 아예 놀란 표정조차 짓지 못하고 경직돼 버린 모습이었다.

루바란은 아예 경악과 혼란의 집합체 같은 얼굴로 카잔을 바라보았다.

그렇게 긴 침묵이 흘렀다.

"……방금 뭐라고 하셨소?"

루바란은 겨우겨우 입을 열었다.

방금 자신이 뭔가를 잘못 들었을 거라는 합리적인 생각에서 비롯된 질문이었다.

카잔은 씨익 웃었다.

"무법도시를 통일해달라고 했습죠."

두 번째 충격은 처음보다 강렬했다.

나라샤는 흐릿한 눈으로 천장을 올려다보며 '괴짜 씨, 미안해요. 내가 지금까지 당신을 과소평가했었죠?'라고 속으로 중얼거렸다.

루바란은 아예 카잔을 미친놈으로 취급했다.

"헛소리는 집에나 가서 하시오."

"캬하하! 미안하지만 이 몸은 집이 없수다."

카잔은 낄낄거렸다.

루바란은 눈살을 찌푸리며 나라샤를 돌아보았다.

"나라샤, 이런 장난이나 치려고 나를 데려온 거요?"

"……글쎄요?"

나라샤는 머리카락을 배배 꼬았다.

카잔의 말은 정말 농담 이상은 안 되는 이야기였으니까.

무법도시는 단순한 불법도시 따위가 아니다. 전 세상의 모든 범죄 조직의 근거이지며, 무법도시를 통일한다는 것은 세상의 모든 범죄 조직을 지배한다는 뜻이다.

두 사람이 어처구니없어하는 것도 당연했다.

루바란은 카잔을 매섭게 노려보았다.

"제대로 이야기하시오. 난 농담 따위나 들으려고 이곳까지 따라온 게 아니오."

"흐음, 농담이라굽쇼?"

카잔은 히죽 웃었다.

루바란을 비롯한 모든 이들이 순간적으로 흠칫했다.

차갑게 얼어붙은 푸른 눈동자!

빙하처럼 오싹하기 그지없는 카잔의 두 눈이 식당의 공기를 얼어붙게 만들고 있었다.

"농담이라고 생각하면 집어치우십쇼. 당장이라도 다른 사람을 알아볼 테니까."

카잔의 싸늘한 말에 루바란은 침묵했다.

블랙 하운드가 멀쩡했다면 아무리 나라샤의 면전이라도 코웃음을 치곤 일어날 수 있었을 것이다. 하지만 지금 그런 짓을 했다가는 저택을 나가는 순간 목이 날아갈 터였다.

루바란은 결국 카잔에게 고개를 숙였다.

"……미안하오. 내가 허언을 했소."

"뭐, 누구나 실수는 할 수 있는 법입죠."

카잔은 선뜻 루바란의 사과를 받아들였다.

식당에 깔려 있던 무거운 분위기는 그 즉시 신기루처럼 사라져버렸다.

에를린과 루틴은 그제야 안도의 한숨을 내쉬었다.

루바란은 질린 얼굴이 되었다.

나라샤는 반대로 눈웃음을 지었다. 간단한 말 몇 마디만으로 분위기를 휘어잡는 카잔의 재주에 경탄한 것이다.

카잔은 낄낄거리며 대화를 재개했다.

"잘 생각해보쇼. 고양이 아씨와 거미소굴의 무력, 단 한 송이밖에 남지 않은 루다아르네의 효용성, 대장의 조직 관리능력. 그걸 다 더해도 무법도시 통일이 불가능한지 말이요."

"으음."

루바란은 고민에 잠겼다.

확실히 카잔의 말에는 일리가 있다.

거미소굴은 자타가 인정하는 무법도시 최강의 조직이고, 마지막 남은 루다아르네는 무법도시의 명줄과도 같다. 거기에 블랙 하운드를 이끌어온 루바란의 능력이 더해진다면?

'60퍼센트…… 낮게 잡아도 50퍼센트 정도로군.'

루바란은 갈등했다.

전 세계의 범죄 조직을 손에 넣는 도박치고는 엄청난 확률!

사내라면 한 번쯤 해볼 만한 도박이다.

카잔은 그쯤에서 언제나 그렇듯 셋을 헤아려놓고 하나를 더해 마지막 조건을 제시했다.

"넷째, 우리 모두에게 대장 조직에서의 간부 대우를 보장해주쇼. 대신 좋은 돈벌이를 알려드리리다."

"돈벌이?"

"뭐, 마약 장사보다는 큰 수입이 되는 돈벌이입죠."

"허!"

루바란은 어처구니없다는 표정을 지었다. 세 가지 조건이라고 해놓고 네 가지인 것은 문제가 아니었다. 마지막 조건인 간부 대우라는 것은 어차피 허울뿐인 이름이나 다름없으니까.

무법도시의 마약 장사는 일국의 세금에 버금가는 엄청난 이득을 낳거늘, 그걸 능가하는 돈벌이라니?

"나보고 그 말을 믿으란 거요?"

"이 몸의 말을 믿을 필요는 없습니다요. 대신 고양이 아씨의 실력을 믿으십쇼."

카잔의 말에 루바란은 반사적으로 나라샤를 돌아보았다. 의아함과 당혹감이 섞여 있는 표정이었다.

나라샤는 싱긋 눈웃음 지었다.

"내가 할 수 있는 보증은 한 가지뿐이에요?"

"캬하하! 그거면 충분합니다요."

카잔은 시원하게 고개를 끄덕였다. 에블린과 루틴은 대화를 이해하지 못하고 의아한 표정을 지었다.

반면 루바란은 얼굴을 굳혔다. 계약을 위반할 경우 나라샤가 직접 손을 쓰겠다는 의미를 알아들은 것이다.

암살자가 손을 쓴다는 의미는 명백하다.

무법도시 제일의 암살자가 보증하는 목숨 건 계약이라니! 이보다 확실한 신용거래는 어디에도 없을 것이다.

루바란은 한참의 고민 끝에 입을 열었다.

"한 가지만 묻고 싶소."

"뭡니까요?"

"대체…… 당신은 정체가 뭐요?"

루바란은 복잡한 눈으로 카잔을 바라보았다.

처음엔 운 좋게 나라샤의 동료가 된 뜨내기라고 여겼다. 하지만 지금까지의 대화는 그 평가를 완전히 바꿔놓았다.

지금의 꼴이 이렇다지만 천하의 무법도시 안에서 한 세력을 이끌었던 자신이다. 나라샤는 두말할 나위도 없다. 그런 두 사람에게 자신의 목숨을 걸고 무법도시의 패권을 둔 거래를 제시하다니.

루바란으로서는 대체 어디서 이런 자가 튀어나왔는지 궁

금해질 수밖에 없었다.

"이 몸의 정체? 별것 아뇨."

루바란이 귀를 기울였다.

에를린은 빙긋 웃었고, 루틴은 미간을 찌푸렸다.

카잔은 그들을 보며 씨익 웃었다.

"그저 세계 제일의 추색탐험전문가일 뿐입죠. 캬하하하하!"


## 4.

루바란은 결국 카잔의 제안을 받아들였다. 어차피 내일이라도 목이 날아갈 수 있는 처지다. 그것을 모면하려면 카잔의 제안을 받아들이는 수밖에 없었다.

그리고 일행을 두고 먼저 자리를 비웠다. 피로 때문이라기보다는 앞으로의 계획을 짜기 위해 혼자 고민할 필요가 있었기 때문이다.

나라샤가 입을 연 것은 루바란이 식당을 나선 뒤였다.

"괴짜 씨, 무법도시를 통일해서 대체 뭘 하려는 거죠?"

일행의 시선이 일제히 카잔에게 향했다. 나라샤의 질문은 그들의 공통된 의문이었으니까.

카잔은 씨익 웃었다.

"어중간하게 할 바에야 아예 하지 않는 게 나으니 말입죠."

"흐응……."

나라샤는 눈을 가늘게 떴다. 카잔에게 무언가 숨겨진 의도가 있다는 것은 확실했지만, 지금으로서는 도통 그것이 뭔지 보이지가 않았다.

나라샤는 굳이 그것을 캐묻지 않았다. 어차피 손해될 일은 아니었을뿐더러, 당장 급한 일은 다른 것이었으니까.

"여행 준비는 아이들한테 부탁해놨어요. 늦어도 내일이면 출발할 수 있을걸요?"

"……그래요?"

에틀린은 복잡한 표정을 지었다.

카잔은 낄낄거리며 나라샤를 보았다.

"캬하하. 거 성격 참 급하십니다그려. 동생 분이 섭섭해하시겠습니다요."

"별로 섭섭하지 않습니다."

하야트는 무표정한 얼굴로 말했다. 찬바람이 쌩쌩 불 정도로 싸늘한 대답이었다.

나라샤는 그 모습을 보고 눈웃음을 지었다.

"당신의 대답을 듣든 당신을 죽이든, 어쨌거나 빨리 해결하는 게 좋잖아요?"

웃는 얼굴로 하는 것치고는 참으로 살벌한 대사였다.

루틴이 대화에 참여한 것은 그때였다.

"돌아가는 루트는 어떻게 할 생각이냐?"

"흐음, 글쎄올시다."

카잔은 고개를 까딱거렸다. 손만 멀쩡했어도 머리를 긁적거리며 고민에 잠겼을 모습이었다.

"가장 빠른 길은 아무래도 수로인데 말입죠."

"그렇다면 수로로 가면 되지 않느냐?"

루틴은 의아한 표정을 지었다. 대수림 가까이에는 잔디르 후작령까지 이어진 실버더스트 강의 지류가 있다. 편하고 빠르다면 망설일 이유가 없는 것이다.

카잔은 입맛을 다셨다.

"쩝, 대놓고 돌아다닐 수 있는 처지가 아니잖습니까요."

루틴은 그제야 아차 하는 표정을 지었다. 대수림에서 생환했다고 안심할 수는 없다. 아직은 매사에 신중을 기해야 할 때인 것이다.

에를린은 고개를 갸웃거렸다.

"다시 밀수단을 이용하면 되지 않나요?"

"글쎄올시다. 과연 후작령까지 가는 밀수단이 있을지 모르겠는뎁쇼."

에를린은 할 말을 잃었다. 후작령의 치안은 왕국에서도 손꼽힐 정도로 좋은 편이다. 때문에 아무리 간 큰 밀수단이라도 후작령만은 피해 가는 게 일반적이었다.

일행을 곤경에서 구해준 것은 나라샤였다.

"내가 좀 도와줄까요?"

"캬하하, 고양이 아씨의 도움이라면 환영입니다요."

"그럼 밀항선을 알아보도록 할게요. 괜찮죠?"

"좋습니다요."

카잔은 흔쾌히 고개를 끄덕였다.

에를린과 루틴 또한 안도의 한숨을 내쉬었다.

나라샤는 그들을 보며 눈웃음을 지었다.

"그럼 오늘은 이만 쉬도록 할까요?"

일행은 모두 휴식에 동의했다.

식사 전에 잠깐 쉰 것만으로는 피로가 다 풀리지 않았던 것이다. 하물며 내일부터 다시금 긴 여정을 떠나야 하는 일행으로서는 일분일초의 휴식이 아까웠다.

루틴과 에를린은 각자의 방으로 돌아갔고, 카잔 또한 복면인에게 업혀 숙소로 옮겨졌다.

결국 식당에 남은 것은 두 사람.

의자에 앉아 있는 나라샤와 그 옆의 하야트뿐이었다.

"하야트, 밀항선을 알아봐줄래요?"

나라샤는 눈웃음을 지으며 물었다.

하야트는 즉답했다.

"싫습니다."

참으로 단호한 태도였다.

나라샤는 가느다란 손가락으로 머리카락을 배배 꼬았다.

"그건 곤란한데요?"

"곤란한 건 저입니다."

하야트는 나라샤를 지그시 바라보았다. 더없이 무표정하기에 오히려 많은 것을 느낄 수 있는 시선이었다.

"수장께서 갑자기 없어지신 뒤 무슨 일이 벌어졌는지 아십니까?"

"루바란에게 들었어요. 조금 시끄러웠다면서요?"

나라샤는 눈웃음을 지었다. 말이 조금 시끄러웠다 정도지, 무법도시의 범죄자들에게는 평생 잊지 못할 악몽이 한 줄 그어졌을 정도였다.

오죽하면 무법도시 주민들의 평균 체중이 십분지일이나 줄어들었겠는가!

하야트는 그쯤에서 본론을 꺼냈다.

"정 가실 거면 저도 데려가십시오."

나라샤가 왜 일행을 따라가려는지 짐작하는 하야트로서는 그녀를 잠자코 보낼 수 없었다.

대답은 허탈할 정도로 간단했다.

"좋아요. 함께 가면 되죠?"

"……."

하야트는 침묵했다. 무표정한 얼굴임에도 당혹감이 느껴

지는 모습이었다.

나라샤는 그 모습을 보며 눈웃음을 지었다.

"어차피 조직의 일은 루바란과 다른 아이들에게 맡겨놓으면 될 테니까요. 오래간만에 가족 여행을 갈 수 있겠네요?"

"……오래간만이 아니라 처음입니다."

하야트는 싸늘한 목소리로 답했다. 암살자답게 순식간에 본래의 냉정함을 되찾은 것이다.

"내일 출발은 가능할까요?"

"바로 준비하겠습니다."

하야트는 몸을 돌려 문을 나섰다. 내일 출발하려면 지금부터 준비할 게 많았다.

결국 식당에 남은 것은 나라샤 혼자뿐이었다.

그녀는 한참 동안이나 자리에서 일어나지 않았다. 단지 씁쓸한 표정으로 고개를 숙였을 뿐이다.

'이번에야말로 꼭 치료법을 알아낼 수 있을 거예요. 미안하지만 조금만 더 기다려줘요. 알겠죠?'

세상에 한 명뿐인 혈육에게 사과하며, 나라샤는 조용히 눈을 감았다.

CHAPTER
3

## 1.

카잔은 약속을 지켰다. 딱 하루의 휴식만 취하고 곧장 저택을 출발한 것이다.

에를린이 흑흑 울고 루틴이 한숨을 내쉬는 가운데, 일행은 그렇게 무법도시를 나섰다.

"그나마 마차라도 있으니 불행 중 다행이네요."

에를린는 아쉬움이 잔뜩 묻어나는 목소리로 중얼거렸다.

카잔은 낄낄 폭소를 터트렸다.

"캬하하하! 다행인 정도가 아닙죠. 설마 사두마차를 준비해주실 줄은 몰랐는데 말입니다요."

"이 정도는 돼야 여행할 기분이 나잖아요?"

나라샤는 눈웃음을 지었다. 새끼 거미들이 구해온 사두마차는 전의 짐마차와는 비교도 할 수 없을 만큼 컸다.

　특히 내부 구조상 좌석이 없고 침상만으로 이뤄진 데다가, 그 위에 푹신푹신한 시트와 쿠션을 가득 깔아놓았기 때문에 편안하기가 이루 말할 수 없을 정도였다.

　덕분에 환자인 카잔만이 아니라 에를린과 나라샤까지 마차 안에서 느긋하게 뒹굴거리고 있는 상태였다.

　단, 모두가 편안한 것만은 아니었다.

　"끄으응."

　루틴은 마부석에서 앓는 소리를 토해냈다.

　알렉산드리아 13세가 아무리 사두마차를 혼자서 끌 수 있는 명마라도 마부는 필요한 법!

　카잔이 중환자가 된 이상 루틴이 마부 역을 떠맡는 것은 당연한 일이었다.

　"흐음. 미인 두 명과 같은 침대에서 뒹굴 수 있다니, 이거 정말 천국 같은 기분입니다그려."

　"네놈! 그 입 다물지 못할까!"

　루틴은 뒤를 돌아보며 발끈하며 외쳤다.

　"응? 어디서 뭔 소리가 들리는 거 같기는 한데…… 마차가 워낙 방음이 잘돼 있어서 무슨 소린지 하나도 안 들립니다그려."

　"이이이!"

카잔의 능청스러운 대답은 루틴을 분노하게 만들었다.

루틴은 안타깝게도 분노를 제대로 토해낼 수 없었다. 환자를 패거나 목을 졸라서는 안 되다는 소심한 이유 때문이아니라, 제삼자의 개입 때문이었다.

"후훗, 비싼 마차니까요. 여기서 무슨 일을 해도 밖에서는 모를걸요?"

"내 말이 안 들린단 말이냐!"

루틴은 버럭 고함을 내질렀다. 길가의 나뭇잎이 부르르 떨릴 정도로 우렁차기 그지없는 목소리였다.

나라샤는 마차 안에서 눈웃음 지었다.

"하야트, 꼬마 아가씨. 무슨 소리가 들리나요?"

"아무 소리도 안 들립니다."

하야트는 마차 구석에 등을 기댄 채 나지막이 대답했다. 책에서 떨어지지 않는 시선이라든가, 무뚝뚝한 목소리만 봐도 영 성의가 없는 대답이었다.

반면 에를린은 설레설레 고개를 내저었다.

"그야 당연하……."

"흐웅, 뭔가 들린다면 마차를 바꿔야겠네요. 좀 좁고 불편하더라도 역시 방음이 잘되고 단단한 마차가 좋겠죠?"

에를린은 약 0.1초 동안 고민했다.

곧이어 두 손으로 슬그머니 귀를 틀어막았다.

"……안 들리는데요."

"아, 아가씨! 어찌 그런 말씀을……!"

루틴은 심장을 찌르는 배신감에 치를 떨었다.

에를린은 귀를 막은 것으로도 부족해, 쿠션 깊숙이 머리를 묻으며 혼잣말을 중얼거렸다.

"안 들려요. 전 아무 소리도 안 들려요."

"크으윽!"

루틴은 결국 분루를 삼키며 고개를 떨어트렸다. 나라샤는 마차 구매에서부터 밀항선 수배에 이르기까지, 여행 준비를 책임짐으로써 일행 내에서 막강한 영향력을 발휘하고 있었다. 문제는 카잔과 나라샤가 쿵짝이 잘 맞아 돌아가고 있다는 것이다.

"캬하하, 정말 방음이 잘되는 마차입니다그려."

"마음에 들어요?"

"평생 여기서 살고 싶을 정도입니다요."

"그래도 신혼집으로 쓰기에는 좀 부족하지 않은가요?"

나라샤는 엎드린 채 카잔을 바라보았다.

카잔은 나라샤를 마주 보며 히죽거렸다.

"자리 푹신푹신하고 방음 잘되면 만사형통입죠."

"괴짜 씨 말도 맞네요. 그럼 신혼집으로 쓸 수 있을지 한번 시험해볼까요?"

나라샤는 가느다란 손가락을 깍지 껴서 턱을 받쳤다.

카잔은 나라샤의 두 팔꿈치 사이로 언뜻 드러난, 쇄골에서부터 가슴에 이르는 미려한 곡선을 보며 히죽 웃었다.

"고양이 아씨께서 도와주신다면 이 몸이야 언제나 환영입니다요."

"흐응, 그럼 오늘 밤에 시간 괜찮나요?"

나라샤의 눈 끝이 살짝 휘어졌다. 유독 요염하고도 매혹적으로 보이는 눈웃음이었다.

하야트는 그 말을 듣고 힐끔 나라샤를 돌아보았고, 카잔은 씨익 웃으며 입을 열었다.

"늑대 씨, 한 가지 물어볼 게 있는데요."

세 사람은 동시에 옆을 돌아보았다.

그곳에는 에를린이 싱글싱글 웃는 얼굴로 그들을 바라보고 있었다.

카잔은 떨떠름한 표정을 지었다.

"뭐 말씀이십니까요?"

"항구에는 언제 도착하는 건지 궁금해서요."

"……이틀쯤 뒤에 도착할 거라고 말씀드렸잖습니까요."

"어머? 그랬었나요?"

에를린은 눈을 동그랗게 떴다.

카잔은 그런 에를린을 모습을 보고 맥없이 뒤통수를 떨어트렸다.

"……거 잘 좀 기억해주십쇼."

"네, 이제부터 주의할게요."

에를린은 싱긋 미소 지었다. 어쩐지 전혀 미안해 보이지 않는 얼굴이었다.

나라샤는 묘한 눈으로 에를린을 바라보았다.

"귀족가의 아가씨는 대체로 기억력이 좋은 줄 알았는데, 의외네요?"

"어머, 귀족 아가씨 중 태반은 춤추고 떠드는 것밖에 모르는 바보인 거 모르셨어요?"

귀족 아가씨가 하는 것치고는 참으로 거침없는 발언에 마부석에서 '끄으응!' 하는 신음 소리가 들려왔다.

안타깝게도 그 신음을 신경 쓰는 이는 아무도 없었고, 루틴은 더욱 깊은 좌절감에 빠져들어야 했다.

마차는 일행이 노닥거리는 사이에도 계속 나아갔다.

덕분에 그들은 이틀 만에 항구에 도착할 수 있었다.

"이야, 제법 큰 항구네요?"

에를린은 창밖의 경치를 보며 감탄했다.

항구는 이런 오지에 있는 것치고는 그 규모가 제법 상당한 편이었다.

카잔은 히죽 웃으며 설명을 해주었다.

"명색이 실버더스트의 지류니 말입죠. 게다가 여기만의 특산품도 있지 않습니까요."

"특산품이요?"

에를린은 고개를 갸웃거렸다. 이곳은 대개가 황폐한 미개

척지로, 쓸 만한 상품이 나올 만한 지역이 아니다. 그런데 대체 무슨 특산품이 있다는 것일까?

나라샤는 피식 웃으며 해답을 알려주었다.

"장물도 특산품이라면 특산품 아니겠어요?"

"아하."

에를린은 무심코 고개를 끄덕였다.

무법도시는 온갖 금지 물품과 불법 상품이 판을 치는 장소!

돈세탁만 제대로 할 수 있다면 무법도시만큼 매력적인 거래처도 드무니, 무법도시 주변의 항구가 발달하는 것도 당연한 일이었다.

마차는 그사이 항구를 가로질러 선착장으로 진입했다.

"어떤 배를 찾아가면 되느냐?"

루틴은 느릿하게 마차를 돌면서 뒤를 돌아보았다. 밀항선을 구해놨다는 소리만 들었지, 그게 어떤 배라는 것까지는 아직 듣지 못했던 것이다.

하야트는 읽고 있던 책을 덮으며 봉투를 하나 꺼냈다.

"푸른조개호라는 배입니다. 이 초대장을 내면 됩니다."

"초대장?"

에를린과 루틴의 얼굴에 의문이 떠올랐다. 밀항선에 오르는데 웬 초대장이냐는 표정이었다.

루틴은 일단 마부석 뒤의 작은 창문으로 초대장을 받아

들고 그곳에 적힌 장소로 마차를 몰아갔다.

화물선부터 어선까지 다양한 배를 지나가길 한참.

일행이 푸른조개호를 발견한 것은 선착장의 가운데쯤에 도착했을 무렵이었다.

"얼레?"

에를린은 눈을 크게 떴다.

푸른조개호를 발견한 것까지는 좋았는데, 그 모습이 예상을 벗어나 있었던 것이다.

"저건…… 여객선이잖아요?"

고급스러운 인어 모양의 선수상이라든가 화려한 문양의 돛, 크고도 말끔한 선체에 이르기까지. 푸른조개호는 어디를 봐도 완벽한 초호화 여객선이었다.

나라샤는 살짝 고개를 기울였다.

"무슨 문제라도 있나요?"

"밀항선을 수배해준 거 아니었어요?"

"맞는데요?"

"……저게 밀항선이라고요?"

에를린은 떨떠름한 표정을 지었다.

한편 루틴은 마부석에서 묵직한 신음을 흘렸다. 세상 물정을 모르는 에를린과 달리, 기사로서 온갖 것을 보고 겪은 루틴은 푸른조개호의 정체를 단숨에 꿰뚫어 봤기 때문이다.

"하필 저걸 타고 잔디르 영지까지 가겠다는 말이냐?"

"흐응, 꽤 좋은 방법이라고 생각했는데요? 아닌가요?"

"캬하하! 아닐 리가 없습죠."

카잔은 낄낄거리며 고개를 끄덕였다. 몸만 멀쩡했어도 아예 포복절도하며 엄지를 치켜들었을 모습이었다.

루틴도 더 이상은 반박을 할 수 없었다. 좀 당황스럽기는 해도 저 배가 은밀함과 쾌속함, 거기에 편안함까지 두루 갖춘 밀항선이라는 것은 분명한 사실이었으니까.

다그닥, 다그닥.

루틴은 푸른조개호와 연결된 가반교 앞에 마차를 멈췄다.

"무슨 일이십니까?"

가반교의 지키던 선원들은 루틴에게 용건을 물었다.

호화 여객선의 선원답게 정중한 태도임과 더불어, 정예병 못지않게 신중하고도 깔끔한 움직이었다.

"이 배가 푸른조개호가 맞느냐?"

"예, 그렇습니다."

선원은 루틴의 거침없는 하대를 듣고도 화내지 않았다. 귀족들을 상대하다 보면 한낱 하인에게조차 하대를 듣는 게 일상이다. 거기에 비하면 품격과 격식이 담긴 루틴의 하대는 오히려 듣기 편한 것이었다.

"초대장이다. 확인해보거라."

루틴은 선원에게 초대장을 건네주었다.

선원은 초대장의 내용을 확인한 뒤 정중하게 돌려주었다.

"초대장은 안에서 따로 사용될 수 있으니 버리지 말고 보관해주십시오."

"알았다."

"숙소까지 안내가 필요하십니까?"

"그래. 마차에 환자가 있으니 옮겨줄 사람을 몇 명 붙여주거라."

"예, 알겠습니다."

그 뒤의 일은 신속하게 처리되었다. 선원들은 마차를 창고에 싣고 알렉산드리아 13세를 마구간으로 옮기는 모든 작업을 빠르게 처리했다.

더불어 장정 둘이 카잔을 숙소로 옮겨주기까지 했다.

"거참, 원래 이 몸은 미녀의 부축이 아니면 안 받는데 말입니다요."

카잔은 선원들에게 옮겨지며 불만스럽게 투덜거렸다.

루틴은 카잔을 힐끔 돌아보며 나지막이 말했다.

"그놈, 그냥 강에 던져버려라."

"켁? 나리! 너무하시잖습니까요!"

카잔은 기겁하며 아우성쳤다.

에를린은 그런 카잔을 보며 피식 실소를 흘렸다. 농담 한 번 한 거 가지고 괜한 호들갑을 떠는 모습이 재밌었기 때문이다.

두 선원이 우뚝 걸음을 멈춘 것은 그때였다.

"알겠습니다."

"……예?"

두 선원은 카잔을 업어 들고 뱃전으로 향했다.

에를린은 어리둥절한 표정으로 갸웃거리다가, 카잔이 살려달라고 꽥꽥 비명을 지르는 모습을 보고 뜨악했다.

"자, 잠깐만요! 지금 정말로 강에다 던져버리려는 건가요?"

"예, 그렇습니다."

선원들은 정중하게 대답했다. 허리를 숙인 예의 바른 자세나 입가에 맺힌 부드러운 미소까지, 그야말로 친절의 화신과 같은 모습이었다.

때문에 에를린은 더욱 황당할 수밖에 없었다.

"그 사람, 환자라고요. 물에 빠지면 진짜 죽는데요?"

"저희 푸른조개호는 친절하고도 철저한 접대를 가장 중시합니다."

"……"

에를린은 할 말을 잃었다.

아무리 친절을 중시해도 그렇지, 그렇다고 부상자를 강에다 던져버리라는 농담을 듣고 그대로 실행해도 되나?

루틴이 입을 연 것은 그때였다.

"방금 한 말을 취소하겠다. 숙소 아무데나 던져놔라."

"알겠습니다."

두 선원은 친절한 미소와 함께 카잔을 업어들고 숙소로 들어갔다.

잠시 후, 숙소 안에서 요란한 소리가 들려왔다.

쿠당탕!

"꾸에엑!"

에를린은 카잔의 비명을 듣고 해괴한 표정을 지었다.

두 선원이 숙소에서 걸어 나온 것은 바로 그다음이었다.

"언제든 불러 주십시오. 최고의 서비스로 모시겠습니다."

일행에게 정중히 허리를 숙여 인사한 뒤 척척 복도 끝으로 사라진 두 선원의 모습을 망연히 바라보길 잠시.

에를린은 조심스럽게 숙소 안으로 들어가 보았다.

숙소는 거실을 중심으로 두 개의 방이 덧붙어 있는 형태로, 선실치고는 대단히 넓고도 화려한 편이었다.

그리고 카잔은 거실의 한구석에 대자로 널브러져 있었다.

"늑대 씨? 괜찮으세요?"

"끄으응……. 한번 짐짝처럼 던져져보십쇼. 괜찮을 수 있는지 말입니다요."

카잔은 앓는 소리를 냈다. 친절한 선원들이 '숙소 아무데나 던져 놔라.'라는 루틴의 지시를 아주 충실하게 이행한 것이다.

에를린은 떨떠름한 표정으로 루틴을 돌아보았다.

"저 사람들 대체 왜 저래요?"

"원래부터 저런 이들입니다."

루틴은 무뚝뚝하게 대답했다. 특별히 감정이 묻어나지 않기에 더욱 딱딱하게 느껴지는 음성이었다.

뒤에 서 있던 나라샤는 눈웃음과 함께 설명을 덧붙였다.

"만약 괴짜 씨를 죽여달라고 했어도 지금이랑 똑같았을 걸요?"

"진짜요?"

"시험해볼래요?"

"……아뇨."

에를린은 설레설레 고개를 내저었다. 나라샤의 말이 농담이 아니라는 것쯤은 조금 전에 본 모습만으로도 충분히 파악할 수 있었다.

"대체 이 배가 뭔데 그러는 거죠?"

"이 배는……."

루틴은 살짝 말꼬리를 흐렸다.

과연 말해도 될지 망설이기를 한참.

에를린의 호기심 어린 시선을 받으며, 루틴은 결국 한숨 섞인 대답을 내놓았다.

"로바드 백작가의 불법 카지노선입니다."

## 2.

로바드 백작가.

대륙사대상단 중에서도 귀족을 상대로 한 귀금속 매매와 유흥업을 핵심으로 삼는 로바드 상단의 가문.

그들의 특기는 합법과 불법의 경계를 교묘하게 넘나드는 영업으로, 그 대표적인 예가 바로 일행이 타고 있는 불법 카지노선이었다.

본래 불법인 카지노를 배에다 만듦으로써 법망을 절묘하게 피한 로바드 백작가의 업적은 여러 상인들에게는 찬사를 받았고, 세무관과 법관들에게는 증오와 저주를 받았다.

더불어 잔디르 후작가의 영애를 얼어붙게 했다.

"……이게 로바드 백작가의 배였단 말이에요?"

에를린의 얼굴은 유령이라도 본 것처럼 창백해졌다.

루틴은 슬그머니 에를린의 눈을 피하며 대답했다.

"예, 그렇습니다."

"맙소사……."

설마 긍정의 대답이 나올 줄 몰랐던 것일까.

에를린은 절망스러운 신음과 함께 비틀비틀 뒤로 물러나다가, 결국 소파 위에 무너지듯이 주저앉아버렸다.

"무슨 일 있습니까요?"

"그러게요?"

카잔과 나라샤는 고개를 갸웃거렸다.

불법 카지노선의 존재나 그 선원들의 태도보다는 '로바드 백작가'라는 부분에 에를린이 반응하고 있었기 때문이다.

"왜? 왜 하필 로바드 백작가의 배예요!"

에를린은 양손으로 머리를 감싸 쥐었다. 히스테릭하다고 해야 할지, 당황스럽다고 해야 할지 모를 기묘한 모습이었다.

나라샤는 머리카락을 배배 꼬았다.

"뭔가 문제라도 있나요?"

에를린은 절레절레 고개를 내저었다. 말하기도 싫다는 의지의 표명이었다.

결국 나라샤와 카잔의 시선은 루틴에게 향했다.

"……로바드 백작가와 약간의 악연이 있다."

루틴은 무뚝뚝한 얼굴로 말했다. 그 표정이나 에를린의 반응이나 절대 '약간의 악연'으로는 생각되지 않는 모습이었다.

"흐음, 귀족 나리들의 문제인가 봅니다그려."

"그런 문제라면 우리가 끼면 안 되겠죠?"

카잔과 나라샤는 더 이상 캐묻지 않았다.

귀족의 일에 깊숙이 간여해 봤자 좋을 것 하나 없을뿐더러, 애초부터 그런 쪽에는 별다른 관심이 없기 때문이었다.

에를린이 입을 연 것은 한참 뒤의 일이었다.

"고양이 씨, 다른 배를 타고 가면 안 되나요?"

"안 되는데요?"

"제발요!"

나라샤는 에를린의 간청에도 불구하고 눈썹 한 번 까딱하지 않았다. 당장 다른 밀항선을 구할 시간도 부족할뿐더러, 구할 이유도 없었다. 로바드 백작가와 사이가 나쁜 건 어디까지나 에를린과 루틴이지 자신이 아닌 것이다.

"발가벗고 춤을 춰도 안 되는 건 안 되는 건데요?"

"그럼 노래까지 불러줄게요!"

"……."

나라샤는 할 말을 잃었다.

반면 카잔은 뒤집어질 것처럼 웃어젖혔다.

"캬하하하하! 발가벗고 춤추면서 노래까지? 그거 확실히 보기 힘든 광경입니다요."

"닥쳐라!"

루틴은 당장이라도 카잔의 멱살을 붙잡고 흔들어댈 것처럼 사납게 으르렁거렸다.

카잔은 그런 루틴에게 히죽거렸다.

"나리, 이 몸의 입을 틀어막기보다는 아가씨부터 말리는 게 우선인 것 같은데 말입니다요."

"끄응……."

루틴은 묵직한 신음을 흘렸다.

아예 나라샤의 바지라도 붙잡고 늘어질 것 같은 에를린의 모습을 보니 분하게도 반박이 불가능했기 때문이다.

"제발 다른 배 좀 구해주세요. 제 몸이라도 드릴게요!"

"……여자는 취미 없는데요?"

"그럼 루틴 경 몸을 드릴게요!"

루틴은 하마터면 뒤로 넘어갈 뻔했다.

카잔은 낄낄거리다 못해 숨을 헐떡거리며 호흡곤란 증세를 보였고, 나라샤조차 곤혹스러운 눈으로 루틴을 바라보았다.

"기사 오빠, 꼬마 아가씨 좀 말려줄래요?"

"……저 망할 놈 데리고 나가 있어라."

루틴은 결국 카잔과 나라샤를 쫓아내듯이 내보냈다.

그리고 에를린과의 일대일 상담에 들어갔다.

아가씨 일단 진정……. 지금 진정하게 됐어요? 그래도 어쩔 수가……. 차라리 날 두고 가요! 그럴 수는…….

나라샤는 문 앞에서 흥미진진하게 귀를 기울였다.

카잔 또한 나라샤에게 업힌 채 두 사람의 대화를 엿들으며 소리 죽여 낄낄거렸다.

"캬하하하! 이래서 이 몸이 저 아가씨를 좋아한단 말입니다요."

"흐응, 괴짜 씨는 저런 꼬마 아가씨가 타입이었어요?"

"보고만 있어도 재미있잖습니까요."

"그건 부정할 수가 없네요?"

나라샤는 피식 실소했다. 전혀 귀족답지 않은 아가씨나 묘하게 놀리기 쉬운 기사나, 잘난 귀족치고는 정말 재미있는 두 사람이었다.

카잔은 문뜩 나라샤를 돌아보았다.

"그런데 고양이 아씨, 한 가지 궁금한 게 있습니다요."

"뭐가 궁금한데요?"

나라샤는 살짝 고개를 기울였다.

카잔은 그녀를 향해 히죽 웃어 보였다.

"이왕 돈 벌 기회가 왔는데, 놓치는 건 좀 아깝지 않습니까요?"

나라샤는 일순 눈을 깜빡거렸다.

잠시 후, 나라샤의 눈가에 옅은 장난기가 떠올랐다.

"글쎄요. 역시 벌 수 있을 때 벌어놓는 게 좋겠죠?"

"캬하하, 그거 맞는 말씀이십니다그려."

카잔은 시원하게 웃음을 터트렸다.

잠시 후, 마차를 싣는 것을 확인하고 온 하야트는 악동 같은 미소를 나누는 두 남녀를 보고 침묵할 수밖에 없었다.

## 3.

오래된 항구라면 낡아서 버려진 창고가 하나둘쯤은 있기 마련이다. 일단의 무리가 모여 있는 곳도 그런 창고 중 하나였다.

그들은 몹시 특이한 무리였다. 빼빼 마른 장년인에서부터 뚱뚱한 중년인과 날카로운 눈매의 청년, 병약한 여인과 앳된 소녀, 심지어 검은 복면인까지. 서로 전혀 어울리지 않으면서도 눈빛만은 묘하게 닮아 있는 기묘한 집단이었다.

"목표가 푸른조개호에 승선한 것을 확인했다."

복면인의 나지막한 음성이 어둠에 울려 퍼졌다.

무리 중 복면인의 말을 의심하는 자는 없었다.

'눈'이 제공하는 정보는 언제나 정확하다. 그들은 다른 누구보다도 그 사실을 잘 알고 있었다.

"최우선 목표는 비보의 탈취. 부가 목표는 에를린 벨 잔디르의 암살이다."

복면인의 음성이 무겁게 가라앉았다.

언제나 냉정한 그에게도 잔디르라는 이름은 충분히 동요가 되는 목표였다.

"어떤 방법을 써도 좋다. 다만 그림자단이 개입했다는 흔적을 남겨선 안 되며, 잔디르 영지에 도착하기 전까지 임무를 완수해야 한다."

그림자단!

만약 귀족가에 대해 해박한 지식을 지닌 자가 들었다면 기겁했으리라.

기사가 암살자를 막아내기 쉽지 않다는 것은 명확한 사실.

때문에 유서 깊은 귀족 가문은 차크라 수련자로 이뤄진 비밀 조직을 구성해 암살을 대비하는 한편 정적을 제거하는 데 사용해왔다.

그림자단은 왕국에서도 열 손가락 안에 꼽히는 비밀 조직!

특히 이 자리에 모인 이들은 그림자단의 최고 정예로, 단 한 번도 실패를 겪어보지 못한 무시무시한 인물들이었다.

"질문은?"

무리는 조용히 고개를 내저었다. 지금의 대화는 단지 확인 과정에 불과할 뿐, 목표에 대해서라면 이미 충분히 알고 있었다.

복면인은 싸늘한 목소리로 대화를 끝맺었다.

"임무를 시작한다."

그림자들은 알겠다는 대답조차 하지 않았다. 다만 어둠에 녹아들듯이 스르륵 모습을 감출 뿐이었다.

홀로 남은 복면인, 카야는 천천히 창고 밖으로 걸어 나갔다.

그리고 강가에 정박해 있는 푸른조개호를 바라보았다.

　　강물의 흔들림에 따라 조용히 흔들리는 푸른조개호의 모습은 마치 요람과 같아 앞으로 닥칠 환난과는 전혀 무관하게만 느껴졌다.

　　"……."

　　묵묵히 푸른조개호를 주시하길 한참.

　　카야는 결국 다른 그림자들처럼 허공에 녹아들듯 감쪽같이 사라졌다.

　　그림자단은 그렇게 활동을 시작했다.

CHAPTER

4

## 1.

푸른조개호의 복도를 걸어가는 한 쌍의 노소가 있었다. 말끔한 정장을 입고 고급스러운 지팡이를 든 노인과, 빨간 드레스를 차려입은 예쁘장한 소녀. 누가 봐도 오붓한 조손이라고 생각할 만한 모습이었다.

본래 뛰어난 암살자란 어디에도 녹아들 수 있는 존재!

그림자단의 정예인 둘이 손님으로 위장하여 푸른조개호에 잠입하는 것은 어려운 일이 아니었다.

"흘흘, 우리가 가장 늦었구나."

"괜찮아, 클레이 할아버지. 어차피 급할 거 없잖아?"

"그래, 리즈 네 말이 맞다."

클레이는 너털웃음을 터트렸다.

푸른조개호의 속력은 분명 느린 편이 아니다.

하지만 아무리 빨리 움직이더라도 잔디르 영지에 도착하기까지는 십수 일이 넘는 시간이 걸릴 터.

임무를 수행하기에는 충분하고도 남는 시간이었다.

소녀는 문뜩 고개를 갸웃거렸다.

"그런데 할아버지, 이런 일을 해도 괜찮은 걸까?"

"흘흘, 글쎄다. 무사히 넘어갈 수는 없겠지."

리즈의 말에 클레이는 수염을 쓰다듬었다.

그림자단은 어디까지나 잔디르 후작가의 비밀 조직.

때문에 잔디르의 혈족을 암살한다는 것은 본래 금지된 일이며, 실행할 경우 어떤 후환이 닥칠지 알 수 없었다.

"그래도 어쩌겠느냐. 명령인 것을."

"하긴 그러네."

리즈는 간단히 고개를 끄덕였다.

본래 조직의 암살자란 명령에 살고 명령에 죽는 존재.

세뇌에 가까운 교육을 받은 그들에게 명령이란 세상의 어떤 것보다도 우선시되는 것이었다.

복도를 따라 얼마나 걸음을 옮겼을까. 두 노소는 복도 끝에 있던 문을 열고 안으로 들어갔다.

문 안에 펼쳐져 있는 것은 별천지, 혹은 황금의 아수라장이었다. 손님들은 은은한 불빛 아래에서 하나같이 벌건 눈으로 주사위를 굴리거나 카드를 노려보느라 바빴고, 딜러들은 손님들을 상대로 능숙하게 돈을 갈취해내고 있었다.

눈 깜짝할 사이에 수십 수백 골드가 오가는 도박판!

오직 로바드 백작가의 불법 카지노선에서만 볼 수 있는 광경이었다.

두 노소는 천천히 주변을 둘러보았다.

목표물을 찾아내는 데에는 그리 오랜 시간이 걸리지 않았다. 다른 동료들이 먼저 와서 포진하고 있었기 때문이다.

탁, 탁.

클레이는 지팡이를 짚으며 천천히 앞으로 걸어갔다.

지팡이가 뚝 하고 멈춘 것은 한 도박 테이블 앞이었다.

테이블에는 딜러를 포함해서 중년인, 청년, 여인까지 총 네 명이 카드 게임을 하고 있었다.

중년인과 청년은 이미 게임을 포기한 듯 카드를 덮고 있었고, 딜러와 여인만이 카드를 쥔 채 서로를 견제하고 있었다.

한 줄기 외침이 터져 나온 건 여인의 뒤쪽에서였다.

"아가씨, 콜(call) 하십쇼, 콜!"

사지에 부목을 댄 채 의자에 늘어지듯 앉아 있던 사내, 카잔은 여인의 뒤에서 버럭버럭 고함을 질렀다.

여인, 에를린은 불퉁한 얼굴로 뒤를 돌아보았다.

"늑대 씨, 자기가 도박에 참가 못한다고 저까지 파산시키려는 건 너무하잖아요."

"켁! 그런 카드가 있는데 뭔 파산입니까요?"

카잔은 어처구니없다는 표정을 지었다.

에를린은 못 말리겠다는 듯 고개를 가로저었다.

"알았어요, 알았어. 콜 하면 되잖아요. 대신 제가 파산하면 늑대 씨가 책임져야 해요?"

"걱정 마십쇼. 아예 평생이라도 책임져드리겠습니다요."

"꿈 깨시죠?"

"꿈은 자유 아니겠습니까요. 캬하하핫!"

에를린은 카잔과 툭탁거리다가 결국 콜을 했다.

딜러는 테이블에 주르륵 쌓인 칩을 보며 얼굴을 굳혔다.

'거짓말이다. 속으면 안 돼, 속으면 안 돼!'

창백한 얼굴 위로 식은땀이 주르륵 흘러내렸다.

번민이 끝난 것은 한참 뒤였다.

"콜, 카드 오픈하겠습니다."

딜러의 떨리는 손이 카드를 펼쳤다.

하트 A, 스페이드 A, 다이아몬드 A, 다이아몬드 3, 클로버 3.

풀 하우스!

최고라고는 할 수 없어도 최상이라고 하기엔 충분한 패였다.

에를린과 카잔은 그것을 보고 눈을 동그랗게 떴다.

"켁! 이거 영 운이 안 좋습니다그려."

"그러니까 콜 하지 말자고 했잖아요."

딜러는 티격태격하는 두 남녀를 보고 안도의 한숨을 내쉬었다.

에를린이 카드를 펼쳐든 것은 그 순간이었다.

스페이드 5, 6, 7, 8, 9.

"우와아!"

"스트레이트 플러시다!"

손님들은 천에 한 번 나오기도 힘든 패를 보고 환호성을 내질렀고, 딜러는 졸도할 듯한 표정을 지었다.

에를린은 산더미 같은 칩을 쓸어 담으며 투덜거렸다.

"콜이 아니라 하프를 불렀으면 더 크게 땄을 거잖아요."

"캬하하하! 벌써 많이 따셨습니까요."

"적어도 2천 골드는 따야 본전이죠."

"끄으으……."

딜러는 기어코 뒷목을 붙잡으며 쓰러졌다.

카지노의 직원들은 서둘러 달려와 딜러를 업어갔다. 어째 익숙해 보이는 동작이었다.

에를린은 그런 딜러를 보며 고개를 갸웃거렸다.

"여긴 참 아픈 사람이 많네요? 벌써 세 번째잖아요."

"글쎄올시다. 도박을 너무 해서 몸이 약해진 게 아닐깝쇼?"

"그러고 보니 쓰러진 건 전부 딜러들이었죠?"

손님들은 질린 표정을 지었다.

특히 카지노 직원들은 두 남녀가 악마라도 되는 듯 바라보았다.

에를린은 그중 한 직원에게 불쑥 고개를 들이밀었다.

"저기요, 다른 딜러는 언제 오나요?"

"죄, 죄송합니다. 잠시만 기다려주십시오."

직원은 창백한 얼굴로 허리를 숙였다.

사실 잠시 기다린다고 될 일이 아니었다.

두 남녀의 화술에 말려들어서 졸도한 딜러만 벌써 세 명째!

특히 마지막 딜러는 카지노 최고의 실력자였음에도 불구하고 600골드라는 거금을 날리기까지 했다. 상황이 이렇다 보니 카지노 측에서는 더 이상 내보내려야 내보낼 딜러가 없었다.

당장 다른 테이블에 있는 딜러들만 해도 하나같이 창백한 얼굴로 힐끔힐끔 에를린과 카잔을 훔쳐보느라 도박에 집중하지 못하고 있을 정도였다.

에를린은 어깨를 으쓱거렸다.

"딜러 준비가 늦는다면 어쩔 수 없네요. 다른 테이블로 갈까요?"

직원의 얼굴에 절망이 어렸다.

특히 딜러들은 사색이 되었다. 심지어 칩을 와르르 떨어트리거나 카드를 놓쳐버리는 딜러까지 있을 정도였다.

카잔은 그 모습을 보며 낄낄거렸다.

"캬하하, 아예 카지노를 파산시킬 생각이십니까요?"

"에이, 설마요. 제가 돈을 좀 딴다고 그 잘난 로바드 가문의 카지노가 파산하기야 하겠어요?"

에를린은 싱글싱글 웃었다. 턱없이 밝기에 더 오싹한 미소였다.

카잔은 피식 실소했다.

'이건 진짜 예상외인데 말입죠.'

원래 카지노에서 도박을 시작한 것은 카잔과 나라샤였다.

카잔이 딜러의 심기를 흐트러트리면 나라샤가 패를 읽어내는 식으로 두 사람은 백전백승을 거뒀고, 삽시간에 100골드가 넘는 거금을 따냈다.

에를린이 끼어든 것은 그때쯤이었다.

"원래 이 배를 싫어하셨잖습니까요."

"그건 그거고 이건 이거죠."

대체 루틴이 무슨 말로 설득한 것일까.

에를린은 히스테리를 벗어난 즉시 도박을 하겠다고 떼를 썼다.

카잔과 나라샤는 결국 약간 손해 볼 것을 각오하고 생

전 처음 카드를 만져보는 귀족 아가씨를 판에 끼워주었다.

뜻밖인 것은 에를린의 도박 솜씨였다.

영리한 머리와 엉뚱한 화술을 이용해 에를린은 순식간에 도박 실력을 늘려나갔다. 거기에 카잔의 지원까지 더해지자 딜러들은 정신에 치명상을 입게 되었다.

첫 번째 딜러가 200골드를 잃고 혼절한 것은 에를린이 카드 게임의 룰을 배운 지 겨우 두 시간이 지났을 때였다.

나라샤도 두 번째 딜러가 300골드를 잃고 혼절한 순간 손을 떼고 물러났다. 에를린 혼자서 돈을 쓸어 담다시피 하다 보니 같은 판에서는 득이 없었기 때문이다.

그렇게 도박에 재미를 붙인 지 네 시간!

에를린의 앞에는 어느새 천 골드가 넘는 칩이 쌓여 있었다.

카잔은 히죽거리며 옆을 돌아보았다.

"나리, 대체 아가씨한테 무슨 말씀을 하신 겁니까?"

"……묻지 마라."

루틴은 카잔의 옆에서 이마를 감싸 쥐었다. 아무리 에를린을 진정시키기 위해서였다지만, '로바드 가문의 재산을 거덜 낼 기회가 아니겠습니까?'라고 별생각 없이 말했던 것이 그렇게 후회될 수 없었다.

'흘흘, 아가씨가 확실하군.'

클레이는 지팡이를 짚은 채 웃음을 흘렸다. 비록 평생을 어둠 속에서 살아온 그림자라도 본가의 말괄량이 아가씨에 대해서는 잘 알고 있었다.

무엇보다, 저런 성격의 아가씨가 둘이나 있을 리 없다.

'자, 그럼 누가 아가씨를 편안하게 해드릴 텐가?'

클레이는 천천히 시선을 돌렸다. 성검 아크라드는 루틴의 허리에 매여 있기 때문에 탈취하기가 쉽지 않다. 반면 에를린의 암살은 그다지 어렵지 않다.

루틴의 성격상 에를린이 죽으면 엄청난 정신적 충격을 받을 터.

그 틈을 이용하면 아크라드를 빼앗는 것도, 루틴을 암살하는 것도 어렵지 않을 것이다.

신호를 보낸 것은 손님으로 위장해 있던 뚱뚱한 중년인이었다.

'내가 하리다.'

클레이는 별다른 고민 없이 고개를 끄덕였다. 중년인, 트리커야말로 이 임무의 최고 적임자였으니까.

트리커는 주변의 이목을 피해 샹들리에와 연결된 사슬로 다가갔다.

마침 에를린의 위치는 샹들리에의 바로 밑. 샹들리에를 떨어트리면 그녀의 반사 신경으로는 절대 피하지 못할 터였다.

'미안하지만 아가씨, 사고사 당해줘야겠소.'

트리커는 소매에서 가느다란 실을 꺼냈다. 거미줄보다 가늘고 칼날보다 예리한 암살자만의 은사, 블레이드 와이어(blade wire)는 샹들리에의 사슬을 향해 화살처럼 쏘아져 나갔다.

촤악!

"⋯⋯!"

트리커는 눈을 부릅떴다.

자신의 블레이드 와이어가 샹들리에의 사슬을 감아들기 직전, 어디선가 튀어나온 투명한 와이어와 뒤엉켜버렸기 때문이다.

트리커는 곧장 동료들에게 신호를 보내려 했다.

그림자단의 정예다운 민첩한 반응!

마술처럼 나타난 와이어 한 가닥이 트리커의 목에 휘감긴 것은 그 순간이었다.

촤악!

'꺽! 꺼어억!'

트리커는 자신의 목에 휘감긴 와이어를 붙잡고 버둥거렸다. 하지만 목을 바짝 파고든 와이어를 맨손으로 풀어내는 것은 불가능했다.

'끄르륵⋯⋯.'

트리커의 눈이 하얗게 뒤집히는 데는 오랜 시간이 걸리지 않았다.

결국 의식을 잃은 트리커가 쓰러지려던 순간, 천장에서

와이어가 한 가닥 더 내려와 트리커의 몸에 틀어박혔다.

"손님, 무슨 일 있으십니까?"

한 직원이 다가온 것은 그때쯤이었다.

아무리 조명의 사각이라도 목을 움켜쥐고 버둥거리는 트리커의 모습은 너무나 눈에 띄었던 것이다.

놀라운 일이 벌어진 것은 그 순간이었다.

"커흠! 아무 일도 아니네. 잠깐 사레가 들렸었네."

트리커는 언제 의식을 잃었냐는 듯 멀쩡한 모습으로 손을 휘저었다.

직원은 친절한 미소를 지어 보였다.

"몸이 안 좋으시면 의료실로 안내해드리겠습니다."

"괜찮네. 신경 써줘서 고맙네."

"알겠습니다. 그럼 좋은 시간 보내십시오."

직원은 정중한 인사와 함께 자리에서 물러났다.

홀로 남은 트리커는 뒷짐을 지고 느긋하게 카지노 밖으로 걸어갔다.

탁 풀린 동공에 반해 너무나 자연스러운 움직임을 보이는 트리커의 뒷목에는 와이어 한 가닥이 틀어박혀 있었다.

차크라로 사물을 조종하는 기예, 네샤라(操影式, 조영식)!

그 신묘한 비술이 마리오네트 와이어(marionette wire)를 통해 트리커의 육신을 꼭두각시처럼 조종하고 있었다.

터벅, 터벅.

트리커는 느긋하게 갑판 뒤쪽으로 걸어갔다.

뚱뚱한 몸이 난간에 기대졌다 싶은 순간, 어둠 속에서 튀어나온 블레이드 와이어 두 가닥이 트리커가 기댄 난간의 좌우 양옆을 싹둑 잘라냈다.

파지직, 풍덩!

트리커는 부서진 난간을 움켜쥔 채 강에 떨어졌다.

어둠 속에 숨어 있던 백발홍안의 소녀는 가볍게 와이어를 회수했다.

난간이 부서지는 소리를 들은 선원들이 달려왔을 때, 하야트의 모습은 이미 감쪽같이 사라지고 없었다.

## 2.

트리커가 강물에 빠져 허우적거리고 있을 무렵, 카지노에서는 한 노인이 당황하고 있었다.

'어떻게 된 거지?'

클레이는 초조하게 지팡이를 매만졌다. 트리커는 그림자단에서도 사고사로 위장한 암살의 최고 전문가였다. 때문에 주저 없이 이번 일을 맡겼던 것이다.

헌데 아무리 기다려도 사고가 일어날 조짐은 안 보였다.

아니, 그 정도가 아니라 트리커 자체가 카지노에서 감쪽같이 사라졌다.

'무슨 일이 생긴 건가?'

클레이는 눈을 가늘게 떴다.

트리커와 같이 뛰어난 암살자에게 무슨 일이 생길 가능성은 낮지만, 그렇다고 아주 없는 것도 아니다.

잠시간의 고민 끝에 클레이는 마음을 정했다.

'일단은 물러나야겠군.'

암살에서 가장 중요한 것은 완벽한 정보다. 카야에게 받은 정보에 따르면 에를린의 일행은 루틴과 카잔뿐. 그 외에는 경계해야 할 것도 없었고, 돌발사태가 일어날 이유도 없었다.

그럼에도 불구하고 트리커가 갑자기 사라졌다면 정보에 뭔가 문제가 생겼다는 뜻!

정보 수집을 위해서든 사고 처리를 위해서든, 일단은 물러나서 체제를 정비할 필요가 있었다.

한쪽 테이블에 있던 여자 딜러가 신호를 보내온 것은 그때였다.

'본인이 해보지요.'

'비얀, 자네가?'

클레이는 병약한 안색의 여인을 힐끔 쳐다보았다.

짧은 고민 끝에 클레이는 고개를 끄덕였다.

암살에서 가장 은밀하고도 치명적인 방법은 바로 독살!

상황이 찜찜하기는 해도, 그림자단 최고의 독술사인 비얀이라면 쥐도 새도 모르게 에를린을 독살할 수 있을 것이다.

"딜러는 언제 와요?"

"죄송합니다. 조금만 더……."

"그 조금만이 벌써 다섯 번째인데요?"

한편 에를린은 손가락으로 테이블을 뚝뚝 두드리고 있었다.

아무리 기다려도 네 번째 딜러가 오지 않는 상황에 대한 불만이 쌓일 만큼 쌓여 있는 모습이었다.

카잔은 낄낄거리며 에를린을 달랬다.

"자, 자, 아가씨. 술이라도 한잔 드시면서 기다리십쇼."

"이놈! 무슨 소리를 하는 거냐?"

"캬하하핫! 너무 성질내지 마십쇼, 나리. 아가씨가 무슨 애도 아닌데 술 한 잔쯤이야 상관없잖습니까요."

"끄으응……."

루틴은 고개를 숙이고 앓는 소리를 냈다.

비얀이 테이블에 다가온 것은 그때쯤이었다.

"괜찮으시다면 본인이 상대해드리겠습니다."

"와아, 딜러 왔다!"

에를린은 양손을 활짝 펼쳐들며 환호성을 질렀다. 마치 선물 보따리를 들고 온 부모님을 맞이하는 어린아이 같은 모습이었다.

비얀은 능숙한 손놀림으로 카드를 섞기 시작했다.

일류 독술사라면 상대가 뻔히 보는 와중에도 전혀 눈치 채지 못하게 독을 사용할 수 있다. 지금 비얀이 사용하는 것이 그런 묘기였다.

카드에 은밀하게 독을 묻혀 에를린에게 돌리기까지의 모든 동작은 자연스럽게 이뤄졌다.

에를린은 싱긋 웃으며 카드에 손을 가져갔다.

"게임은 잘 돼가고 있어요?"

나라샤가 불쑥 튀어나온 것은 그때였다.

왼손에 술잔을 든 채 테이블로 다가온 나라샤는 에를린을 뒤에서 끌어안으며 작은 어깨에 턱을 기댔다.

루틴은 그 모습을 보고 이마에 핏대를 세웠다.

반면 에를린은 아무렇지도 않게 싱긋 웃었다.

"마침 시작하려던 참이에요. 고양이 씨도 같이 하실래요?"

"아무래도 수지타산이 안 맞을 거 같은데…… 일단 꼬마 아가씨가 어떤 패를 가지고 있는지 한번 볼까요?"

나라샤는 싱긋 눈웃음을 지으며 테이블 위의 카드를 향해 손을 뻗었다.

클레이는 자신도 모르게 신음을 흘릴 뻔했다. 여기서 에를린 외에 다른 사람이 중독돼서 쓰러지기라도 했다가는 끝장인 것이다.

비얀은 돌발 상황에도 침착하게 대응했다.

"죄송합니다, 손님. 플레이어 외에 다른 분이 카드에 손대는 것은 룰 위반입니다."

"흐응, 그런가요?"

나라샤는 선뜻 손을 물렸다. 섭섭하기는커녕 오히려 시원하게 느껴지는 동작이었다.

카잔은 그 모습을 보며 히죽 웃었다.

"캬하하하! 아픈 아가씨 심기가 불편한 모양입니다요. 괜히 건드리지 말고 여기서 같이 구경이나 하십죠."

"아무래도 그래야겠네요?"

나라샤는 어깨를 으쓱거리며 카잔 옆으로 걸어왔다.

에를린은 곧장 카드를 집어 들었다. 그녀의 녹색 눈동자는 의욕으로 활활 불타오르고 있었다.

클레이는 쓴웃음을 지었다.

'잘 가십시오, 아가씨.'

비얀이 카드에 묻힌 것은 지효성 극독!

당장은 멀쩡해 보이지만 3,40분이 지날 쯤에는 수면제를 먹은 것처럼 꾸벅꾸벅 졸다가 결국 영영 깨어날 수 없는 꿈나라로 떠나게 된다.

에를린의 죽음은 이미 정해진 것이나 마찬가지였다.

"아, 이번 판은 안 되겠어요. 죽을래요."

"알겠습니다."

에를린은 자신에게 무슨 일이 벌어졌는지도 모른 채 도

박에 몰입해 있었다.

비얀은 에를린을 설렁설렁 상대해주었다. 진짜 딜러도 아닌 그녀로서는 카지노가 망하든 말든 상관없는 일이었으니까.

덕분에 에를린의 칩은 삽시간에 두 배 가깝게 늘어났다.

"맙소사……."

"저 여자는 대체 정체가 뭐야?"

구경꾼들조차 이제는 감탄 대신 신음을 흘리고 있었다.

대단한 것도 정도가 있는 법.

그런 면에서 에를린은 정도를 초월해도 한참 초월한 상대였다.

클레이의 안색이 변한 것은 에를린의 칩이 2천 골드를 돌파했을 무렵이었다.

'왜 잠들지 않는 거지?'

에를린이 카드를 잡은 것도 벌써 40분!

독의 효과가 나타날 시간이 한참 지났음에도 불구하고 아직까지 에를린이 쓰러지지 않았다는 사실이 클레이를 혼란스럽게 했다.

비얀 또한 지금의 상황이 믿겨지지 않는 듯 얼굴이 백지장처럼 질려 있었다.

이변이 일어난 것은 그 순간이었다.

털썩!

"어머나?"

에를린은 두 눈을 휘둥그레 떴다.

비얀이 느닷없이 바닥에 주저앉아버렸기 때문이다.

머리와 사지가 축 늘어져 있는 것이, 단지 다리에 힘이 빠진 정도가 아니라 완전히 기절한 모습이었다.

"결국 네 번째까지……!"

"쯧쯧, 한 시간도 안 돼서 천 골드나 잃었으니 졸도할 법도 하지."

구경꾼들은 안타깝다는 듯이 혀를 찼다.

클레이는 직원에게 업혀가는 비얀을 보며 얼굴을 굳혔다.

옆에 있던 리즈 또한 창백한 안색을 감추지 못했다.

'중독?'

창백한 얼굴이나 파리하게 질린 입술, 거무죽죽해진 눈가를 볼 때, 비얀이 기절한 원인은 독이 틀림없었다.

'언제? 어떻게!'

주름진 손이 부르르 떨렸다.

비얀은 상급 수련자 못지않은 독술의 달인. 그런 비얀이 독에 당했다는 것은 진정 예상치 못한 사태였다.

'누구지? 대체 누가……?'

클레이는 제자리에 우뚝 선 채 샅샅이 주변을 훑어보았다.

카잔의 옆에 나른하게 기대 서 있던 흑발금안의 미녀, 나라샤와 시선이 마주친 것은 바로 그 순간이었다.

"……!"

클레이는 벼락을 맞은 듯한 충격을 느꼈다.

나라샤가 자신이 애타게 찾고 있던 상대이며, 그녀가 카드를 집기 위해 손을 가져가던 순간에 해독과 중독이 이미 끝나 있었다는 사실을 깨달았던 것이다.

'초일류 독술사……! 저런 자가 아가씨 곁에 붙어 있었단 말인가?'

클레이는 내심 신음을 흘렸다.

저런 상대가 에를린 곁에 붙어 있었으니 트리커와 비얀이 실패한 것도 어쩔 수 없는 일이었다.

'흠……! 이번 일은 실패군.'

클레이는 허탈한 웃음을 지었다.

목표물에게 나라샤와 같은 초일류가 붙어 있음을 몰랐다는 점부터 실착이다.

거기에 트리커와 비얀까지 실패한 뒤에야 그 사실을 깨닫다니!

백번 죽어도 할 말이 없었다.

'하지만 아가씨, 저희 그림자단은 결코 포기를 모릅니다.'

싸늘한 노안으로 에를린을 주시하길 잠시.

클레이는 이내 휙 하니 몸을 돌려 카지노를 나섰다.

리즈는 아무 말 없이 클레이의 뒤를 따랐다.

일단 지금은 물러나 태세를 정비하되, 다음번에는 더욱 완벽한 기회를 틈타 다시 돌아오리라.

나라샤는 클레이의 뒷모습을 보며 눈을 가늘게 떴다.

"흐응, 역시 나이가 들면 고집이 세지나 보네요?"

"무슨 소리냐?"

루틴은 뜬금없는 소리에 미간을 찌푸렸다.

나라샤는 싱긋 눈웃음을 지었다.

"그냥 혼잣말이에요. 신경 쓰여요?"

"흥!"

루틴은 코웃음과 함께 시선을 돌렸다.

카잔이 입을 연 것은 그때쯤이었다.

"자, 오늘은 충분히 놀았으니 이만 돌아가십시다요."

"에에? 벌써요?"

에를린은 노골적으로 싫다는 표정을 드러냈다. 도박에 빠져도 아주 단단히 빠진 모습이었다.

"어차피 시간은 많지 않습니까요. 오늘은 푹 쉬고 내일 또 모십죠."

"하긴, 그것도 그렇네요."

카잔의 설득에 에를린은 고개를 끄덕였다.

일행은 그렇게 약 2천 골드라는 거금을 챙겨 들고 카지노를 나섰다.

카지노 직원들은 '안녕히 가십시오.'라는 인사만 했을 뿐,

'다음에 다시 들러주십시오.'라는 말은 예의상으로도 하지 않았다.

내일쯤이면 카지노가 폐업하게 될지도 모를 일이었다.

"그럼 푹 주무세요."

"안녕히 주무십시오, 아가씨."

에를린은 선실에 도착하자마자 거실 왼쪽 방으로 들어갔다.

2인실이 두 개다 보니 왼쪽은 여자들이, 오른쪽은 남자들이 사용하기로 이미 합의가 돼 있는 상태였다.

루틴은 오른쪽 방으로 들어가려다가 문득 걸음을 멈췄다.

"안 잘 셈이냐?"

"캬하하, 먼저 주무십쇼. 이 몸은 잠이 안 와서 좀 쉬다가 들어가렵니다요."

카잔은 히죽 웃으며 고개를 끄덕였다.

루틴은 미심쩍은 표정으로 카잔과 나라샤를 바라보다가 먼저 방으로 들어갔다.

두 남녀가 방으로 들어가자, 거실에 남은 나라샤와 카잔은 자연스럽게 서로 시선을 마주하게 되었다.

"흐응, 나한테 무슨 할 얘기가 있는 건가요?"

나라샤는 옅은 눈웃음을 지었다. 카잔이 거실에 남은 것이 자신에게 할 얘기가 있기 때문이라는 사실을 눈치채고 있었기 때문이다.

카잔은 나라샤에게 히죽 웃어 보였다.

"오늘 고생이 많으셨다는 말씀을 드리고 싶어서 말입니다요."

나라샤의 황금빛 눈동자에 순간 이채가 스쳐 지나갔다.

눈을 가늘게 뜨고 카잔을 바라보길 잠시.

나라샤는 결국 고개를 살짝 기울이며 물었다.

"어떻게 알았나요?"

카지노처럼 사람이 많고 복잡한 장소에 녹아들어 있는 암살자를 찾는 것은 모래사장에서 바늘 찾기나 마찬가지다. 오죽하면 루틴조차 암살 위협을 눈치채지 못했겠는가?

카잔이 그들을 눈치챘다는 것은 놀라운 일이었다.

"게임 한 판도 치르지 않고 계속 주변을 맴도는 손님들이나, 도박보다는 카드 마술을 부리는 데 집중하고 있는 딜러나, 정상은 아니잖습니까요."

카잔은 히죽 웃으며 말했다.

나라샤의 눈이 일순 크게 뜨였다.

물론 카잔이 말한 방법으로 암살자를 의심하는 것은 가능하다. 문제는 한 가지 전제 조건이다.

"설마 홀에 있던 사람들을 모두 관찰한 건가요?"

"그런뎁쇼?"

"……."

카잔의 천연덕스러운 대답에 나라샤는 말을 잃었다.

홀에 있던 수백 명의 사람들을 관찰하고 있었다고? 행동과 시야도 제한된 상태로 몇 시간 내내? 미세한 실수 하나조차 잡아낼 수 있을 정도로 세밀하게?

나라샤는 설레설레 고개를 내저었다.

"당신, 인간 맞아요?"

"캬하하하! 별말씀을 다 하십니다그려."

"어떻게 그게 가능하죠?"

카잔은 간단명료하게 대답했다.

"고양이 아씨, 이 몸은 세계 제일의 추색탐험전문가입니다요."

"……!"

나라샤는 오싹한 전율을 느꼈다.

카잔은 추색탐험전문가로서 홀에 숨어 있는 '암살자'를 찾아낸 것이다.

암살자에게 있어서는 진정 소름 끼치는 능력이었다.

"당신…… 정말 대단히 이상한 사람이네요?"

"캬하하하하! 칭찬 고맙습니다요."

카잔은 유쾌하게 웃어 재꼈다.

시끄러울 정도로 커다랗던 웃음 소리가 멈춘 것은 잠시 뒤였다.

"그나저나 이거, 앞으로가 문제인데 말입니다요."

"걱정돼요?"

"원래 상처 입은 호랑이가 더 무서운 법이잖습니까요."

카잔은 쩝 하고 입맛을 다셨다.

첫 번째 암살 시도를 수월하게 막아낼 수 있었던 것은 상대가 나라샤에 대해서 모르고 있었기 때문이다.

나라샤의 존재가 드러난 이상, 앞으로의 암살 시도는 훨씬 치밀해질 것이다.

"뭐, 그래도 지형적으로 불리한 점은 없지만 말입죠."

카잔은 느긋하게 소파에 머리를 기댔다.

나라샤는 눈을 가늘게 뜨고 콧소리를 흘렸다.

"흐응…… 거기까지 계산하고 수로를 선택한 건가요?"

"글쎄올시다. 이 몸은 그냥 편한 길을 고른 것뿐인뎁쇼."

"그래요? 그런 것치곤 참 운이 좋네요?"

나라샤는 피식 실소했다.

카잔은 히죽 웃으며 나라샤를 마주 보았다.

"고양이 아씨야말로 이걸 대비해서 푸른조개호를 고른 거 아닙니까요?"

나라샤는 머리카락을 배배 꼬며 답했다.

"좋은 게 좋은 거 아니겠어요?"

"캬하하하! 그건 확실히 그렇습니다요."

카잔은 고개를 끄덕이다가 에를린이 들어간 문을 힐끔 돌아보았다.

"조금만 수고해주십쇼. 일단 후작가까지만 도착하면 안심할 수 있을 테니 말입니다요."

"훗, 아마 후작가까지 갈 필요도 없을걸요?"

나라샤는 싱긋 눈웃음을 지었다.

자신감과 즐거움이 한가득 묻어나는 미소였다.

암흑가 제일의 암살자를 보며 카잔은 히죽 웃었다.


## 3.

푸른조개호의 아래층에 위치한 창고.

수리용 자재들이 쌓여 있는 만큼 인적이 드물던 창고에는 세 명의 무리가 빙 둘러 앉아 있었다.

클레이는 나지막이 입을 열었다.

"트리커가 강에 떨어졌단 말인가?"

"난간에 블레이드 와이어의 흔적이 있는 걸 봐선 네샤라에 당한 것으로 추정됩니다."

날카로운 눈매의 청년, 그란은 차가운 목소리로 말했다.

네샤라에 당한 상태로 강에 떨어진 이상 트리커는 이미 죽었다고 생각해야 한다. 설령 운 좋게 살아 있더라도 합류는 불가능하다.

클레이는 허탈하게 웃었다.

"흠……. 네샤라의 달인이 네샤라에, 독의 달인이 독에 당했단 말인가?"

비얀은 아직까지 의식불명 상태였다.

자신이 자랑하던 기예에 의해 쓰러지다니. 그야말로 원숭이가 나무에서 떨어진 꼴이었다.

"어렵군, 어려워."

클레이는 나지막이 한탄했다.

에를린에게 나라샤라는 초일류 암살자가 붙어 있다는 것까지는 확인했다.

하지만 상대가 과연 나라샤 하나뿐인지, 그리고 나라샤의 실력이 과연 어느 정도인지는 아직까지도 미지수였다.

문제점은 그것만이 아니었다.

"왜 하필이면 이 배란 말인가."

지상이라면 암살을 하기 쉬운 지형이 얼마든지 있는 반면, 배는 목표물이 방에 틀어박혀 있기만 해도 알아서 목적지까지 흘러가기 때문에 암살에 상당히 불리했다.

더구나 푸른조개호와 같은 대형선은 선원과 손님의 이목까지 신경 써야 한다는 점에 있어 난공불락의 요새와 같았다.

"상당히 머리를 썼다고 봐, 할아버지."

리즈는 방긋 웃으며 말했다.

그란 또한 고개를 끄덕였다.

"흘흘, 네 말이 맞다. 애초부터 우리의 손발을 묶기 위해 이런 배를 고른 거겠지."

클레이는 쓴웃음을 지었다.

루틴은 뛰어난 기사일망정 암살자를 상대한 경험이 적고, 에를린은 어수룩한 귀족 아가씨에 불과하다. 때문에 별 생각 없이 호화 여객선인 푸른조개호에 승선했다고 생각했다.

거기부터 엄청난 오판이 있었던 것이다.

"아마 그 여자가 내놓은 의견이겠지?"

리즈는 고개를 갸우뚱 기울였다. 꼭 깨물어주고 싶을 정도로 귀여운 모습이었다.

클레이는 잠시간의 망설임 끝에 입을 열었다.

"글쎄. 나는 왠지 카잔이라는 자가 걸리는구나."

"에? 그 팔다리 부러진 사람?"

리즈는 눈을 동그랗게 떴다.

그란도 의외라는 표정으로 클레이를 바라보았다.

카야에게 받은 정보에 의하면 카잔은 딱히 신경 쓸 만한 인간이 아니었기 때문이다.

"기억하느냐? 그녀는 내내 카잔이라는 자 옆에 있었다."

"우웅……. 그러고 보니 이상하네."

리즈는 고개를 갸웃거렸다.

호위를 할 때 가장 중요한 것은 거리다. 아무리 뛰어난 실력자라도 호위 대상자와 거리가 멀수록 암습을 막아내기 힘들기 때문이다.

때문에 나라샤가 에를린이 아닌 카잔에게 붙어 있었다는 것은 상당히 의미심장한 일이었다.

"혹시 그 여자를 고용한 게 카잔이라는 사람일까?"

"그럴 수도 있지. 어쨌든 카잔이라는 자를 무시해서는 안 될 거 같구나."

클레이는 신중하게 말했다.

어떤 분야든 초일류의 전문가는 특출한 재주를 가지고 있기 마련이다.

카잔이 비록 무력한 추색탐험전문가라도 초일류로 분류되는 이상은 신경을 할애할 필요가 있었다.

"이제 어떡할 겁니까?"

그란은 날카로운 눈을 더욱 치켜떴다.

클레이는 지팡이를 만지작거리며 고민에 잠겼다.

"배에서 내린 뒤에는 이미 늦네. 어떻게든 배 안에서 해결을 봐야 할 걸세."

에를린이 배에서 내리는 것은 잔디르 영지에 도착했을 때일 터. 그 시점에서 이미 임무는 실패라고 할 수 있다.

클레이의 노안이 차갑게 식은 것은 그때였다.

"흐음, 아무래도 아가씨부터 노리는 건 다시 생각해봐야겠군."

"아크라드부터 노리려고?"

리즈는 눈을 깜빡거렸다.

분명 그들이 받은 최우선 목표는 아크라드의 탈취다.

문제는 아크라드를 루틴이 보관 중이라는 것! 아무리 뛰어난 암살자라도 오러 상급 수련자에게서 무언가를 훔쳐내기는 힘들다.

클레이는 홀 웃음을 흘렸다.

"흘흘흘, 꼭 아크라드를 노릴 필요는 없단다."

"에? 그럼 어쩌려고?"

리즈는 이해가 안 간다는 듯 고개를 갸웃거렸다.

반면 그란은 눈을 가늘게 떴다.

클레이는 리즈의 머리를 쓰다듬어주며 설명을 덧붙였다.

"맹수를 잡는 방법에는 여러 가지가 있지 않더냐."

"아!"

리즈는 탄성을 내질렀다. 그제야 클레이의 의도를 파악했던 것이다.

클레이의 노안이 형형한 빛을 발했다.

"아가씨는 절대 살아서 이곳을 빠져나갈 수 없을 게다."

잔디르 후작가의 숨은 검, 그림자단은 그렇게 다시 움직일 준비를 하고 있었다.

CHAPTER
5

## 1.

에를린은 기운차게 말했다.

"자, 오늘도 신 나게 일해보죠!"

"······아가씨, 도박은 일이 아닙니다."

"직업에는 귀천이 없다고요. 엄연히 노력과 시간을 들여서 돈을 버는 행위인데 왜 일이 아니겠어요?"

"끄으응."

루틴은 힘없이 고개를 떨어트렸다.

에를린의 화술을 당해내기에는 아직 수련이 부족했다. 아니, 이제는 아예 막아낼 기력 자체가 없었다.

카잔은 그 모습을 보며 낄낄거렸다.

"확실히, 돈을 잃지만 않는다면 도박도 엄연한 일이 될 수 있습죠."

"역시 늑대 씨는 뭘 아신다니까요."

에를린은 싱긋 웃으며 카잔을 바라보았다.

걱정스러운 표정이 떠오른 것은 잠시 뒤였다.

"그런데 정말 괜찮겠어요?"

"뭐 말씀입니까요?"

"늑대 씨 몸이요. 열이 펄펄 나고 있잖아요."

"캬하하하! 이 정도야 아무것도 아닙죠."

카잔은 침대에 누운 채 낄낄거렸다. 이마에 땀이 송골송골 맺혀 있는 것만 빼면 참 유쾌한 모습이었다.

나라샤는 카잔의 이마에 물수건을 올려주며 눈웃음을 지었다.

"몸이 나으려는 증상이니까 걱정할 거 없어요. 한숨 푹 자고 나면 오히려 더 건강해질걸요?"

"으음, 그렇다면 다행이지만……."

에를린은 나라샤의 말을 듣고도 망설임을 지우지 못했다.

환자인 카잔을 두고 카지노에 놀라가는 것이 내킬 리가 없다. 그럼에도 불구하고 에를린이 카지노로 가려고 하는 것은 한 사람의 적극적인 권유 때문이었다.

"이 몸은 걱정 말고 돈이나 많이 벌어오십쇼. 그래야 이 몸도 부담 없이 추가 보수를 받을 거 아니겠습니까요."

카잔은 히죽 웃었다.

에를린도 환자답지 않은 카잔의 말을 듣고 싱긋 웃었다.

"알았어요. 돈 많이 벌어올 테니까 늑대 씨는 몸조리 잘하세요."

"예입! 올 때 선물 사오는 거 잊지 마십쇼."

"늑대 씨는 어떤 선물이 좋아요?"

"당연히 끝내주는 미인입죠!"

카잔은 씩씩하게 외쳤다.

푸른 눈동자가 초롱초롱하게 빛나는 것이, 선물에 대한 기대감으로 가득한 모습이었다.

루틴은 그 모습을 보고 어처구니없다는 표정을 지었고, 나라샤는 쿡쿡 소리 죽여 웃었다.

에를린은 태연하게 고개를 끄덕였다.

"멋진 미남이나 한 명 꼬셔오면 되는 거죠?"

"엥? 이 몸이 언제 사내놈을 데려와달라고 했습니까요?"

카잔은 뜨악한 표정을 지었다.

에를린은 싱글거리며 대답했다.

"미인이라고 했지 미녀라고 하지는 않았잖아요?"

"……대체 그런 말장난은 어디서 배우신 겁니까요?"

"늑대 씨한테요."

카잔은 허허로운 표정을 지어 보였다.

"뛰어난 제자를 두었으니 죽어도 여한이 없습니다요."

"흑, 편히 가세요. 늑대 씨의 농담은 제가 잘 이을게요."

에를린은 참새 눈물을 훔치며 등을 돌렸다.

카잔은 애타게 외쳤다.

"끝내주지 않아도 좋으니 꼭 미녀를 데려와주십쇼!"

"네, 네. 미녀처럼 잘생긴 남자 분으로 모셔올게요."

"그건 아니잖습니까요! 아가씨, 아가씨이이!"

에를린은 카잔의 간절한 부름에도 불구하고 뒤 한 번 돌아보지 않고 방을 나갔다.

루틴은 고소하다는 표정으로 카잔을 보다가 에를린을 따라갔다.

카잔은 힘없이 뒤통수를 베개에 떨어트렸다.

"끄응. 배움이 빠른 건 좋은데, 왜 이 몸의 속이 쓰린지 모르겠습니다요."

"글쎄요. 딸이 시집가면 눈물 나는 아버지 심정이 아닐까요?"

"……거 부정할 수 없어서 더 서글픈뎁쇼."

나라샤는 피식 실소를 흘렸다.

더불어 물수건을 갈려다가 흠칫 손을 멈췄다. 조금 전에 올려놓은 물수건이 벌써 뜨끈뜨끈하게 달아올라 있었다.

물수건을 치우고 카잔의 이마를 짚어보길 잠시.

나라샤는 빨갛게 달아오른 손을 거두며 한숨을 내쉬었

다.

"열이 더 올랐네요?"

"캬하하, 어쩐지 몸이 따끈따끈하다 싶었습니다요."

카잔은 흐릿하게 웃었다.

사실대로 말하자면 웃을 기력조차 남아 있지 않았다. 초인적인 정신력이 아니었다면 진즉 정신을 잃었으리라.

나라샤는 심각한 표정을 지었다.

"역시 의술사를 찾아봐야겠어요. 그렇죠?"

"안 그런뎁쇼."

카잔은 즉답했다.

나라샤는 싸늘한 목소리로 말했다.

"안 그러면 죽을 텐데요?"

카잔의 상태는 에를린이나 루틴이 생각하는 것보다 훨씬 심각했다.

지나친 고열로 뇌가 달아오를 정도!

해열제를 한계치까지 투여했음에도 카잔의 체온 상승을 막을 수는 없었다. 이대로 방치한다면 스스로의 체온에 뇌가 녹아버릴 것이다.

카잔은 나라샤를 보며 히죽거렸다.

"고양이 아씨가 치료하지 못하는 걸 누가 치료할 수 있겠습니까요."

나라샤는 침묵했다.

의술사라고 카잔을 치료할 수 있으리라는 보장은 없었다.

카잔이 아직까지 버티고 있는 것은 전적으로 본인의 초인적인 정신력과 나라샤가 주입해준 차크라 덕분이었으니까.

"뭐, 이 몸의 명이 여기까지라면 어쩔 수 없는 겁지요."

카잔은 느긋하게 중얼거렸다. 전혀 생사의 고비를 앞둔 환자답지 않게 태연한 모습이었다.

나라샤는 피식 실소를 흘렸다.

그리고 카잔의 멱살을 움켜쥐었다.

콱!

"켁!"

카잔은 새하얀 손에 잡힌 채 숨 막힌 소리를 토해냈다.

나라샤는 카잔을 얼굴 바짝 끌어당겼다.

"거래가 끝날 때까지 당신한테 죽을 자유 따위는 없지 않던가요?"

황금빛 눈동자가 요요하게 빛났다.

아름답기에 더욱 섬뜩하게 보이는 눈웃음을 머금은 채, 나라샤는 카잔의 귓가에 나지막이 속삭였다.

"당신 목숨은 내 것이라는 사실, 잊으면 안 돼요?"

나라샤의 목소리는 연인의 고백처럼 달콤하면서도 사신의 속삭임처럼 더없이 오싹했다.

함께 있을 때는 누구보다도 든든한 동료지만 적이 된다

면 누구보다도 무서운 암살자는 그렇게 싸늘한 눈으로 카
잔을 바라보았다.

"명심합지요."

카잔은 실실거리며 고개를 끄덕였다.

나라샤는 싱긋 눈웃음을 지으며 자리에서 일어났다.

"후후훗. 찬물을 좀 가져올게요. 금방 다녀올 테니까 얌
전히 있어요?"

"예입, 쥐 죽은 듯 있겠습니다요."

카잔은 넙죽 고개를 끄덕였다. 몸이 멀쩡했다면 아예 엎
드리며 환송해줄 법한 태도였다.

나라샤는 피식 실소를 흘리며 방을 나섰다.

조용히 복도를 따라 걸으며 그녀는 상념에 잠겼다.

에를린에 대한 염려는 없었다. 하야트와 루틴이 그녀를
지켜주고 있었으니까.

그림자단에 대한 고민도 없었다. 결코 자신의 상대가 아
니었으니까.

고민의 대상은 바로 자신이었다.

'너무 흥분해버렸네요?'

나라샤는 머리카락을 배배 꼬았다.

카잔의 병환에 지나치게 민감하게 반응해버렸다.

물론 카잔은 아직 죽어서는 안 되는 사람이지만, 그렇다
고 해도 그녀의 흥분은 과한 것이었다.

'나도 열을 좀 식혀야겠는데요?'

나라샤는 피식 웃으며 식당에 들어갔다.

어떤 요리사가 그녀의 미모에 혹한 덕분에, 나라샤는 냉수 외에도 주먹보다 큰 얼음덩어리까지 얻을 수 있었다.

나라샤는 그 보답으로 백 점 만점짜리 화사한 미소를 지어줌으로써 요리사를 첫사랑에 빠지게 했다.

"흐응, 이 정도면 그래도 열은 꽤 식힐 수 있겠네요?"

나라샤는 양손에 물통과 얼음 상자를 들고 눈웃음을 지었다.

양손이 이렇게 묵직하니 고민 대신 경쾌함만 느껴졌다. 애들한테 줄 선물을 가져가는 부모와 같은 기분이랄까?

문제가 생긴 것은 그 순간이었다.

"꺄아악!"

"……!"

복도 저편에서 들려온 한 줄기 비명!

나라샤는 물통과 상자를 던지고 화살처럼 달려나갔다.

비명 자체보다는 비명이 터져 나온 장소가 문제였다.

눈 깜짝할 사이에 비명의 근원지에 도착한 나라샤는 우뚝 멈췄다.

거꾸로 뒤집어진 의자, 엉망진창으로 부서져 있는 소파, 칼자국이 길게 자리 잡고 있는 벽면.

일행의 객실은 어느새 목불인견의 몰골이 되어 있었다.

에를린은 과일 바구니를 움켜쥔 채 문 앞에 주저앉아 있었고, 루틴은 그 옆에서 검을 움켜쥐고 있었다.

나라샤는 차가운 얼굴로 그들을 바라보았다.

"어떻게 된 거죠?"

"……내가 묻고 싶은 말이다."

루틴은 미간을 찌푸리며 답했다.

에를린은 그제야 나라샤가 왔음을 깨닫고, 백지장처럼 창백한 얼굴로 더듬더듬 입을 열었다.

"늑대 씨가…… 아무래도 걱정돼서, 과일이라도 주려고 잠깐 돌아왔는데, 와보니까……."

나라샤는 더 이상 에를린의 말에 귀를 기울이지 않고 성큼성큼 카잔의 방으로 들어갔다.

방에 있는 것은 텅 빈 침대뿐.

카잔의 모습은 그 어디에서도 찾아볼 수 없었다.

'실수를 해버렸네요?'

나라샤는 주먹을 꽈악 움켜쥐었다.

그림자단이 카잔을 노릴 거라고 생각 못 한 것이 실수였다. 게다가 무력한 카잔을 두고 자리를 비우기까지 했으니…….

'정말 할 말이 없는데요?'

나라샤는 천천히 머리카락을 쓸어 넘겼다.

냉정과 신중을 잃고 연이어 실수를 저질렀기 때문이 아니다. 이번 일의 문제는 더욱 크고 심각한 것이었다.

　침대 위에 놓여 있는 편지가 눈에 들어온 것은 그때였다.

　나라샤는 새하얀 손으로 편지를 펼쳐 들었다.


　　점심 종이 울리기 전까지 에를린 벨 잔디르 혼자
　3번 자재실로 비보를 가져와라. 조건을 이행하지
　않을 시, 인질의 목숨은 없다.


　나라샤는 물끄러미 종잇장을 보다가 피식 실소를 흘렸
다.

　그리고 주먹을 휘둘렀다.

　콰앙!

　나무로 된 벽에 쩌적 금이 가며 방이 부르르 흔들렸다.

　두 사람은 나라샤의 얼굴과 벽에 틀어박힌 새하얀 주먹
을 보며 흠칫했다.

　피를 얼어붙게 만들 것처럼 오싹한 살기와, 나라샤의 얼
굴에 맺혀 있는 화사한 웃음이 그들을 떨게 만들고 있었다.

　"후후후. 그래요, 나와 놀아보고 싶다 이거죠?"

　나라샤는 조용히 혼잣말을 중얼거렸다.

　루틴과 에를린이 주춤 뒤로 물러나고 투야나로 숨어 있
던 하야트조차 움찔할 만큼 아름답고도 섬뜩한 목소리였
다.

"좋아요, 놀아줄게요. 그러니까 도망치기 없기예요?"

요요하게 빛나는 금빛 눈동자를 보며 세 사람은 침을 꿀꺽 삼킬 수밖에 없었다.


## 2.

아지랑이가 피어오른다.

머리가 불타고 눈알이 조여든다. 뇌는 녹아내리고 내장은 말라온다.

산 채로 불에 구워지는 열기와 발가벗겨져 사막을 나뒹구는 고통이 의식을 난도질해온다.

카진이 상황을 깨닫는 데는 약간 시간이 걸렸다.

'……여긴 어디랍니까요?'

흐릿한 눈동자가 깜빡거렸다.

나라샤가 방을 나간 뒤에 기절하듯 잠에 빠져든 것까지는 기억났다. 문제는 그 뒤의 기억이 없어 왜 자신이 어두컴컴한 창고에 꽁꽁 묶여 있는지 전혀 모르겠다는 점이다.

이 상황을 설명할 수 있는 해답은 두 가지뿐이다.

아직까지 자신이 꿈을 꾸고 있다든가, 아니면…….

"이 몸이 납치당한 겁니까요?"

"흘흘, 상황 판단이 빠르군."

어둠 속에서 솟아나듯 모습을 드러낸 한 쌍의 노소, 클레이와 리즈는 천천히 카잔을 향해 다가왔다.

클레이는 카잔의 맞은편에 의자를 놓고 앉았다.

"대접이 시원찮아 미안하네."

"알면 됐수다."

카잔은 당당한 태도로 사과를 받아들였다.

리즈는 그 모습을 보고 눈을 동그랗게 떴고, 클레이는 너털웃음을 흘렸다.

괴짜라는 것쯤은 진즉부터 알고 있었지만 이런 상황에서조차 저런 태도라니. 참으로 어이없는 일이었다.

클레이는 묘한 눈으로 카잔을 보았다.

"몇 가지 질문에 대답해주면 제대로 대접해줌세."

"흐음, 어디 한번 물어보쇼."

카잔은 선선히 고개를 끄덕였다.

어차피 손가락 하나 까딱하기조차 힘든 자신이다. 여기에 인질로 잡히기까지 한 이상, 무사히 돌아가고 싶다면 순순히 협조하는 수밖에 없었다.

클레이는 카잔의 협조적인 태도에 만족하며 입을 열었다.

"자네의 일행 중 검은 머리 여인의 정체가 뭔가?"

카잔은 히죽 웃더니, 간단명료하게 대답했다.

"직접 알아보쇼."

클레이의 눈이 차갑게 식었다.

뒤이어 흘러나온 목소리는 무척이나 스산했다.

"나로 하여금 꼭 피를 보게 할 셈인가?"

"캬하하하! 거 재밌는 말씀을 다 하십니다그려."

카잔은 고개를 숙이고 낄낄거렸다.

그리고 그가 숙인 고개를 들어 올린 순간, 클레이는 자신도 모르게 흠칫 몸을 떨었다.

새파랗게 얼어붙은 한 쌍의 눈동자!

조금의 흔들림도 없이, 오직 싸늘한 조소만을 담고 있는 카잔의 눈이 허공을 넘어 그들의 심장에 섬뜩한 비수를 찔러 넣고 있었다.

"영감, 딱 세 가지만 말하리다."

카잔은 천천히 입을 열었다.

"첫째, 이 몸은 세계 제일의 추색탐험전문가요. 같잖은 협박 따위는 개한테나 줘버리쇼."

잠꼬대처럼 느릿한 음성은, 그렇기에 더 선명히 울린다.

"둘째, 피를 먹고 사는 암살자 따위가 그런 말 하지 마쇼. 역겨워 구역질이 나올 거 같수다."

여전히 웃음기 어린 얼굴은, 그렇기에 더 차갑게 보인다.

"셋째, 살려둘 생각도 없으면서 대접은 뭔 대접이요. 치매가 들었어도 말은 바로 하쇼."

칙칙하리만치 깊은 눈은, 그렇기에 더 섬뜩하게 빛난다.

"넷째, 어차피 할 거, 빨리하고 끝냅시다. 몸 상태도 영 안 좋으니 시간 끌기 싫수다."

귀찮음이 가득한 태도는, 그렇기에 더 기막히게 만든다.

카잔은 할 말을 다 한 뒤에 느긋하게 고개를 뒤로 젖혀서 목을 내밀었다. 죽일 테면 얼마든지 죽여보라는 태도였다.

클레이는 한참 동안이나 입을 열지 못했다.

평생 암살자로서 살아오며 수많은 목표를 사냥해왔고, 개중에는 죽음 따위에 아랑곳하지 않는 이들도 있었다.

하지만 카잔 같은 인간은 처음이었다.

단지 겁을 모른다거나 하는 이야기가 아니다.

바닥을 모를 정도로 깊고도 음울한 눈동자가, 세상과 운명을 향한 조소를 띤 입매가 클레이를 전율하게 만들었다.

"……내 자네를 과소평가했군."

클레이가 입을 연 것은 한참 뒤였다.

침잠한 눈으로 카잔을 바라보던 클레이는 가볍게 옆을 돌아보았다.

"리즈, 제대로 대접해주거라."

"응, 할아버지."

리즈는 빙긋 웃으며 카잔에게 다가왔다.

앙증맞은 소녀가 소매를 걷어 올리자, 가느다란 팔목에서 수십 개의 바늘이 촘촘하게 얽힌 섬뜩한 토시가 모습을 드러냈다.

"아저씨, 이거 알아? 사람의 몸에는 눈에 보이지 않는 흐름이 있는데, 특별한 방법으로 그 흐름을 조절하면 통증을 줄일 수도 있고 병을 치료할 수도 있어. 그런데 난 솜씨가 좋지 않아서 그런 걸 잘 못해. 내가 하면 꼭 근육이 꼬이든가, 내장이 망가지든가, 미쳐버리든가 하는 거야."

천진난만한 음성과 달리 섬뜩하기 그지없는 말!

"나는 딱히 아저씨를 괴롭히고 싶지 않거든. 그러니까 지금 대답해주지 않을래?"

리즈는 생글생글 웃으며 말을 끝맺었다.

카란은 물끄러미 소녀의 얼굴을 마주 보았다.

고개가 모로 꼬인 것은 잠시 뒤였다.

"꼬마야, 언제까지 잡담으로 시간을 끌 거냐?"

리즈의 얼굴에서 미소가 사라졌다.

"아저씨, 죽고 싶어?"

"뭐, 좀 빨리 쉬고 싶기는 하지."

카잔은 두 눈을 치켜뜬 채 살기를 뿜어내는 리즈를 보며 히죽 웃었다.

방금 들은 것이 공갈이 아니라는 것쯤은 알고 있었다. 그 투명한 눈동자에 깃든 순수한 잔혹함은 단순한 어린아이의 것이 아닌, 일류 고문술사의 것이었으니까.

하지만? 그래서 어쩌라고?

고문이 무섭다고 벌벌 떨기라도 할까?

있는 말 없는 말 지어내며 살려달라고 빌기라도 할까?

'뭐, 그것도 나쁘진 않습죠.'

카잔은 내심 중얼거렸다.

쓸데없는 고집이나 자존심 때문에 목숨을 버리는 것은 분명 바보짓이다.

살기 위한 행동이라면 무엇이라도 비굴함이 될 수는 없고, 어떤 의미에서는 현명한 선택이기도 하다.

그럼에도 불구하고 카잔은 생각을 바꾸지 않았다.

추색탐험전문가로서의 긍지나 고집을 떠나, 더욱 근본적인 원인이 있었기 때문이다.

"응, 좋아. 정 죽고 싶다면 죽여줄게."

푸욱!

리즈는 차갑게 웃으며 카잔의 몸에 바늘을 찔러 넣었다.

정수리에서부터 양쪽 귀 밑, 뒷목과 등허리, 가슴과 아랫배에 이르기까지. 일곱 개의 침은 순식간에 박혀들었다.

의외로 바늘은 고통스럽지 않았다. 아니, 오히려 시원스럽게까지 느껴졌다.

"기분 좋지, 아저씨?"

"캬하하. 그래, 시원하다."

"맘껏 즐겨둬. 인생의 마지막 즐거움일 테니까."

리즈는 방긋 웃으며 바늘을 다시 뽑아냈다.

뜨거운 열기에 달아올라 있던 카잔의 신체는 적극적으로

시원한 감각을 받아들였고, 덕분에 한기는 빠르게 전신으로 퍼져나갔다.

그리하여 카잔의 몸이 시원한 감각으로 가득 찬 순간!

폭발이 일어났다.

우두둑!

"컥!"

카잔의 목이 부러질 듯 젖혀졌다.

몸속에서 산사태가 일어난 것같이 무시무시한 충격을 받은 반사작용이었다.

하지만 그것은 시작에 불과했다.

뚝, 우두둑!

근육이 뒤틀리며 뼈가 삐걱거리고, 심장이 경련하며 피가 가열된다.

신체가 스스로의 의지에 상관없이 마구잡이로 날뛰는 이변!

그것은 건장한 인간이라도 버텨낼 수 없는 고통이었다. 특히 이미 전신이 망가져 있던 카잔은 정상인의 몇 배에 달하는 고통을 뒤집어써야만 했다.

"죽음의 맛이 어때, 아저씨?"

리즈는 빙긋 미소 지었다.

그리고 카잔의 무릎 위에 가볍게 올라앉아, 부들거리는 뺨을 툭툭 건드렸다.

"아저씨는 이제 죽을 거야. 설령 성인 아리우스가 살아 돌아오더라도 절대 살 수 없어."

분근, 착골, 타심, 묵혈, 예감!

세상에서 가장 고통스럽다고 알려진 오대고문을 집약한 것이 지금 펼친 수법이었다.

한 번 펼치면 절대 살아날 수 없다는 단점이 있기는 해도, 그 효과는 언제나 리즈를 실망시키지 않았다.

"대신 고통을 없애줄 수는 있어. 감각이라는 건 신기해서, 조금만 손을 대면 고통을 쾌감으로 바꿀 수도 있거든."

리즈는 싱글거리며 말을 이었다.

"물론 죽음이라는 절대적인 결과는 바뀌지 않아. 고통스럽게 죽느냐, 쾌락에 허우적거리다 죽느냐의 차이만 있을 뿐이야."

그것은 더없이 잔혹하고도 끔찍한 선택지였다.

이미 죽음이 확정된 절망감과 지옥을 능가하는 고통.

거기에 마지막 남은 유일한 희망조차 결국에는 기분 좋은 죽음에 불과하다는 사실은 고문 대상자의 정신을 무너트린다.

의지가 강하든, 고집이 세든, 신체가 건강하든 문제없다.

사흘을 굶주리면 미친 듯이 음식을 찾아 헤매고, 죽음의 위기에 처하면 삶을 갈구하는 본능. 그것이 모든 정신과 의지를 집어삼키기 때문이다.

리즈는 고문술사로서 많은 인간을 실험해온 만큼 그 사실을 더없이 분명하게 알고 있었다.

때문에 소녀는 여유롭게 카잔에게 물었다.

"편해지고 싶다면 말해봐, 아저씨. 그 여자는 누구야?"

"크윽, 커, 커허억……!"

카잔은 눈을 반쯤 까뒤집은 채 게거품을 토해냈다.

고통으로 인해 정신이 나간 듯한 모습이었지만, 리즈는 그 와중에도 카잔이 뭔가를 말하기 위해 입술을 더듬거리는 것을 놓치지 않았다.

"뭐라고? 아저씨, 똑바로 말해봐."

"컥, 커흑. 그, 그…… 아씨는, 커헉……."

리즈는 낮아지는 목소리를 따라 귀를 바짝 가져다 댔다.

덕분에 그녀는 카잔의 말을 더없이 명확하게 들을 수 있었다.

"……직접 알아보랬지?"

마치 하얀 빙원에 부는 눈보라가 이러할까.

리즈는 영혼까지 얼려버릴 듯 오싹한 음성을 듣고 반사적으로 뒤로 물러나려 했다.

카잔의 머리가 번개처럼 움직인 것은 그 순간이었다.

퍼억!

"꺅!"

리즈는 눈앞에 별이 반짝이는 것을 느끼며 바닥을 나뒹

굴었다.

"크캬캬카! 뭐든지 공짜로…… 큭, 얻을 수 있을 거라 생각하면 안 되지. 캬학!"

대체 어디서 그런 기운이 나는 것일까.

카잔은 끔찍한 고통 속에서도 기운찬 웃음을 터트렸다.

리즈는 벌떡 몸을 일으켰다.

코앞에서 박치기를 당한 소녀의 미간에는 둥근 혹이 생겨나 있었다.

울상을 지으며 이마를 만지작거리길 잠시. 리즈는 한순간 눈을 표독스럽게 치켜뜨며 소매에 손을 집어넣었다.

"참거라."

"할아버지!"

리즈는 억울한 표정으로 클레이를 바라보았다.

클레이는 푸근한 미소를 지으며 한 손으로 리즈의 머리를 쓰다듬었다.

"아직은 쓸데가 있는 자다."

"……알았어. 어차피 이대로 놔두는 게 이 아저씨한테는 가장 고통스러울 테니까."

리즈는 힐끔 카잔을 노려보다가 홱 하니 몸을 돌렸다.

그리고 성큼성큼 밖으로 걸어 나갔다.

"홀홀, 저 아이가 이렇게 화를 내는 것도 오랜만이군."

클레이는 리즈의 뒷모습을 보고 너털웃음을 터트렸다.

더불어 감탄스러운 눈으로 카잔을 바라보았다.

"자네, 정말 대단한 친구로군."

"크큭…… 이, 이제 아셨수?"

카잔은 클레이를 향해 씨익 웃어 보였다.

이마를 한가득 적신 땀방울과 입가에 이는 경련 때문에 유쾌하기보다는 처절하게 느껴지는 미소였다.

클레이는 내심 고개를 가로저을 수밖에 없었다.

리즈의 최고 고문술인 '절련(絶鍊)'은 범인이라면 당하는 즉시 미쳐버릴 수도 있는 고문! 이렇게 의식을 유지하고 있는 것만 해도 엄청난 정신력이 있기에 가능한 일이었다.

더구나 죽여달라고 빌기는커녕 웃기까지 하다니!

절련의 끔찍함을 아는 클레이로서는 감탄스럽다 못해 모골이 송연해지는 모습이었다.

"안타깝지만 리즈의 말은 사실일세. 이제 자네는 살길이 없다네."

"애초부터…… 기대도 안 했수다."

"흘흘, 그랬겠지."

클레이는 말없이 카잔을 바라보았다.

길고도 무거운 정적 끝에, 늙은 암살자는 조용히 물었다.

"대체 무엇이 자넬 버티게 하는가?"

신념을 가진 자, 충성심을 지닌 자, 희망을 품은 자.

그 수많은 이들 중 절련을 버텨낸 자는 한 명도 없었다.

때문에 클레이는 카잔에게 그것을 물을 수밖에 없었다.

카잔은 비틀린 미소를 지으며 이유를 말해주었다.

다음 순간, 클레이는 입을 따악 벌릴 수밖에 없었다.

"……자네, 제정신인가?"

"캬갸, 캬갸갸! 이 몸이 제정신일…… 리가 없잖수."

"허……!"

클레이는 말을 잃었다.

설령 에를린을 사랑한다든가 정의감 때문이라는 대답을 듣더라도 놀라지 않을 자신이 있었다.

하지만 카잔의 대답은 상상을 초월한 것이었다.

"어이가 없군. 어이가 없어."

클레이는 설레설레 고개를 내저으며 몸을 돌렸다. 그리고 계속 어이가 없다는 말을 중얼거리며 창고를 벗어났다.

더 이상 카잔을 상대할 이유도, 기력도 없었던 것이다.

홀로 남겨진 카잔은 피식 실소했다.

클레이의 반응은 당연한 것이었다. 카잔 스스로가 생각하기에도 제정신으로 할 말은 아니었으니까.

동시에 그것은 분명한 진실이기도 했다.

'어쩔 수 없잖수. 재미없는 건 재미없는 거니 말요.'

내심 혼잣말을 중얼거리던 괴짜의 고개가 힘없이 떨어진 것은 잠시 뒤였다.

우둑. 뚜두둑!

카잔이 의식을 잃은 뒤에도 절련의 고통은 지속됐다. 간헐적으로 일어나는 경련이 그 고통의 끔찍함을 보여주고 있었다.

바로 그때, 한 줄기 이변이 벌어졌다.

우우웅!

카잔의 오른팔을 뒤덮고 있던 핏빛 문양!

대수림에서 새겨진 문신이 기묘하게 비틀어졌다 싶은 순간, 그 틈으로 한 줌의 청록색 빛 가루가 튀어나왔다.

청록광은 오른팔을 타고 카잔의 몸으로 거슬러 올라갔다. 그리고 심장을 기점으로 하여 카잔의 전신으로 퍼져나가기 시작했다.

근육이 재생되며 뼈가 다시 붙는다. 심장이 안정되며 피가 식는다.

그야말로 기적과 같은 광경!

청록광은 놀라운 힘으로 절련에 의해서 망가진 몸을 회복시켜갔다.

문신에서 붉은 빛 무리가 터져 나온 것은 그때였다.

우웅!

카잔의 오른팔에서 쏟아져 나온 핏빛 광채는 카잔의 몸 주변을 맴돌며 집요하게 청록광을 노리기 시작했다.

하지만 청록광은 호락호락 당해주지 않았다.

때로는 카잔의 몸을 방패 삼아 숨고, 때로는 사납게 반격을 가하며 격렬하게 저항을 벌이길 한참!

팽팽하던 접전을 흔든 것은 한 줄기 기침이었다.

"쿨럭!"

카잔의 입으로부터 검은 핏덩이가 왈칵 토해져 나왔다. 두 빛줄기가 충돌한 여파가 카잔의 신체에 심각한 타격을 주었던 것이다.

더 이상 시간을 끌면 안 된다고 판단했기 때문일까?

청록광이 도망치기를 멈추고 발톱을 세우자, 핏빛 광채는 그 틈을 놓치지 않고 번개처럼 달려들어 왔다.

그리하여 카잔의 몸속에서 두 빛줄기가 충돌한 순간.

무시무시한 빛의 폭발이 창고를 휩쓸었다.

콰과과과광!

CHAPTER

6

## 1.

클레이는 느긋하게 시간을 흘려보내고 있었다.

카잔을 방치해둔 것에 대해서는 전혀 걱정하지 않았다.

어차피 곧 죽을 시체에 불과했으니까.

인질범으로서는 참으로 무책임한 태도였지만, 클레이로서는 당연한 일이었다.

애초부터 카잔을 인질로 삼을 생각 따위는 없었다.

한 번만 쓰고 버릴 미끼!

그것만이 카잔의 지닌 가치의 전부였다.

"할아버지, 정말 그런 아저씨를 구하려고 나설까?"

리즈는 입술을 삐죽거리며 불만을 드러냈다.

"걱정 말거라. 그들은 반드시 움직일 게다."

클레이의 말에는 묘한 확신이 서려 있었다.

리즈는 끝까지 불만을 지우지 못하고 투덜거렸다.

"치잇. 그란 같은 겁쟁이가 뭘 할 수 있다고. 나한테 맡겨주면 확실하게 죽일 수 있는데."

"흘흘흘. 그래, 다음에는 꼭 너한테 맡겨주마."

클레이는 푸근하게 웃으며 리즈를 달랬다.

굳게 닫혀 있던 자재실의 문이 벌컥 열어젖혀진 것은 그 순간이었다.

두 사람은 순간 눈을 크게 떴다.

당당하게 허리 양쪽에 손을 짚고 있는 에를린과, 그녀의 뒤에서 바위 같은 얼굴로 서 있는 루틴 때문이었다.

에를린은 두 사람을 무시하고 자재실을 둘러보았다.

찾던 것이 없다는 사실에 실망스러운 표정을 떠올린 에를린은 두 노소에게 시선을 고정시켰다.

"당신들이에요? 우리 늑대 씨를 유괴한 게?"

"……."

클레이와 리즈는 한참 동안이나 말문을 열지 못했다.

일행이 뭔가 움직임을 보이리라는 확신은 있었다.

다만 그것은 루틴이나 나라샤가 혼자 찾아오는 정도였지, 에를린이 직접 여기까지 찾아오는 것은 예상을 벗어나도 한참 벗어나 있는 일이었다.

"맞아요, 아니에요?"

"……흘흘. 일단은 맞습니다, 아가씨."

클레이는 너털웃음과 함께 고개를 끄덕였다.

비록 예상치 못한 상황이라고는 해도 나쁜 것은 아니다. 아니, 오히려 이보다 좋을 수 없는 상황이라고 해야 할 것이다.

"조건을 지키지 않으신 걸 보니, 인질의 안전이 걱정되지는 않으시나 봅니다."

에를린은 클레이의 으름장에도 전혀 동요하지 않았다.

아니, 오히려 팔짱을 끼며 당당히 말했다.

"거래가 아니라 협상을 하러 온 거니까요. 불만 있어요?"

"흘흘흘, 아가씨께서 직접 나서신 성의를 봐서라도 그건 넘어가도록 하겠습니다."

"말은 참 잘하시네요?"

에를린은 쌜쭉거리며 클레이를 노려보았다.

사실 그녀가 여기까지 오기까지는 많은 무리가 있었다.

루틴은 절대 안 된다며 성을 냈고, 다른 일행 또한 자기가 가겠다며 의욕을 불태웠으니까.

그렇게 일행의 반대를 물리치며 여기까지 온 그녀로서는 클레이가 어떤 말을 하든 마음에 들 리가 없었다.

"아크라드를 받고 싶다면 우선 늑대 씨부터 보여주세요. 거래는 공정해야죠?"

에를린은 단도직입적으로 자신의 조건을 밝혔다.

클레이는 수염을 쓰다듬으며 고민에 잠겼다.

설마 정말로 카잔과 아크라드를 교환하겠다고 나설 줄은 몰랐지만, 손해날 것 없는 거래라는 건 분명했다.

"리즈, 보여드려라."

"응."

클레이의 눈짓을 받은 리즈는 자재실 안쪽에 있던 자재 창고의 문을 벌컥 열었다.

루틴과 에를린은 그 순간 숨을 삼켰다.

자재 창고 한가운데의 의자에 넝마와 같은 몰골로 묶여 있는 카잔의 모습을 보았기 때문이다.

클레이는 그들을 보며 너털웃음을 흘렸다.

"이제 확인이 되셨습니까?"

"네놈들……! 대체 무슨 짓을 한 거냐?"

루틴은 두 눈을 부릅뜨며 외쳤다.

짙은 어둠 때문에 정확히 보이지는 않아도, 카잔의 상태가 정상이 아니라는 것쯤은 한눈에 알아볼 수 있었다.

"흘흘, 인질을 무사한 상태로 넘겨드리겠다고 한 적은 없으니 말입니다."

"이 파렴치한 것들이!"

루틴의 얼굴이 시뻘겋게 달아올랐다.

원래 카잔에게 좋은 감정 따위는 없었고, 이번 일에도 마지막까지 반대했다.

하지만 막상 엉망진창이 된 카잔의 모습을 보니 주체할 수 없을 정도의 분노가 치밀어 올랐다.

"루틴 경, 진정하세요. 거래를 망칠 셈이에요?"

"크윽……."

에를린은 차분한 목소리로 루틴을 진정시켰다.

클레이는 내심 감탄했다. 이런 상황에서까지 침착함을 유지하는 것은 아무나 할 수 있는 일이 아니었으니까.

"이제 우리 차례로군요?"

에를린의 시선이 루틴에게 향했다.

루틴은 탐탁잖은 표정으로 등에 매고 있던 아크라드를 꺼내 들었다.

둘둘 말고 있던 천을 풀어내고 손잡이를 살짝 잡아당기자 성검 아크라드의 백금색 검신이 찬란한 모습을 드러냈다.

"흘흘, 군이 확인까지 시켜주실 필요는 없습니다."

"입에 침 발린 소리는 그만하시고, 거래 방식이나 말씀하시죠?"

에를린의 말에는 바짝 날이 서 있었다.

거래를 위해 애써 냉정을 유지하고 있다 해도, 카잔이 저런 상태가 된 모습을 보았는데 화가 나지 않을 리가 없었다.

클레이는 너털웃음과 함께 거래 방식을 알려주었다.

카잔과 아크라드를 각자의 자리에 놔둔 채 서로의 위치를 바꾼다. 돌발사태가 벌어지더라도 시기적절하게 대응할 수 있는 거래법이었다.

그리하여 거래가 시작되었다.

에를린과 루틴은 아크라드를 입구에 내려놓은 채, 클레이와 리즈는 카잔을 자재 창고에 둔 채 서서히 걸음을 옮겼다.

두 무리는 서로를 경계하며 원을 그리듯 천천히 움직였다.

거래는 그렇게 무사히 이뤄졌다.

리즈가 아크라드를 집어 들었을 무렵, 자재 창고의 입구에 도착한 에를린은 허겁지겁 카잔에게 달려갔다.

"늑대 씨! 괜찮아요?"

"끄으으응……."

에를린의 목소리에 정신을 차린 것일까.

카잔은 가느다란 신음과 함께 고개를 들어 올렸다.

흐릿한 눈을 깜빡거리다가 마침내 초점을 되찾은 카잔은 에를린을 보며 히죽 웃어 보였다.

"아가씨께서 직접 구하러 와주신 겁니까요?"

"내가 아니면 누가 늑대 씨를 구하겠어요?"

에를린은 싱긋 미소 지었다.

루틴 또한 생각보다 멀쩡해 보이는 카잔의 모습에 무심코 안도의 한숨을 내쉬었다.

그렇게 그들이 긴장을 푼 순간.

카잔의 푸른 눈동자에 스산한 기운이 스쳐 지나갔다.

동시에 카잔을 묶고 있던 밧줄이 후드득 끊어지며, 단검을 쥔 손이 번개처럼 튀어나왔다.

"무슨······!"

루틴은 뒤늦게야 그 모습을 보고 눈을 부릅떴다.

하지만 루틴이 움직이려 했을 때, 카잔은 이미 에를린을 향해 단검을 휘두르고 있었다.

촤아악!

그것은 섬뜩하리만치 쾌속한 일격이었다.

단검이 한 줄기 섬광이 되어 목을 스쳐 지나간 뒤에도, 그리고 목이 갈라지며 피가 분수처럼 뿜어져 나올 때까지도 그 사실을 인식하지 못할 정도로.

현실을 의심하는 불신.

사실을 이해하는 경악.

진실을 방황하는 의문.

온갖 감정이 휘몰아치던 눈동자에서 생명의 빛이 꺼지기까지는 오랜 시간이 걸리지 않았다.

털썩.

시체가 쓰러지는 소리는 너무나 가벼웠다.

하지만 그 여파는 결코 작지 않았다.

아니, 오히려 창고에 있던 모든 것을 침묵에 빠져들게 할 만큼 무거웠다.

숨소리조차 삼켜버리는 무거운 정적을 깨트린 것은 시체를 만들어낸 장본인이었다.

"이런, 이런. 거래에 속임수를 쓰면 안 되잖아요?"

에를린은 싱긋 웃으며 단검을 가볍게 휘둘렀다.

아직도 뜨거운 핏방울이 후두둑 바닥에 떨어진 순간, 카잔의 시체에 변화가 일어나기 시작했다.

뚝. 뚜두둑!

뼈가 어긋나는 소리와 함께 골격이 뒤틀리며 피륙이 축소와 확장을 거듭한다. 덥수룩한 머리카락은 짧아지고 휘어진 눈매는 날카롭게 변한다.

모든 변화가 끝났을 때, 그곳에는 카잔 대신 두 눈을 부릅뜬 그란의 시체가 놓여 있었다.

클레이는 그 모습을 보고 얼굴을 굳혔다.

계획은 완벽했다.

아니, 완벽하다고 믿었다.

자신의 신체를 자유롭게 조절할 수 있는 기예, 라오츠(變形式, 변형식)!

모든 기예 중에서도 가장 난해하다고 일컬어지는 그 기예를 터득한 자는 극히 드물었고, 그란은 그중에서도 상급 수련자 못지않은 라오츠의 달인이었다.

때문에 클레이는 그란을 카잔으로 위장시켰다.

일단 일행에 스며들기만 하면 아크라드를 훔쳐내는 것이나 에를린을 암살하는 것 모두 쉬운 일이었으니까.

다만 예상치 못한 사실은 한 가지.

에를린이 사실은 에를린이 아니었다는 것뿐이다.

"……너는 누구냐?"

"후후훗."

클레이의 나지막한 물음에 에를린은 나지막한 웃음소리를 흘렸다.

그리고 변화가 시작되었다.

우두둑!

약간 작다 싶던 키가 한 뼘 이상 쑤욱 늘어났다. 보드라운 살결이 탄력적으로 변했다. 머리카락은 칠흑으로 물들고 눈동자에는 황금빛이 깃들었다.

나라샤는 그렇게 라오츠를 풀고 본모습을 드러냈다.

더불어 가볍게 목을 마사지하며 나른하게 웃어 보였다.

"내 정체가 궁금한 건가요? 아니면…… 도망칠 틈을 노리는 건가요?"

전신이 그란의 피로 범벅이 된 나라샤의 미소는 더없이 아름답고도 섬뜩했다.

클레이는 나라샤를 보며 내심 신음을 삼켰다.

사실 클레이와 리즈는 그란이 죽은 순간부터 자리에서 물러날 틈만을 노리고 있었다.

문제는 그 틈이 전무하다는 사실이었다.

나라샤는 스산한 살기와 함께 그들을 직시하고 있었다.

섣불리 그녀에게 등을 보인다면 십중팔구는 저승으로의 도주가 돼버릴 터였다.

"당신들한테는 두 가지 선택권이 있어요. 들어볼래요?"

"……들어봄세."

클레이는 천천히 고개를 끄덕였다.

특별히 그 선택권이 궁금했기 때문이라기보다는, 나라샤가 말을 하는 사이 어떻게든 빈틈을 찾아보기 위해서였다.

나라샤는 그런 클레이의 내심을 꿰뚫어 보듯 묘한 미소를 지으며 손가락을 펼쳤다.

"괴짜 씨가 어디 있는지 말해주고 곱게 죽는 것과 끔찍하게 죽으며 괴짜 씨가 어디 있는지 말하는 것, 둘 중 어떤 게 좋아요?"

루틴의 그녀의 뒤에서 얼굴을 굳혔다.

나라샤가 말한 어처구니없는 선택지 때문이 아니었다.

이 자리에서 반드시 사생결단을 내겠다는 의지로 충만한 그녀의 살기가 아군인 루틴조차 긴장하게 만들고 있었다.

'으음.'

클레이는 속으로 신음을 삼켰다.

루틴이 느끼는 것을 그라고 느끼지 못할 리가 없었다.

결국 남은 선택은 한 가지뿐이었다.

'흘흘. 이거 싸울 수밖에 없겠군.'

클레이는 마음을 다잡았다.

어차피 도주를 하려고 한 것은 어디까지나 싸울 필요가 없어서였을 뿐, 이길 자신이 없어서 그런 것은 아니었다.

에를린의 암살이 남아 있다는 것을 생각해볼 때, 장애물을 미리 처리해두는 것도 나쁘진 않았다.

"리즈, 아무래도 좀 놀아드려야겠구나."

"난 오히려 이쪽이 마음에 드는데?"

리즈는 생긋 웃으며 아크라드를 뽑아 들었고, 클레이는 뒤로 한 걸음 물러나며 지팡이를 쥐어 들었다.

루틴 또한 검을 들어 올리며 앞으로 한 걸음 나서는 것으로 그들 모두는 전투 준비를 끝냈다.

"자, 그럼 놀아볼까요?"

나라샤가 싱긋 웃으며 움직이는 것을 기점으로, 어두운 창고에서의 전투는 그 시작을 고했다.


## 2.

루틴은 거침없이 리즈에게 달려들었다.

카잔을 구하기 위해 싸울 생각 따위는 눈곱만큼도 없었지만, 아크라드는 무슨 일이 있어도 회수해야 했다.

"아저씨, 나랑 놀고 싶어?"

루틴의 맹렬한 돌격에도 리즈는 전혀 겁먹지 않았다. 아니, 오히려 싱글싱글 웃으며 루틴을 지켜보았다.

리즈가 움직인 것은 루틴이 코앞에 도달했을 무렵이었다.

스르륵.

유령의 움직임이 이러할까.

두 발을 바닥에 붙인 채, 뭔가에 끌려가듯 주르륵 미끄러지는 리즈의 모습은 섬뜩하기 그지없었다.

무엇보다 놀라운 것은 그 속도였다.

움직였다 싶은 순간에 이미 십수 미터나 멀어진 거리! 그 속도는 그야말로 전광석화와 같았다.

'하이란의 달인이었나?'

루틴은 무심코 미간을 찌푸렸다.

초고속의 민첩성을 부여해주는 기예, 하이란!

하이란으로 일정 수준 이상의 속력을 내기란 무척 어렵다. 자칫 잘못했다가는 자신의 속력을 견뎌내지 못하고 몸이 찢어질 수도 있기 때문이다.

그런 면에서 리즈의 능력은 놀라운 것이었다.

속력도 속력이었을뿐더러, 예측을 불허하는 저 기묘한 움직임이라니.

루틴의 뇌리에 어떤 의심이 떠오른 것은 그때였다.

"설마…… 영식(影式), 귀영(鬼影)?"

"어? 이걸 알고 있어?"

리즈는 눈을 동그랗게 뜨며 놀랐다.

갸웃거리던 고개가 끄덕여진 것은 잠시 뒤였다.

"아하, 아저씨는 잔디르 기사단의 부단장이었지? 그래서 귀영을 알고 있는 거구나."

"네놈들, 대체 무슨 생각이냐? 그림자단이 감히 잔디르 후작가에 검을 겨누다니!"

루틴은 험악하게 얼굴을 일그러뜨렸다.

사실 귀영은 부친에게 얼핏 들었던 것일 뿐, 루틴으로서도 그림자단에 대해 자세하게 알고 있지는 못했다.

때문에 귀영을 언급하면서도 설마설마하는 심정이었거늘, 정말로 이들이 그림자단이었을 줄이야!

리즈는 그런 루틴을 바라보며 고개를 옆으로 기울였다.

"후작가에 검을 겨눌 생각은 없는걸?"

"그럼 지금 이건 무슨 짓이란 말이냐!"

"헤에……. 모르는 거야, 알면서 모르는 척하는 거야?"

"……!"

루틴은 입을 다물었다.

그림자단이 아크라드를 노리는 이유라면 어차피 한 가지밖에 없으니까.

"어차피 상관없잖아? 아저씨는 여기서 죽을 거니까."

리즈가 생긋 미소 지었다.

동시에 루틴의 시야에서 리즈의 모습이 사라졌다.

촤악!

루틴의 귓가에 가느다란 핏자국이 생겨났다.

만약 간발의 차이로 머리를 비틀지 않았다면 단숨에 머리가 상하로 쪼개졌을 일격이었다.

"핫!"

우-우-웅!

루틴의 몸은 공격받은 즉시 반응했다.

한쪽 발을 미끄러트려 균형을 잡고, 다른 발로 똑바로 바닥을 찍으며 세차게 검을 휘두르기까지 걸린 시간은 찰나!

어느새 솟아난 오러 블레이드는 그야말로 빛살처럼 리즈의 심장을 찔러갔다.

카아아앙!

".......!"

루틴은 손에 느껴지는 반탄력에 미간을 꿈틀거렸다.

무엇이든 갈라낼 수 있는 불멸의 칼날, 오러 블레이드를 쓰고도 반탄력을 느끼는 것은 드문 일이었다.

오러 블레이드를 막아낸 것은 바로 아크라드였다.

아크라드는 오러 블레이드와 버금가는 힘을 가진 보검!

루틴이 상급 수련자가 아닌 오러 마스터라도 아크라드를 베어내는 것은 불가능했다.

"이제 다시 내 차례네?"

리즈는 그 순간 쾌활하게 웃으며 루틴에게 달려들었다.

하이란의 달인 특유의 무서운 민첩성.

모든 예측을 불허하는 귀영의 움직임.

거기에 아크라드의 힘까지 더해진 리즈의 맹공은 사납고도 거침없었다.

촤좌좌좌좍!

옆구리가 베이고 어깨가 갈라진다.

소매가 꿰뚫리고 머리카락이 잘린다.

찰나 만에 수십 번의 검격이 쏟아져 나오는 죽음의 폭풍!

감히 인간이 막아낼 수 없는 칼바람 속에서 루틴은 눈 깜짝할 사이에 피투성이가 되었다.

아크라드라는 보물의 힘에 의해 차크라 수련자와 오러 수련자 사이의 절대적인 법칙이 무너진 것이다.

"꺄하하! 왜 그래, 아저씨? 좀 더 힘을 내봐!"

피를 보고 흥분한 것일까.

리즈는 유쾌한 교소를 흘리며 더 거세게 검을 휘둘러갔다.

하지만 리즈는 좀 더 냉정해야만 했다.

그랬다면 자신이 쏟아낸 무자비한 검격 중에 루틴에게

제대로 된 부상을 입힌 것은 단 하나도 없다는 것을 눈치챘을 테니까.

캉! 캉! 카강!

루틴은 묵묵히 검을 휘둘렀다.

하이란의 달인을 속도로 따라잡는 것은 불가능하지만, 전투의 승패를 가리는 것은 속도만이 아니다.

피할 수 없는 공격은 비껴낸다.

흘릴 수 없는 공격은 방어한다.

막을 수 없는 공격은 회피한다.

수십의 검격을 찰나지간에 분석하여 하나하나 대응해가는 루틴의 움직임은 그야말로 신기(神技) 그 자체였다.

오러 수련자란 단지 오러를 쓸 수 있는 존재가 아니다.

무술을 몸에 박아 넣음으로써 무의식만으로도 무기를 휘두를 수 있어야만 오러를 습득할 수 있기 때문이다.

특히 상급 수련자란 본능 단위로 무술을 박아 넣은 자!

리즈의 맹공이 인간이 막아낼 수 없는 것이라면, 루틴은 투쟁 본능으로 이뤄진 살아 있는 전투 병기였다.

루틴의 역공이 시작된 것은 그때부터였다.

카가가강, 카가강!

"뭐……!"

루틴이 본격적으로 검술을 펼치자, 오러 블레이드와 아크라드의 충돌 횟수는 급격하게 늘어났다.

리즈의 안색은 순식간에 창백해졌다.

속도가 빠르다는 것과 힘이 세다는 것은 다른 문제!

아무리 아크라드의 도움이 있더라도 오러 상급 수련자의 괴물 같은 힘을 받아내는 것은 불가능했다.

뛰어난 검술을 체득하고 있다면 힘을 흘리거나 피해내는 것도 가능했겠지만, 어디까지나 암살자인 리즈에게는 불가능한 일이었다.

반강제적으로 검을 부딪치며 생겨난 충격은 고스란히 몸에 쌓여갔고, 리즈의 움직임은 순식간에 흐트러졌다.

루틴은 그 틈을 놓치지 않았다.

"하아압!"

우우우우웅!

오러 블레이드가 유독 강렬한 광채를 발한다 싶은 순간, 한 줄기 푸른 섬광이 벼락처럼 리즈의 머리 위로 떨어져 내렸다.

리즈는 창백한 얼굴로 뒤로 물러나려 했다.

하지만 루틴의 전심전력이 담긴 일격은 너무나 빨라 피해낼 수 없었다.

결국 리즈가 입술을 깨물며 아크라드를 머리 위로 들어 올린 순간, 푸른 섬광과 백금빛 칼날이 충돌했다.

카아앙!

"꺄악!"

리즈의 작은 몸이 장난감처럼 가볍게 튕겨나갔다.

데굴데굴 바닥을 구르던 리즈는 벽에 머리를 박고는 그대로 의식을 잃어버렸다.

루틴은 검을 집어넣으며 나지막이 중얼거렸다.

"다음부터는 칼 말고 인형을 가지고 놀거라, 꼬마야."


## 3.

한편 그 시각, 나라샤는 가쁘게 숨을 몰아쉬고 있었다.

'이건 좀 예상 밖인데요?'

클레이를 자재 창고 안으로 몰아붙이기 전까지는 모든 것이 좋았다.

그때까지만 해도 클레이는 투야나를 펼쳐 도망치는 데 급급할 뿐이었고, 자재 창고는 늙은 쥐새끼의 퇴로를 틀어막기에 최적의 장소였으니까.

문제는 클레이가 본격적으로 자신의 실력을 드러냈을 때부터였다.

"쉐도우 스펠(shadow spell), 소드 어택(sword attack)."

파바바밧!

어둠 속에서 음울한 목소리가 흘러나온 직후, 열두 개의 그림자 칼날이 솟아났다.

나라샤는 허공으로 뛰어올라 간발의 차이로 그림자 칼날을 피해냈다.

하지만 그림자의 공격은 그걸로 끝이 아니었다.

멈추면 멈추는 대로, 뛰어다니면 뛰어다니는 대로 끊임없이 뒤를 쫓아오는 열두 개의 칼날!

포기를 모르는 무시무시한 추격자 앞에서는 나라샤도 정신없이 자재 창고를 뛰어다닐 수밖에 없었다.

"아아, 정말이지. 정정당당하게 할 수 없어요?"

"흘흘흘, 이게 바로 내 정정당당일세."

클레이의 목소리는 허공 저편에서 아득하게 들려왔다.

나라샤는 어떠한 모습도, 기척도 없이 전해진 음성을 듣고 황금빛 눈동자를 가늘게 떴다.

"늙으면 염치가 없어진다더니…… 당신도 참 고약한 영감님이네요?"

"칭찬으로 알아둠세."

나라샤는 내심 혀를 찼다.

암살자로서의 능력이라면 제일이라 자부하는 그녀였다.

문제는 클레이가 단순한 암살자가 아니라는 것이다.

'고행자(苦行者)자라니, 정말 골치 아픈데요?'

두 가지 계열의 수련을 함께 이뤄낸 수련자, 고행자!

그들은 천부적인 재능에 처절한 노력을 더하여 경지에 이른 존재로, 보통 수련자보다 훨씬 강력한 힘을 가지고 있었다.

보통 마법사를 상대하는 방법은 간단하다.

마법을 쓰기 전에 쓰러트리기만 하면 되는 것이다.

하지만 클레이는 마법사인 동시에 암살자, 그것도 하필이면 투야나의 달인이었다.

모든 기척과 종적을 숨긴 채 펼치는 마법이라니!

대단하고 자시고를 떠나, 아예 사기라고밖에 할 수 없는 조합에 나라샤는 고전을 면치 못하고 있었다.

"이것도 한번 받아보게. 쉐도우 스펠, 쉐도우 오브 디 어비스(shadow of the abyss)!"

위우우우웅!

클레이의 마법은 지면을 그림자로 잠식해버렸다.

바닥에서 일렁이는 끝이 보이지 않는 나락!

대체 무슨 마법인지는 몰라도, 그곳에 빠지면 결코 좋은 꼴을 보지 못하리라는 것은 분명했다.

나라샤는 재빨리 벽에 단검을 박아 넣었다.

덕분에 그림자에 빠지는 것은 면할 수 있었지만, 멀쩡한 배 안에서 암벽을 등반하는 기묘한 몰골이 되는 것은 어쩔 수 없었다.

클레이는 그 절호의 기회를 놓치지 않았다.

"이제 끝일세. 세컨드 스펠(second spell), 헌드레드 소드(hundred sword)!"

드득, 드드드드득!

바닥을 맴돌던 열두 개의 그림자의 칼날은 분열에 분열을 거듭하며 순식간에 100여 개로 늘어났다.

창고의 바닥을 가득 채우고 있는 칼날의 숲!

클레이의 쩌렁쩌렁한 고함이 터져 나온 것은 그 직후였다.

"어택(attack)!"

파바바바밧!

칼날의 숲은 폭발하듯 칼을 쏟아냈다.

화살처럼 무시무시한 속도로 날아드는 100개의 칼날!

그것은 방어도, 회피도 불가능한 필살의 공격이었다.

나라샤는 그 속에서 벽을 박차고 뛰어올랐다.

칼날이 우수수 박혀든 자리를 피해 천장을 박차고, 칼날이 스치고 지나가는 허공을 넘어 벽을 박찬다.

하이란에서 비롯된 무시무시한 민첩성과 반사 신경이 있기에 가능한 묘기!

땅에 발 한 번 대지 않은 채 벽과 천장을 발판 삼아 뛰어다니는 나라샤의 모습은 고양이처럼 표홀하기 그지없었다.

하지만 인간은 결국 대지를 벗어날 수 없는 법.

나라샤는 정신없이 칼날을 피해 다니다가 결국 탄력을 잃고 바닥으로 추락하고 말았다.

클레이는 어둠 속에서 회심의 미소를 지었다.

쉐도우 오브 디 어비스는 심연의 늪! 한 번이라도 발을 들이면 옴짝달싹하지 못한 채 그림자 칼날에 난도질될 수밖에 없다.

'내 승리다!'

클레이는 그렇게 자신의 승리를 확신했다.

추락하던 나라샤의 몸이 허공에서 튕기듯 솟구친 것은 그 순간이었다.

"무슨……!"

클레이는 두 눈을 부릅떴다.

어떻게 허공에서 갑자기 뛰어오를 수 있단 말인가? 설마 나라샤도 고행자였던 것인가?

해답을 깨달은 것은 나라샤가 빙그르르 공중제비를 돈 뒤, 무언가를 밟듯이 허공에 내려선 모습을 본 뒤였다.

"으음, 어느새 와이어를……!"

클레이는 신음을 삼켰다.

나라샤가 밟고 있는 것은 거미줄처럼 가는 은사였다.

대체 어느새 허공에 은사를 설치해놓은 것인지, 클레이로서는 기가 막히는 일이었다.

하지만 정작 놀랄 일은 따로 있었다.

'결식(結式), 천라(天羅).'

나라샤는 내심 혼잣말을 중얼거리며 무언가를 움켜쥐듯 허공을 잡아당겼다.

이어진 결과는 놀라운 것이었다.

좌좌좌좌좍!

벽에서, 천장에서, 바닥에서 일제히 펼쳐진 수많은 은사는 창고 내부를 촘촘하게 얽매어들었다.

그것은 죽음의 거미줄!

영역 내의 모든 것을 포박하는 절대적인 함정이었다.

"컥……!"

클레이는 은사에 칭칭 휘감긴 채 거꾸로 매달려졌다.

투야나로 숨어 있던 그로서도 사방에서 얽매여오는 은사를 피해낼 수는 없었던 것이다.

마력이 끊긴 그림자 칼날은 산산이 깨져나가 모습을 감췄고, 바닥에 일렁이던 그림자의 늪도 깨끗이 사라져버렸다.

나라샤는 느긋하게 은사를 타고 클레이에게 걸어갔다.

더불어 싱글거리며 클레이와 시선을 맞췄다.

"이제 상황이 역전됐네요?"

클레이는 은사에 묶인 채 경악한 표정으로 나라샤를 마주 봤다.

비얀을 넘어선 독술.

리즈보다 빠른 하이란.

그란마저 능가하는 라오츠.

거기까지는 어떻게든 납득할 수 있었다. 그들이 아무리 각 분야의 달인이라도 상급 수련자에 비하면 약간의 손색이 있고, 세상에 천재라는 이들은 존재하기 마련이니까.

하지만 이번만큼은 얘기가 달랐다.

자신의 공격을 피해 다니며 사방에 은사를 치고, 그 모든 것을 한꺼번에 조종하기까지 하다니!

네샤라의 달인이던 트리커조차 기겁할 만한 기예였다.

무엇보다 경악스러운 이유는 하나.

이 기술을 클레이가 알고 있다는 것이다.

하늘의 그물, 천라!

백 가닥이 넘는 은사를 동시에 다뤄야만 쓸 수 있는 최고 수준의 조영술로, 세상에 천라를 사용할 수 있는 자는 오직 한 명뿐이었다.

"거미 여왕(Queen of spider)!"

클레이는 부들부들 몸을 떨었다.

거미 여왕!

대륙에 존재하는 다섯 차크라 마스터 중 하나!

한 번 목표로 노린 자는 누구도 살려두지 않는다는 대륙 제일의 암살자!

범죄 조직 중에서도 내로라하는 거대 조직의 우두머리만을 상대하는 암흑가의 지배자.

특히 범죄자들에게 절대적인 영향력을 지닌 어둠의 여왕.

그것이 죽음의 거미줄을 다루는 암살자, 거미 여왕이었다.

"흐응, 이제야 알았나요?"

나라샤는 빙긋 눈웃음을 지었다.

클레이가 아무리 고행자라 해도, 차크라 마스터인 그녀가 본 실력을 발휘한 순간에 승패는 이미 결정돼 있는 것이나 마찬가지였다.

"당신이, 당신이 어째서……?"

클레이는 혼란을 감출 수 없었다.

거미 여왕이 이렇게 젊은 여인이었다는 것부터 에를린을 보호하고 있다는 것까지, 도무지 이해되지 않는 일이 산더미였다.

"그게 중요한가요?"

나라샤의 입매에 차가운 미소가 맺혔다.

클레이의 얼굴이 새하얗게 물들었다.

범죄자는 아니더라도 그 또한 거미 여왕의 두려움을 아는 음지의 인간!

자신이 어떻게 될지 예측하는 것은 쉬운 일이었다.

빨강, 파랑, 노랑을 거쳐 시시각각 변해가던 클레이의 얼굴이 결국 창백하게 되돌아온 것은 잠시 뒤였다.

"허……. 우리가 터무니없는 실수를 저질렀군."

두려움을 넘어 모든 것을 체념해버린 것일까.

나라샤는 허탈한 표정으로 중얼거리는 클레이를 보며 아름다운 미소를 지었다.

"이제 와서 후회해도 늦었어요?"

감히 자신의 먹이를 낚아간 자를 곱게 죽일 생각 따위는 없었다.

얼마 안 되는 삶의 순간을 후회와 절망으로 점철시켜줄 생각이었고, 나라샤에게는 충분히 그만한 능력이 있었다.

"흘흘. 거미 여왕이여, 그대를 몰라보고 달려든 것은 우리의 실수. 그것에 대해 변명할 생각은 없소."

클레이는 나지막이 입을 열었다.

뜻밖에도 주름진 노안에 맺힌 것은 후회도 체념도 아닌, 섬뜩한 결의였다.

"하지만 우리 그림자단은 포기를 모르오. 절대로!"

나라샤의 얼굴이 순간적으로 굳어졌다.

위기를 직감한 그녀가 반사적으로 단검을 휘둘렀을 때, 클레이의 입에서 쩌렁쩌렁한 고함이 터져 나왔다.

"파이널 스펠(final spell), 둠즈데이(doomsday)!"

푸욱!

단검은 정확히 클레이의 심장에 틀어박혔다.

문제는 이미 클레이의 주문이 발동한 상태였다는 것이다.

모든 마법사가 일생에 단 한 번만 사용할 수 있는 주문은 클레이의 모든 생명력을 쥐어짜내서 마력으로 변환시켰다.

넘쳐흐르는 마력은 혈관을 타고 질주하며 엄청난 고열을 일으켰고, 열기를 버텨내지 못한 클레이의 몸은 순식간에 기포와 물집으로 뒤덮여갔다.

　마력의 질주가 절정에 도달한 순간, 클레이의 몸이 산산이 터져나가며 거대한 폭발이 일어났다.

　쿠과과과과과과광!

CHAPTER

7

### 1.

꽝음과 함께 찾아온 진동은 푸른조개호를 종이배처럼 뒤흔들었다.

지진이라도 난 듯한 진동에 의해 홀의 테이블은 뒤집어졌고, 객실의 손님들은 넘어졌으며, 식당의 온갖 접시가 연달아 깨져나갔다.

그 와중에 창고에 있던 한 의자가 쓰러진 것은 당연한 일이었다.

쿠당탕!

"꽤액!"

카잔의 눈알이 반쯤 튀어나왔다.

의자가 나자빠지며 뒤통수를 바닥에 제대로 들이박은 탓이었다.

뒤통수를 찌르는 통증과 눈앞을 돌아다니는 별 사이에서 해롱거리던 카잔은 겨우겨우 정신을 차리고 고개를 들어 올렸다.

"끄응…… 응?"

카잔은 잠시 어리둥절한 표정을 지었다.

정신을 잃기 전까지만 해도 들끓던 열기와 고통이 깨끗하게 사라져 있었던 것이다.

'거 이상한 일이올시다.'

카잔은 고개를 갸웃거렸다.

리즈가 공갈을 치지 않은 이상 카잔 자신은 이미 죽어 있어야 했다. 아니, 고열만 하더라도 이미 뇌가 녹아서 죽어 있는 것이 정상이었다.

그런데 잠깐 정신을 잃었다 깨어나니 말짱하다. 이게 대체 어떻게 된 일이란 말인가?

'흐음, 그 고문 때문일깝쇼?'

카잔은 눈을 가늘게 떴다.

리즈가 사용한 절련은 본래 차크라를 이용한 의술에서 파생된 고문술. 어쩌면 그것이 고열과 맞물려 상쇄되었을지도 모른다.

좀 억지스러운 추측이기는 했지만, 그 외에는 이 상황을 해명할 방법이 없었다.

무엇보다 당장 고민해야 할 일은 따로 있었다.

'이 몸이 정신이 나간 게 아니면 배 전체가 흔들리고 있는 거 같은데 말이죠.'

카잔은 진지한 얼굴로 요동치는 창고를 둘러보았다.

의자에 꽁꽁 묶인 채 바닥에 쓰러져 있기 때문에 영 진지해 보이지 않는 모습이었지만, 적어도 카잔의 머릿속은 심각하게 돌아가고 있었다.

푸른조개호 같은 대형선이 이렇게 흔들리다니.

폭풍이나 지진 같은 천재지변이라도 일어나지 않은 이상은 불가능한 일이었다.

'뭐, 인재의 가능성이 더 높지만서도.'

카잔은 입맛을 다셨다.

그림자단이 배를 침몰시키기로 한 것일까?

만약 그렇다면 일행은 오히려 안전할 가능성이 높다. 은밀함을 생명으로 여기는 암살자들이 이런 만행까지 버려야 할 정도로 궁지에 몰려 있다는 뜻이니까.

이 경우, 문제는 하나뿐이다.

"끄응, 수장당하는 건 사양하고 싶은데 말이죠."

카잔은 앓는 소리를 냈다.

손가락도 까딱할 수 없는 카잔에게 배가 침몰한다는 것은 곧 죽는다는 것과 같은 뜻이었다.

운 좋게 누군가에게 발견돼서 구조받는다면 모르겠지만, 이런 급박한 상황에 구석진 창고까지 자신을 찾으러 올 인물이 있을 리가…….

벌컥!

"늑대 씨! 여기 있어요?"

……있었다.

에를린은 창고 문을 열고 안을 두리번거리다가, 바닥에 쓰러져 있는 카잔을 발견하고 환한 표정을 지었다.

"토끼 씨, 여기예요! 여기에 늑대 씨가 있어요!"

에를린은 뒤를 돌아보며 누군가에게 손짓했다.

잠시 후 나타난 것은 백발홍안의 소녀, 하야트였다.

하야트는 무표정한 얼굴로 창고 안을 둘러보고는 고개를 끄덕였다.

"함정은 없습니다."

"그래요?"

에를린은 그 즉시 카잔에게 달려갔다.

그리고 걱정스러운 표정으로 카잔의 상태를 살폈다.

"늑대 씨, 몸은 좀 괜찮아요?"

카잔은 멀뚱멀뚱한 얼굴로 그녀를 바라보다가 고개를 설레설레 내저었다.

"몸은 괜찮은데, 머리가 안 괜찮은뎁쇼."

"네? 어디 부딪쳤어요?"

"아까 뒤통수를 좀 심하게 찍혀서 말입죠. 아가씨가 이 몸을 구해주러 온 환각이 보이는 걸 보면 뇌가 살짝 맛이 갔나 봅니다요."

카잔은 진지한 표정으로 말했다.

"그래요?"

에를린은 싱긋 웃었다.

동시에 카잔의 귀를 잡아서 쭈욱 잡아당겼다.

"으갸갸걍! 귀, 귀 찢어지겠습니다요!"

"에이, 어차피 환각인데 귀 좀 찢어진다고 별일 생기겠어요?"

카잔은 결국 잘못했다고 싹싹 빌고 나서야 겨우 에를린의 손에서 풀려날 수 있었다.

에를린은 팔짱을 끼고 카잔을 흘겨보았다.

"모처럼 구해주러 왔는데 고마워하기는커녕 사람을 환각 취급이나 하다니. 너무한 거 아니에요?"

"끄응, 사실 말이 안 되잖습니까요. 아가씨가 따로 움직이시는 건 너무 위험하니 말입죠."

카잔은 논리적으로 반박을 늘어놓았다.

그림자단의 목표인 에를린이 루틴과 나라샤와 떨어져 행동한다는 것은 카잔조차 믿기 힘들 정도로 비상식적인 일이었다.

"괜찮아요. 여기 토끼 씨가 있잖아요?"

에를린은 싱글거리며 하야트를 가리켰다.

하야트는 두 사람의 대화를 완벽하게 무시한 채 묵묵히 카잔의 밧줄을 풀고 있었다.

카잔은 떨떠름한 표정으로 하야트를 바라보았다.

비록 어린 소녀라 해도 하야트는 거미소굴의 이인자. 분명 암살자 한두 명을 상대로 에를린을 지켜낼 정도의 실력은 충분히 가지고 있을 터였다.

하지만 세상에 절대란 없는 법!

언제 암습을 당할지 모르는 상황에 루틴이 에를린의 단독 행동을 허용해줬다는 것은 믿기 힘든 일이었다.

"대체 어떻게 기사 나리의 허락을 받아내신 겁니까요?"

카잔의 질문에 에를린은 당당하게 대답했다.

"당연히 허락 안 받았죠."

"······안 받으셨다굽쇼?"

"루틴 경이 그런 일을 허락해 줄 리가 없잖아요? 그래서 두 사람이 늑대 씨를 구하러 간 틈에 몰래 빠져나왔죠."

에를린은 싱글싱글 미소 지었다.

처음에 의심을 품은 것은 나라샤가 라오츠로 자신과 똑같이 변하는 모습을 보여줬을 때였다.

이쪽에서 속임수를 쓸 수 있다면 상대도 마찬가지일 터!

그렇다면 카잔은 자재실이 아닌 다른 곳에 있을 수도 있다고 생각했기에, 루틴과 나라샤가 움직인 즉시 자재실을 제외한 창고를 마구잡이로 뒤지고 다닌 것이다.

만약 루틴이 여기에 있었다면 머리를 쥐어뜯으며 통곡했으리라.

카잔은 벙 찐 표정으로 에를린을 바라보았다.

잠시 후, 그 얼굴이 씰룩거리며 폭소가 터져 나왔다.

"캬하하하하하! 이래서 이 몸이 아가씨를 좋아할 수밖에 없다는 말입죠."

에를린은 피식 실소했다.

"훗, 프러포즈를 할 거면 황금 마차에 보석 꽃다발 정도는 가져오세요."

카잔은 정신없이 낄낄거리리다가 문득 웃음을 멈췄다.

갑작스런 에를린의 등장 때문에 잠깐 잊고 있던 일이 떠오른 것이다.

"아, 그러고 보니 이 진동은 어떻게 된 겁니까?"

"모르겠어요. 뭔가 터지는 소리가 들린 뒤부터 이렇게 되긴 했는데……."

에를린은 어깨를 으쓱거렸다.

조금 전까지만 해도 카잔을 찾아 배 안을 샅샅이 뒤지며 돌아다니던 중이었기에, 무슨 일이 일어났는지 확인할 여유가 없었던 것이다.

"흐음, 폭음이라는 말씀입죠."

카잔의 푸른 눈동자가 차갑게 가라앉았다.

뒤이어 고개를 숙이고 뭔가를 골똘히 고민하더니 한숨과 함께 고개를 가로저었다.

"이거 위험할지도 모르겠습니다그려."

"위험하다뇨?"

"고양이 아씨나 기사 나리가 그 폭발에 휩쓸렸을 가능성이 높으니 말입죠."

카잔의 말에 에를린의 안색이 급격히 어두워졌다.

이미 염려하고 있던 사태이기는 했지만, 막상 카잔에게 그 사실을 들으니 걱정이 샘솟는 것은 어쩔 수 없었다.

"어떡하죠?"

"글쎄올시다. 가장 좋은 건 지금 당장 이곳을 탈출하는 건데 말입죠."

"기각이요."

"하다못해 안전한 데에 틀어박혀 있는다든가……."

"다른 거 없어요?"

에를린은 싱글싱글 미소 지었다.

웃고 있음에도 불구하고 확고한 거부를 담고 있는 얼굴이었다.

카잔은 떨떠름한 얼굴로 마지막 제안을 말했다.

"그럼 폭발이 일어난 곳을 찾아가볼깝쇼?"

"찬성이요!"

에를린은 한 손을 번쩍 들며 외쳤다.

물어본 카잔이 다 어이없을 정도로 힘찬 대답이었다.

"……거참, 이럴 거면 왜 물어보셨습니까요."

카잔은 투덜거리면서도 더 이상 따져 묻지는 않았다. 에를린이라면 이런 반응을 보이리라는 것을 이미 알고 있었으니까.

대신 한마디를 더했을 뿐이다.

"그냥 살펴만 보는 겁니다요. 위험하면 즉시 피할 거라고 약속해주십쇼."

"옙, 캡틴!"

에를린은 경례와 함께 카잔의 조건을 받아들였다.

잠시 후, 창고를 벗어난 그들은 폭발이 일어난 장소를 향해 이동했다.

카잔을 질질 끌다시피 부축하고 움직이느라 거북이처럼 느린 속도가 돼버렸지만, 폭발 장소를 찾는 것은 어렵지 않았다.

아니, 지나칠 정도로 쉬웠다.

"우와와……."

"……끝장이구만."

"……."

카잔과 에를린은 입을 딱 벌린 채 허공을 바라봤다.

심지어 하야트조차 앞의 광경에서 눈을 떼지 못했다.

복도는 우르르 무너져서 위층과 아래층이 훤히 보이고

있었고, 자재실이었을 법한 장소는 흔적도 없이 사라져 있었다.

특히 기가 막힌 것은 벽 쪽이었다.

배 옆구리에 집 한 채가 들어갈 만한 구멍이 뻥 뚫려 있는 모습이라니!

아직까지 배가 침몰하지 않은 것이 신기할 정도였다.

'흐음, 파이널 스펠인가?'

카잔은 내심 혀를 찼다.

이만한 위력을 낼 수 있는 것은 고위 마법사의 중폭주문 뿐이다. 암살자 중에 고위 마법사가 있을 리 없으니, 가장 가능성이 높은 것은 역시 파이널 스펠이었다.

파이널 스펠!

시전자의 생명력을 마력으로 전환해 터트리는 금주(禁呪)로서, 간단히 말하면 자폭마법이라 할 수 있다.

목숨을 대가로 하는 만큼, 그 위력은 절대적!

파이널 스펠의 폭발을 고스란히 뒤집어썼다면 아무도 살아남지 못했을 것이다.

"으, 으으윽."

어디선가 한 줄기 신음 소리가 들려온 건 그때였다.

에를린은 눈을 번쩍 뜨며 다급히 외쳤다.

"루틴 경? 어디 있어요!"

"끄으응…… 여, 여기입니다."

신음은 무너진 자재 더미 속에서 흘러나왔다.

에를린은 하야트의 도움을 받아 서둘러 자재 더미를 헤집었다.

끙끙대며 무거운 목재와 천 더미를 치우자, 그 밑에 깔려 있던 루틴이 모습을 드러냈다.

"괜찮아요?"

"쿨럭쿨럭! 저, 저는 괜찮습니다."

루틴은 거센 기침과 함께 몸을 일으켰다.

먼지를 가득 뒤집어쓴 것을 빼면 비교적 멀쩡한 모습이었다.

산처럼 쌓여 있던 자재 더미가 충격을 어느 정도 완화시켜준 데다가, 오러 수련자 특유의 강철 같은 신체 덕분이었다.

에를린은 안도의 한숨을 내쉬다가 번쩍 고개를 들어 올렸다.

"고양이 씨는요?"

"그건……."

루틴은 말꼬리를 흐렸다.

나라샤가 있던 자재 창고에서 폭발이 일어난 이상, 그녀가 무사할 가능성은 희박했으니까.

하야트의 무표정한 얼굴이 뻥 뚫린 벽으로 향한 것은 그때였다.

"수장, 언제까지 그런 곳에 계실 겁니까."

"네?"

에를린은 하야트의 난데없는 말에 눈을 깜빡거렸다.

"하야트, 조금은 걱정해줘도 되잖아요?"

일행은 낯익은 음성을 따라 반사적으로 시선을 돌렸다.

그리고 배에 뚫린 구멍에서 불쑥 머리를 드러낸 나라샤를 보고 입을 따악 벌렸다.

하야트는 나라샤를 향해 무뚝뚝하게 말했다.

"수장께서 고작 이런 일에 당하실 리가 없잖습니까."

나라샤는 배의 측면에 매달려 있다가 피식 실소를 흘리며 안으로 들어왔다.

카잔은 그녀를 향해 히죽 웃어 보였다.

"여어, 용케 무사하셨습니다그려."

"글쎄요. 운이 좋았다고 할까요?"

나라샤는 어깨를 으쓱거렸다.

원래대로였다면 클레이의 자폭에 그대로 휩쓸려버렸을 것이다.

클레이의 심장에 박아 넣은 단검이 주문의 발동을 한 호흡만큼 늦춰준 덕분에 벽을 부수고 뛰어내릴 수 있었던 것이 천만다행이었다.

"어쨌든 다 무사하시다니 다행이긴 한데 말입죠……."

카잔은 살짝 말꼬리를 흐렸다.

에를린은 묘한 여운이 담긴 카잔의 혼잣말에 고개를 갸
웃거렸고, 루틴은 미간을 찌푸렸다.

카잔은 조금 떨떠름한 표정으로 말을 끝맺었다.

"아크라드는 어디에 두셨습니까요?"

일행은 돌이 되었다.

에를린은 고개를 옆으로 기울인 채 굳어버렸고, 루틴은
두 눈을 부릅떴다.

그렇게 침묵이 흘렀다.

나라샤가 입을 연 것은 한참 뒤의 일이었다.

"……깜빡해버렸네요?"

정적은 순식간에 깨져나갔다.

에를린은 머리를 싸매고 신음을 흘렸고, 루틴은 짐승 같
은 괴성을 지르며 미친 듯이 잔해를 헤집고 다니기 시작했
다.

결국 그들이 잔해 더미 깊은 곳에 파묻혀 있던 리즈와 아
크라드를 발견한 것은 한참 뒤의 일이었다.

CHAPTER

8

## 1.

제르갈 람 잔디르.

그는 선대 후작의 동생으로서, 작위를 잇지 못한 대신 평생 어둠 속에서 후작가를 지켜온 인물이었다.

때문에 제르갈은 귀족답지 않게 온갖 놀라운 일도, 믿기 힘든 일도 다 겪어보았다.

하지만 이렇게까지 기가 막힌 일은 처음이었다.

"다시 한 번 말해보거라."

제르갈의 목소리는 카랑카랑하게 울려 퍼졌다.

카야는 바닥에 손발과 머리를 붙인 오체투지의 자세 그대로 조금 전에 한 보고를 반복했다.

"리즈는 포로로 잡혀 있는 상태며, 나머지 그림자단의 정예는 전원 사망했습니다."

무거운 정적이 밀실을 찾아들었다.

불신, 경악, 의심, 당혹 등등…… 하나로 정의 내릴 수 없는 온갖 감정의 소용돌이가 허공을 헤매고 있었다.

제르갈의 입이 열린 것은 한참 뒤였다.

"지금 그 말을 나보고 믿으라는 것이냐?"

"……."

카야는 침묵을 지킬 수밖에 없었다.

이 상황을 믿기 힘든 것은 카야도 마찬가지였으니까.

그림자단은 잔디르 후작가의 숨은 힘! 특히 그 정예는 한 명 한 명이 상급 수련자에 근접한 일류 암살자였다.

헌데 그림자단이 실패한 것으로도 부족해 몰살당하다시피 했다니!

"이…… 이이이!"

제르갈의 얼굴이 시뻘겋게 달아올랐다.

너무 어처구니없는 보고 탓에 한 박자 늦은 지금에서야 분노가 치솟아오른 것이다.

들끓던 분노는 결국 눈앞에 있던 카야에게 분출되었다.

"이노오오옴!"

퍼억!

카야의 뒤통수에 제르갈이 집어던진 은세공 장식품이 직

격했다.

제르갈의 행동은 거기서 멈추지 않았다. 자리에서 벌떡 일어나더니, 성큼성큼 앞으로 걸어가 카야의 옆구리를 걷어찬 것이다.

퍽! 퍼억!

"실패라니! 그림자단의 정예를 보내고도 실패라니! 지금 네가 뚫린 입이라고 그딴 말을 지껄인단 말이냐!"

제르갈의 사정없는 발길질에 카야의 몸은 순식간에 피투성이가 되었다.

카야는 그 지경에 이를 때까지 막거나 피하기는커녕 엎드린 자세 그대로, 신음조차 한 번 흘리지 않고 구타를 받아냈다.

결국 구타가 멈춘 것은 그로부터 한참 뒤, 제르갈의 체력이 한계에 달했을 무렵이었다.

"허억, 허억!"

제르갈은 가쁜 숨을 몰아쉬며 의자에 다시 주저앉았다.

뒤이어 매서운 눈길로 카야를 노려보았다.

당연히 성공해야 할 그림자단이 실패했다면 뜻밖의 변수가 있었다는 뜻. 그렇다면 그 책임은 전적으로 카야에게 있다고 해도 과언이 아니다.

"머저리 같은 것……!"

제르갈은 당장이라도 카야를 때려죽이고 싶었다.

그림자단원인 리즈가 사로잡힌 이상, 자신이 저주의 배후자라는 사실이 들통 나는 것은 시간문제였다.

제르갈이 반심을 품은 것은 잔디르 후작이 첩의 자식인 제온 반 잔디르를 후계자로 내정한 순간이었다.

한낱 서자에게 가문을 물려주겠다는 후작의 독단은 여러 가신의 반발을 샀고, 제르갈은 그 틈을 타 제온에게 저주를 거는 데 성공했다.

제온 다음의 계승권자는 바로 제르갈의 아들!

남은 일은 제온이 죽기까지 기다리는 것뿐이었다.

그런데 에를린이 아크라드를 찾아옴으로써 그 계획이 완전히 틀어진 것이다.

"당장 나머지 그림자단을 움직여라! 무슨 수를 써서라도 그 계집애를 막아!"

제르갈은 버럭 고함을 내질렀다.

남은 그림자단을 총동원하더라도 에를린 일행을 막을 수 있으리란 보장은 없다.

하지만 그들이 귀환하는 순간 자신이 파멸하리라는 것을 뻔히 아는 제르갈로서는 다른 수가 없었다.

제르갈이 미간을 찌푸린 것은 잠시 후였다.

"뭘 하느냐? 당장 움직이라 하지 않았느냐!"

카야는 제르갈의 고함을 듣고도 미동조차 하지 않았다.

대신 고개를 박은 채 나지막이 입을 열었다.

"죄송합니다."

"뭐? 무슨 헛소리냐?"

제르갈은 카야의 느닷없는 헛소리에 미간을 찌푸렸다.

카야는 아무 말 없이 침묵을 지켰다.

"대체 무슨 소리냐고 물었······!"

제르갈은 노성을 지르다가 숨을 삼켰다.

카야의 사죄에 담긴 의미를, 카야가 오체투지를 한 채 엎드려 있는 이유를 뒤늦게야 깨달은 것이다.

불신과 경악 어린 눈으로 카야를 보길 잠시.

제르갈은 덜덜 떨리는 목소리로 질문을 건졌다.

"어, 어디냐? 그 계집애는 어디에 있느냐? 당장 말해라!"

제르갈의 카랑카랑한 목소리는 부디 자신의 예상이 틀렸기를 바라는 마음으로 가득 차 있었다.

카야는 침묵을 지켰다.

그리고 한참 뒤, 더없이 낮은 목소리로 말했다.

"지금······ 후작님과 대면하고 있습니다."


2.

에를린은 생글생글 웃으며 말했다.

"제가 벌써 후작가에 돌아온 걸 알면 작은 할아버님께서 어떤 얼굴을 하실지 궁금한데요?"

"……글세, 아마 나만큼 놀라시지 않을까 싶구나."

후작은 떨떠름한 표정으로 대답했다.

에를린은 양손으로 허리를 짚으며 고개를 내저었다.

"겨우 그 정도로 되겠어요? 적어도 심장마비쯤은 걸려주셔야죠."

"허허허, 집안의 어른께 하는 말치고는 과하구나."

"지금까지 저희가 얼마나 고생을 했는데요! 그걸 생각하면 심장마비도 오히려 약하죠."

에를린은 앙증맞은 주먹을 불끈 쥐어 들며 외쳤다.

뭔가 한이 맺혀도 단단히 맺혀 있는 모습이었다.

'허, 대수림과 그림자단 때문에 고생이 참 심했나 보군.'

잔디르 후작은 내심 고개를 가로저었다.

역사상 누구도 생환하지 못한 대수림을 탐험하고, 그림자단이라는 암살자들을 상대한 딸아이다.

그 고생을 헤아리면 에를린이 제르갈에게 원한을 활활 불태우는 것도 무리는 아니었다.

"작은 할아버지 때문에 로바드 백작가를 파산시키지도 못했다고요!"

후작의 얼굴이 기묘하게 변했다.

에를린은 그런 아버지의 반응을 무시한 채 열변을 이어갔다.

"몇만 골드는 긁어낼 생각이었는데 고작 2,500골드밖에 못 따내서 얼마나 손해가 컸는지 아세요? 게다가 배가 정박한 뒤의 고생을 생각하면……."

에를린은 주먹을 부르르 떨었다.

잔디르 후작은 어처구니없다는 표정으로 에를린을 보았다.

더불어 절대적으로 동의한다는 얼굴로 고개를 끄덕이는 루틴을 보고는 아예 허허 웃어버렸다.

"허! 루틴 경, 여행이 그렇게 힘들었는가?"

"……예, 좀 힘든 여정이었습니다."

루틴은 치를 떨었다.

푸른조개호가 가까스로 침몰을 면해 강가에 정박한 이후, 일행은 배 대신 마차를 타고 움직일 수밖에 없었다.

카잔은 이동속도를 높이고 그림자단의 추가 암습을 막기 위해 최적의 루트로 강행군을 하는 게 어떠냐고 제안했다.

일행은 카잔의 제안을 선뜻 받아들였다.

그리고 처절하리만치 후회했다.

카잔이 말한 '최적의 루트'와 '강행군'에는 그들이 생각하고 있던 것과 하늘과 땅만큼의 차이가 있었던 것이다.

여정이 얼마나 벅찼던지 에를린이 반시체가 되고, 루틴이 마부석에서 졸도하고, 심지어 나라샤의 얼굴에도 피로가 드러날 정도였다.

특히 알렉산드리아 13세는 마구간에 도착한 즉시 드러누워 버림으로써 마구간지기를 기겁하게 했다.

참으로 지옥 같은 강행군!

덕분에 일행이 '눈'을 피해 후작가에 도착할 수 있었다.

단, 다시 한 번 그 미친 짓거리를 하느니 대수림으로 돌아가는 게 백번 낫다는 것이 일행의 공통된 의견이었다.

에를린은 그 눈물겨운 고생을 떠올리며 버럭 외쳤다.

"오라버니를 저주한 건 용납할 수 있어도, 배에 구멍 내신 건 용서할 수 없어요. 절대로!"

후작은 떨떠름한 표정으로 딸아이를 바라보았다.

두 사람이 거지꼴로 돌아왔을 때부터 짐작하고 있던 사실이지만, 아무래도 그들이 겪은 고생은 자신의 상상을 초월한 것 같았다.

"……제온이 들으면 섭섭해하겠구나."

에를린은 후작은 떨떠름한 중얼거림을 듣고 '아차!' 하는 표정을 지었다.

"오라버니 상태는요?"

"허허허. 참 빨리도 물어보는구나."

후작은 너털웃음을 터트렸다.

더불어 찻잔을 들어 올리며 나지막이 말했다.

"네가 가져온 아크라드 덕분에 저주는 무사히 풀 수 있었다. 다만 저주의 후유증 때문인지 몸 상태는 아직 좋지 않더구나."

"그래요……?"

에를린의 안색이 복잡하게 변했다.

저주가 풀렸다는 것에 기뻐해야 할지, 몸이 안 좋다는 것에 안타까워해야 할지 가늠을 못 잡고 있는 얼굴이었다.

"너무 걱정할 필요 없다. 요양만 좀 하면 나아질 테니까."

잔디르 후작은 느긋하게 미소 지었다.

대범하고 느긋하기로 이름 높은 그다운 모습이었다.

후작이 문뜩 입을 연 것은 그때였다.

"그러고 보니 다른 일행이 있다고 들었는데, 그들은 어디 있느냐?"

"아, 그게……."

에를린은 살짝 말꼬리를 흐렸고, 루틴은 자신도 모르게 고개를 돌려 후작의 눈을 외면했다.

후작은 의아한 표정을 지었다.

"왜 그러느냐?"

"저어, 그게 그러니까…… 하하하. 바, 밖에 있어요."

"밖에?"

"그게 뭐라더라. 그러니까, 귀족가에 들어오면 발작하는 알레르기라던가, 그런 게 다 있더라고요?"

"……알레르기?"

후작은 떨떠름한 얼굴로 에를린을 바라보았다.

대수림에서 여기까지 같이해온 일행을 밖에 두고 왔다는 것도 뜻밖의 일이다.

더구나 에를린이 이렇게 어설픈 거짓말을 한다는 것은 놀라움을 넘어 어처구니가 없을 정도였다.

"에…… 안 믿기시죠?"

에를린은 식은땀을 주르륵 흘렸다.

잔디르 후작은 물끄러미 에를린을 바라보다가 고개를 끄덕였다.

"굳이 캐묻지는 않으마."

에를린은 순간 안도의 한숨을 내쉬었다.

만약 후작이 더 깊게 캐물었다면 카잔과 나라샤가 어디 있는지도 밝혀야만 했으니까.

후작은 잠시 턱을 쓰다듬다가 고개를 들어 올렸다.

"에를린, 잠깐 심부름 좀 해줄 수 있겠느냐?"

"무슨 심부름이요?"

"그들에게 한 가지 부탁을 전해줬으면 한다."

"부탁이요?"

에를린은 의아한 표정을 지었다.

이미 아크라드까지 찾아낸 마당에 카잔에게 부탁할 일이 또 있다는 것이 이해되지 않은 것이다.

후작은 느긋한 표정으로 말을 이었다.

"내가 부탁하고 싶은 일이라는 건……."


## 3.

두근.

심장의 박동을 타고 고요한 울림이 퍼져 나온다.

가슴에서부터 사지육신으로 뻗어 나온 메아리가 전신에 기묘한 감각을 담아낸다.

심장을 뜨겁게 달구고, 머리를 상쾌하게 씻어낸다.

사지를 단단히 굳히고, 척추를 흐물흐물 녹여낸다.

손끝을 사납게 쑤시고, 머리카락을 살살 간질인다.

숨을 들이쉴 때마다 전신을 가득 채웠다가, 숨을 내쉴 때마다 썰물처럼 빠져나가기를 반복하는 울림의 파도.

파동이 반복될수록 피로는 스러지고 고통은 사라진다.

숲을 거니는 편안함과 초원을 전력질주하는 흥분이 뒤섞여온다.

사지육신에는 힘이 넘쳐흐르고, 가슴에는 무엇이든 할 수 있다는 자신감이 차곡차곡 쌓인다.

마치 세상을 홀로 벗어나 있는 듯한 괴리감!

사내는 그 속에서 천천히 눈꺼풀을 들어 올렸다.

너무나 깊어서 오히려 칙칙하게 느껴지는, 심연과도 같은 푸른 눈이 어둠 속에서 빛을 발했다.

'거참, 이상한데 말입죠.'

카잔은 살짝 고개를 기울였다.

처음에는 아예 느끼지도 못했던 감각이었다.

하지만 시간이 흐르는 만큼 울림은 더욱더 강해져갔고, 이제는 무시하려야 무시하지 못할 정도로 확실하게 느껴지고 있었다.

'흐음, 뭘 잘못 먹어서 그런 거 같지는 않은데.'

카잔의 고개가 반대쪽으로 기울어졌다.

의술이라면 의술사 못지않게 알고 있는 만큼, 이것이 단순한 병의 증상과는 다르다는 것도 충분히 이해하고 있었다.

'아니, 굳이 말하자면 이건…….'

뭔가를 떠올렸음일까.

카잔은 고개를 들어 올렸다가 다시 좌우로 흔들었다. 아무리 생각해봐도 말이 안 되는 일이었던 것이다.

아무리 궁리해도 답이 나오지 않는 난제.

긴 고민 끝에 튀어나온 해답은 간단한 것이었다.

"뭐, 별문제야 일겠습니까요."

카잔은 속 편하게 중얼거렸다.

어차피 손가락 하나 까닥하기도 힘든 몸이다.

여기서 더 잘못돼봐야 정신이 나가거나 죽는 것밖에 없는

데, 정신이라면 이미 옛날에 나갔고 죽는 거야 별로 무섭지도 않으니, 어느 쪽이든 걱정할 일은 아니었다.

딸칵.

"응?"

카잔은 고개를 들어 문 쪽을 바라보았다.

살짝 열린 문틈에는 짙은 화장을 한 여인이 불쑥 고개를 들이밀고 있었다.

"재밌는 오빠, 어떤 기사님께서 좀 보자고 하시는데?"

"아아, 이 몸의 손님이올시다. 여기로 안내 좀 해주쇼."

"알았어. 좀만 기다려."

여인은 곧장 문을 닫고 사라졌다.

루틴이 쿵쿵거리는 발소리와 함께 나타난 것은 그로부터 잠시 뒤였다.

어째서인지 뻘겋게 달아오른 얼굴로 방에 들어온 루틴은 쩌렁쩌렁한 고함을 내질렀다.

"네놈은 대체 왜 이런 곳에 묵고 있는 거냐!"

"캬하하! 말씀드렸잖습니까요. 이 몸은 후작가보다 이곳이 더 편하다고 말입죠."

"이이이······!"

루틴은 잡아먹을 듯한 눈으로 카잔을 노려보았다.

물론 사람에 따라서는 으리으리한 궁전보다 초라한 여관이 더 편하게 느껴질 수도 있고, 거기 묵겠다는 것은 어디까지나 각자의 자유다.

그럼에도 루틴이 분을 삭일 수 없었던 이유는 이곳이 여관이 아니기 때문이었다.

"네놈한테는 가장 편한 곳이 홍등가란 말이냐!"

루틴은 빠드득 이를 갈았다.

처음에 홍등가에 묵겠다는 소리를 들었을 때는 천하의 에를린조차 농담을 하지 못할 정도였다. 루틴의 경우에는 아예 카잔의 멱살을 쥐고 흔들려고 했다.

문제는 나라샤가 카잔의 말에 적극 찬성했다는 것이다.

결국 그들이 자기 마음대로 홍등가에 숙소를 잡아버리자, 에를린과 루틴은 단둘이서 후작가로 돌아올 수밖에 없었다.

카잔은 뻔뻔한 얼굴로 히죽거렸다.

"당연하지 않습니까요. 술이랑 음식이랑 여자가 잔뜩 있는 곳이 편하지 않을 리가 없습죠."

말이 안 나온다는 건 이럴 때 쓰는 표현이리라.

루틴은 당장 카잔의 안면을 후려갈기고 싶다고 울부짖는 주먹을 진정시키는 데 전력을 다해야 했다.

여기까지 찾아오느라 홍등가를 가로지르며 치른 곤욕을 생각하면 주먹질이 아니라 칼질이라도 부족했지만, 당장 카잔을 죽여버리기에는 사정이 여의치 않았다.

"후우……."

루틴은 천천히 호흡을 골랐다.

심호흡으로 겨우 흥분을 가라앉힌 그는 품에서 주머니 하나를 꺼내 탁자 위에 내려놓았다.

촤라락!

"약속했던 의뢰비다. 감정서가 필요하면 준비해주마."

"감정서까지는 됐습니다요. 나리께서 하신 고생을 아는데 그런 수고까지 끼칠 수야 없습죠."

카잔은 낄낄거리며 고개를 가로저었다.

주머니에서 들어 있는 것은 다름 아닌 온갖 보석으로, 루틴이 에를린의 보호를 대가로 약속한 의뢰비 천 골드였다.

아무리 귀족이라도 천 골드는 결코 적지 않은 거금!

하위 귀족인 루틴이 며칠 안에 이런 거금을 마련하기 위해 얼마나 고생을 했을지는 충분히 짐작할 수 있는 일이었다.

"흥! 나중에 딴소리하지나 말거라."

"예입, 명심하겠습니다요."

카잔은 넙죽 고개를 숙였다.

의자에 걸친 듯 앉아 있는 자세 때문에, 고개를 숙였음에도 불구하고 어째 비꼬는 것처럼 보이는 모습이었다.

루틴은 못마땅한 표정으로 주변을 둘러보았다.

"그런데, 너뿐이냐?"

"고양이 아씨라면 잠깐 볼일이 있어서 나가셨습니다요. 뭐, 용건이 있다면 전해드립죠."

"으음."

루틴은 잠시 신음을 흘렸다.

카잔에게만 이 이야기를 해도 되는지, 혹은 꼭 나라샤를 끼워 넣을 필요가 있는지를 생각해보지 않았기 때문이다.

'아무래도 상관없는 일인가?'

루틴은 짧게 고민을 끊었다. 어차피 카잔과 나라샤가 한동안 함께 움직이리라는 것은 명확했고, 어쨌든 이 이야기의 주체는 카잔이니까.

"받아라."

"흐음?"

카잔은 루틴이 꺼내든 봉투를 보고 눈을 깜빡거렸다.

잠시 동안 그 봉투의 정체를 고민해본 카잔은 미심쩍은 표정으로 루틴을 바라보았다.

"어음은 안 받는데 말입니다요."

"돈이 아니라 후작님께서 보내신 서신이다."

"엥?"

카잔은 눈을 동그랗게 떴다.

후작에게 받을 거라고는 추가 보수뿐이라고 생각했던 만큼, 서신이라는 뜻밖의 물건에 당황한 것이다.

루틴은 그런 카잔을 보며 미간을 찌푸렸다.

"언제까지 멀뚱멀뚱 보고만 있을 셈이냐?"

"……아니, 그렇게 말씀하셔도 입으로 편지를 받을 수는 없잖습니까요.”

카잔은 축 늘어진 사지를 보여주며 어깨를 으쓱거렸다.

손가락 하나조차 까딱할 수 없는 카잔에게 있어, 편지를 받아보라는 건 농담밖에 되지 않는 이야기였으니까.

하지만 루틴은 농담을 싫어하는 사내였다.

“네놈한테 한 말이 아니다.”

카잔은 멋쩍은 표정을 지었다.

“알고 계셨습니까요?”

“흥! 네놈이 혼자 방치돼 있을 리가 없지.”

루틴은 코웃음 쳤다.

나라샤에게 카잔이 얼마나 중요한 존재인지는 두말할 필요도 없다.

특히 잠시간의 방심으로 카잔을 한 번 납치당하기까지 했던 그녀가 이런 곳에 카잔을 홀로 방치해뒀다는 것은 말도 안 되는 이야기였다.

카잔은 씨익 웃으며 뒤를 돌아보았다.

“아무래도 토끼 아씨께서 수고 좀 해주셔야겠는뎁쇼?”

스르륵.

대체 언제부터 그곳에 있었던 것일까.

벽에서 솟아나듯 모습을 드러낸 백발홍안의 소녀, 하야트는 무표정한 얼굴로 루틴의 손에서 봉투를 받아 들었다.

그리고 서신을 꺼내 카잔의 앞에 펼쳐주었다.

"흐음, 보자……."

카잔은 두 눈을 가늘게 뜬 채 서신을 읽어나갔다.

싱글거리던 얼굴이 기묘하게 변한 것은 잠시 뒤였다.

귀족이 보낸 것치고는 파격적이라고 할 만큼 간결했기에 서신의 내용을 이해하는 것은 어렵지 않았다.

문제는 서신의 내용이었다.

"……그러니까, 공자님의 회복을 도와줄 약이나 방법을 찾아주셨으면 한다, 이 말씀이십니까요?"

"그렇다."

루틴은 딱딱한 얼굴로 고개를 끄덕였다.

후계자인 제온이 병석에 누워 있는 기간이 길어지면 후작가는 흔들릴 수밖에 없으니, 이 의뢰는 당연하다면 당연한 것이다.

문제는 거기에 붙은 조건이었다.

"게다가 아가씨랑 나리를 모시고 말입죠?"

카잔은 떨떠름하게 물었다.

서신에는 '선금을 지불하는 대신 반드시 에를린과 루틴이 동행할 것'이라는 조건이 딸려 있었던 것이다.

"무슨 불만이라도 있느냐?"

"딱히 불만이 있는 건 아니지만…… 꼭 이래야 하는 이유가 있습니까요?"

"흥, 네놈에게 선불을 줬다가는 어디로 도망칠지 모를 일

아니냐. 그러니 나와 아가씨가 감시자로 따라붙는 거다."

루틴은 차갑게 쏘아붙였다.

카잔은 그 말을 듣고도 별로 화를 내거나 아쉬워하지 않았다. 다만 고개를 좌우로 갸웃거리다가 재차 물었을 뿐이다.

"아니, 그런 대외적인 이유 말고 말입니다요."

루틴의 눈동자가 미세하게 흔들렸다.

용케 무뚝뚝한 표정을 유지하고 있기는 했지만, 그 눈빛에는 허를 찔린 내심이 고스란히 드러나 있었다.

"……무슨 말을 하는 거냐?"

"흐음, 시치미를 떼시는 겁니까요?"

카잔은 히죽 웃었다.

더불어 고개를 뒤로 젖히며 느긋하게 말을 이었다.

"뭐, 말하기 싫다면 하지 마십쇼. 이 몸이 꼭 아가씨를 빼돌리는 걸 도와드려야 할 이유는 없으니 말입죠."

카잔의 말을 들으며 루틴은 미간을 찌푸렸다.

애초부터 속여 넘기기는 무리라는 것쯤은 알고 있었다. 대수림을 다녀온 지 얼마 되지도 않은 에를린을 고작 그런 이유로 다시 내보낸다는 것은 말도 안 되는 일이었으니까.

단지 카잔의 방만한 태도를 보니 말해주려던 마음이 싹 사라졌을 뿐이다.

그렇다고 이대로 물러날 수도 없는 노릇.

루틴은 결국 탐탁잖은 심정으로 입을 열었다.

"숙청이 시작될 거다."

숙청!

언제 어디서 나오더라도 무거울 수밖에 없는, 피비린내 나는 단어.

카잔은 그것을 듣고도 아무런 동요도 보이지 않았다. 단지 당연하다는 얼굴로 고개를 끄덕였을 뿐이다.

"배후에 꽤 거물이 계셨나 봅니다요."

"……그래."

루틴은 가라앉은 목소리로 답했다.

제온이 저주에 걸렸을 때부터 후작가 내부에 범인이 있다는 것은 짐작하고 있었고, 그림자단의 암습은 그 범인을 확실하게 알려주었다.

제르갈 람 잔디르.

후작가의 눈과 그림자단의 수장으로서, 한평생 어둠 속에서 후작가를 수호해온 실질적인 이인자!

제르갈을 숙청한다는 것은 단지 그 한 명으로 끝나는 것이 아니다.

눈과 그림자단은 물론, 제르갈과 연관된 가신과 기사, 심지어 하녀와 하인들까지 모조리 갈아치울 정도의 대변혁이 필요하니까.

"후작 나리께서 아가씨를 꽤 아끼시나 봅니다그려."

카잔은 히죽 웃었다.

대대적인 숙청을 하면 내부적으로 온갖 위험이 있을뿐더러 오랫동안 피 냄새가 가시지 않을 터.

결국 후작은 에를린을 내보내기 위해 제온의 치료를 빌미로 삼은 것이다.

귀족 아가씨답게 묘하게 순진한 구석이 있는 에를린은 아무것도 모른 채 환호성을 내지르고 있었지만, 뒷사정을 아는 루틴으로서는 결코 웃을 수 없는 일이었다.

"쓸데없는 얘기는 필요 없다. 적어도 반년, 길어도 일 년 정도만 아가씨의 유람을 도와주면 된다."

루틴은 단도직입적으로 말했다.

카잔은 시원하다 못해 날카롭게까지 느껴지는 말을 듣고 가볍게 투덜거렸다.

"거참, 이 몸은 길잡이가 아니라 추색탐험전문가라고 말씀드렸잖습니까요."

매번 자신을 안내자, 혹은 최후의 방패 격으로 자신을 써먹는 것에 대한 불만이 듬뿍 담긴 말이었다.

루틴은 그 말을 듣고 코웃음 쳤다.

"의뢰의 핵심은 어디까지나 도련님의 치료법 추색이다. 명색이 세계 제일의 추색탐험전문가라면 나머지 조건쯤은 서비스로 생각하고 군말 없이 받아들여라."

카잔은 끄응 하고 신음을 흘렸다.

더불어 루틴을 지그시 바라보며 중얼거렸다.

"……나리, 어째 갈수록 아가씨를 닮아가십니다그려."

"윽!"

루틴의 얼굴이 순식간에 망가졌다.

카잔은 속 시원하게 반격한 것에 만족하고 낄낄거렸다.

"캬하하하! 뭐, 나리랑 아가씨 얼굴을 봐서라도 의뢰를 거절하지는 않겠습니다요. 대신 추가 의뢰가 붙어 있는 만큼 의뢰비는 확실하게 챙겨주셔야겠는뎁쇼?"

"의뢰비라면 걱정할 것 없다."

루틴은 미간을 찌푸리며 등에 매고 있던 것을 풀었다.

잠시 후, 카잔은 뜨악한 표정을 지을 수밖에 없었다.

중풍에 걸린 것처럼 부들부들 떨리는 루틴의 손 때문이 아니라, 의뢰비랍시고 루틴의 손에 들려 있는 물건 덕분이었다.

"잠깐, 설마 이게 의뢰비라는 겁니까요?"

카잔은 떨떠름한 표정으로 물었다.

그리고 루틴이 바위 같은 얼굴로 고개를 끄덕이는 것을 보고 더욱더 떨떠름한 표정을 지어야 했다.

분명 이거라면 의뢰비로 부족하지 않다. 아니, 죽어달라는 의뢰조차 감지덕지하며 받아들여야 할 수준이다.

문제는 대체 왜 이런 물건을 의뢰비로 떡하니 내놓느냐는 점인데…….

고개를 갸웃거리던 카잔의 눈에 날카로운 빛이 스쳐 지나간 것은 그 순간이었다.

'호오……? 흐음, 과연.'

뭔가를 중얼거리며 고개를 주억거리길 잠시.

생각을 정리한 카잔은 히죽거리며 루틴을 바라보았다.

"이거 참, 후작 나리께서는 정말 대범한 분이신 것 같습니다그려."

"흥, 적어도 네놈 따위가 잴 수 있는 분은 아니다."

루틴은 코웃음으로 카잔의 말을 받아넘겼다.

카잔은 그 말을 듣고 피식 실소를 흘렸다. 그리고 시원스럽게 고개를 끄덕였다.

"좋습니다요. 후작 나리의 의뢰와 성검 아크라드! 받아들이도록 합죠."

너무나도 당연한, 동시에 전 세상을 경악시킬 거래는 그렇게 성사되었다.


## 4.

후작가 깊은 곳의 밀실.

카야는 그곳에 엎드리듯이 무릎 꿇고 있었다.

사지와 머리까지 바닥에 바짝 붙이고 있는 카야의 모습

은 더없이 엄숙해 보였다.

허나 그 모습은 제르갈의 분노를 부채질할 뿐이었다.

"이 멍청한 것 같으니!"

퍼억!

제르갈은 지팡이를 휘둘렀다.

카야는 어깨를 두드려 맞고도 일말의 흔들림도 보이지 않았다. 대신 나지막이 입을 열었을 뿐이다.

"죄송합니다."

"죄송? 죄송하면 다 되는 줄 아느냐!"

제르갈은 사나운 고함으로 카야의 입을 틀어막았다.

"그 계집애가 지 오라비의 저주를 푸는 걸로도 부족해 아크라드까지 가지고 잠적했는데도 그런 말이 나오느냐!"

카야는 침묵을 지켰다.

에를린이 아크라드와 함께 사라진 사실을 몰랐던 점은 정말이지 변명의 여지가 없었었다.

제르갈은 그런 카야의 모습에 더욱 성을 냈다.

"고얀 것! 그래, 다 죽어가는 이 늙은이보다 젊은것들에게 빌붙기로 한 것이냐? 그놈들이 무슨 먹이를 주겠다고 했느냐? 당장 이실직고해라!"

픽! 픽!

분노와 좌절로 인해 이성을 잃어버린 것일까.

제르갈은 지팡이를 연달아 휘두르며 노성을 토해냈다.

카야는 신음 한 번 흘리지 않고 매질을 받아냈다.

"허억, 허억."

탕!

대체 얼마나 지팡이를 휘둘렀을까.

후들거리는 손에서 지팡이가 떨어졌을 때, 카야의 등은 이미 피투성이가 되어 있었다.

제르갈은 카야를 노려보다가 의자에 앉아 숨을 골랐다.

"이 고얀 놈들 같으니!"

제르갈은 으드득 이를 갈았다.

아크라드는 후작가의 정통성을 상징하는 가보!

그것을 이런 상황에 밖으로 내돌린다는 것은 명백한 도발 행위였다.

정통성을 명분으로 움직이던 제르갈로서는 이 사태에 대해 강력한 반대를 표명할 수밖에 없다. 후작은 그것을 빌미 삼아 제르갈과 그 일파를 숙청하려 들 것이다.

이대로 입을 다문다면 목숨은 건질 수 있을지도 모른다.

하지만 죽을 때까지 외딴 시골에 유폐당하는 꼴은 피하지 못할 것이다.

'놈! 내가 이대로 쓰러질 듯싶더냐?'

제르갈의 두 눈에 귀화가 타올랐다.

후작은 한 가지 실수를 했다.

세력 싸움의 향방을 결정할 수 있는 아크라드를 섣불리

유출시켜버린 것!

만약 아크라드를 손에 넣는다면 그걸 기반으로 해서 명분과 세력을 확충할 수 있다. 즉, 제르갈에게 남은 마지막 역전수인 것이다.

성패에 따라 인생의 향방을 가를 최후의 도박!

제르갈이 이 상황에서 떠올린 것은 어떤 인물이었다.

"베논을 불러라."

카야는 오체투지의 자세로 흠칫 몸을 떨었다.

평상시라면 맞아 죽을 수도 있는 행동이었지만, 지금의 카야에게는 그런 것을 따질 만한 여유가 없었다.

"그자를…… 말씀이십니까?"

"내가 두 번 말해야겠느냐?"

카야는 순간 망설였다.

지금까지 제르갈의 명령이라면 어떤 것이라도 실행해왔다. 하지만 이번 일 만큼은 경우가 달랐다.

"그자는 너무 위험합니다."

"네 의견 따위는 물은 적 없다. 당장 베논을 불러라! 그리고 무슨 일이 있어도 계집애를 죽이고 아크라드를 찾아오게 해!"

"……알겠습니다."

카야는 고개를 숙인 채 허공에 녹아들듯이 사라졌다.

제르갈은 아무것도 없는 어둠을 노려보았다.

베논은 제르갈이 가진 최후 최악의 카드! 꺼내 드는 것 자체가 목숨을 걸어야 하는 양날의 칼이었다.

하지만 후작을 넘어 아크라드를 손에 넣으려 한다면 그 이상의 조커도 없었다.

'난 결코 이대로 끝나지 않는다. 절대로!'

제르갈의 마지막 히든카드는 그렇게 도박판에 던져졌다.

이제 막 후작가를 출발한 카잔 일행을 향해서……!

CHAPTER

9

## 1.

인적이 드문 산속.

장정이라도 힘들어할 험로를 홀로 헤매는 여인이 있었다.

"하아, 하아."

여인, 클라니아는 가쁜 숨을 토해냈다.

동료들을 잃고 산속에서 조난당한 지 벌써 사흘째. 허기와 갈증에 시달리며 산속을 헤매온 클라니아의 심신은 이미 한계에 도달해 있었다.

아직까지 그녀가 쓰러지지 않은 이유는 단 하나, 가슴을 묵직하게 짓누르는 의무감 때문이었다.

'실패해서는 안 돼……. 절대로!'

클라니아는 혀를 꽈악 깨물었다.

짜릿한 통증과 함께 혀끝에서 배어난 뜨거운 액체가 목구멍을 타고 흘러들었다.

흐트러진 정신을 바로잡기 위한 자구책!

덕분에 일시적으로 기력을 회복한 클라니아는 힘겹게 걸음을 옮겼다.

하지만 하늘은 그녀의 편이 아니었다.

쿠릉! 쿠구궁!

"아아……."

클라니아는 절망스러운 표정으로 하늘을 올려다보았다.

대체 어느새 모여든 것일까.

하늘을 가득 채운 먹구름은 우렁찬 천둥소리와 함께 세찬 빗줄기를 쏟아내기 시작했다.

쏴아아아!

차가운 빗방울은 일말의 자비도 없이 클라니아의 몸을 두드려왔다.

건강한 사람이라도 이런 시기에 비를 맞으면 체력이 급속도로 떨어지게 된다. 하물며 사흘 동안 산속을 헤맨 클라니아에게 빗줄기는 사형선고나 다름없었다.

털썩.

클라니아는 힘없이 쓰러졌다.

하락하는 체온, 무거워지는 몸, 흐려진 시야.

무엇보다, 끝없는 절망감이 그녀에게서 더 이상 움직일 힘을 앗아가고 있었다.

'죄송합니다, 알레이나 님……'

클라니아는 힘없는 혼잣말을 끝으로 의식을 잃었다.

빗줄기는 클라니아의 숨통을 확실하게 끊어내겠다는 듯 더욱 거세게 쏟아져 내렸다.

결국 그녀의 몸이 얼음장처럼 식어버렸을 무렵, 한 줄기 기묘한 소리가 산속에 울려 퍼졌다.

다그닥, 다그닥.

유독 평온하고도 느긋한 말발굽소리.

그 뒤를 이어 나타난 것은 이런 산길에는 어울리지 않는 큼지막한 사두마차였다.

특이하게도 홀로 사두마차를 끌고 있던 노마는 문득 걸음을 멈췄다. 그리고 길가에 쓰러져 있는 클라니아를 보며 거센 콧김을 뿜어냈다.

푸르르!

새하얀 콧김이 허공에 흩어져가는 가운데, 알렉산드리아 13세는 한없이 고요한 눈으로 클라니아를 바라보았다.


2.

타닥. 탁.

모닥불은 뜨겁고도 격렬하게 불타올랐다.

화끈한 열기는 클라니아의 몸을 따스하게 데웠다.

피부를 넘어 전해진 온기는 그녀의 사지육신에 퍼져나가 정신과 영혼까지 따스하게 감싸주었다.

대체 얼마나 시간이 지났을까.

클라니아의 의식은 누군가가 웅성거리는 소리 속에서 깨어났다.

시간이 지나며 몽롱한 의식이 회복되자 웅성거리는 소리는 분명한 대화가 되었다.

"그러니까 이 몸이 비가 그친 다음에 산에 오르자고 했잖습니까요. 왜 바득바득 산을 올라와서 생고생을 하는 겁니까요."

"젊어서 고생은 사서도 한다잖아요."

"고생은 혼자서 해주시면 안 되겠습니까요?"

"이 좋은 걸 동료들을 두고 독차지할 수야 없잖아요."

"……좋은 거 나눠주셔서 참 고맙습니다그려."

듣는 이로 하여금 자신의 청각을 의심하게 만드는 대화였다.

대화의 주인공은 드넓은 천막의 한가운데에 앉아 있는 두 남녀였다.

사지를 축 늘어트리고 있는 조금은 기묘한 사내.

머리카락을 한 줄기로 땋아 내린 약간 앳된 여인.

클라니아는 모닥불 좌우에 앉아 시시덕거리는 그들을 멍하니 바라보았다.

한 줄기 음성이 들려온 것은 그 순간이었다.

"일어났습니까."

클라니아는 흠칫 고개를 돌렸다.

대체 언제부터 그곳에 있었던 것일까.

천막의 뒤쪽에는 백발홍안의 소녀가 무표정한 얼굴로 책을 읽고 있었다. 너무나 투명한 존재감 때문에 미처 소녀의 존재를 깨닫지 못했던 것이다.

어쨌든 소녀의 목소리는 천막 내에 있던 모든 이들의 시선을 잡아끌었다.

"여어, 이제야 일어나신 겁니까요, 잠꾸러기 아씨?"

클라니아는 순간 눈을 깜빡거렸다.

사내가 말한 잠꾸러기 아씨가 누구인지 이해하는 데 시간이 걸렸던 것이다.

이해를 도와준 것은 여인이었다.

빠악!

"꾸엑!"

"아무리 잠이 많아도 그렇지, 초면의 상대를 잠꾸러기라고 부르는 법이 어디 있어요?"

여인은 사내의 뒤통수를 후려친 자세 그대로 씩씩하게

말했다.

사내는 고개를 숙인 채 끙끙거리며 말했다.

"잠이 많은 아씨를 잠꾸러기라고 불렀을 뿐이잖습니까요."

"원래 환자랑 미녀는 잠이 많은 법이라고요."

"흐음, 그건 아가씨가 잠꾸러기 아씨보다 건장하고 평범하다는 걸 시인하는 말씀이십니까요?"

사내는 씨익 웃으며 말했다.

여인은 생긋 웃으며 맞받아쳤다.

"전 괜찮아요. 귀족가의 영애는 예쁘게 자라라고 어릴 때부터 수면 시간을 듬뿍 붙여주는 데다가 자장가까지 불러주거든요."

"……어째 그 수면 시간에 '예법 강의'나 '레이디로서의 소양' 등등의 이름이 붙어 있을 거 같은 느낌이 듭니다그려."

"어라? 어떻게 알았어요?"

사내는 설레설레 고개를 내젓더니 클라니아를 돌아보았다.

"농담은 이만합죠. 이러다 잠꾸러기 아씨가 이 몸을 정신병자로 오해하실까 걱정됩니다요."

클라니아는 순간 얼굴을 붉혔다.

사내의 말 그대로, 그녀의 마음속에는 두 남녀의 정신 상태에 대해 분명한 의심이 자리 잡고 있었기 때문이다.

여인이 눈을 깜빡거린 것은 그 순간이었다.

"에? 농담 아니었는데요?"

"……."

클라니아는 순간 말을 잃었다.

사내조차 뜨악한 표정으로 굳어 있는 가운데 여인은 태연하게 말을 이어갔다.

"게다가 늑대 씨가 비정상인 건 맞잖아요?"

"……원래 천재는 미친 것처럼 보인다고는 하지만 이런 오해는 달갑지 않은데 말입죠."

사내의 떨떠름한 중얼거림을 들은 여인은 생긋 웃었다.

"그건 천재고요. 늑대 씨는 짐승이잖아요."

"거 듣는 이 몸 가슴 아픈 말씀을 다 하십니다그려. 마음이 좁으니 가슴도 발육부진이신 거 아닙니까갸갸걀!"

여인은 싱글싱글 웃으며 사내의 귀를 잡아당겼다.

"귀, 귀! 이 몸의 귀 찢어집니다요! 꺄우울!"

"글쎄요. 나는 마음이 좁은 사람이라 늑대 씨 귀가 찢어지든 말든 상관없는데요."

사내는 결국 싹싹 빌고 나서야 여인의 손에서 벗어날 수 있었다. 옆에서 지켜보던 클라니아가 더 부끄러워질 정도로 비굴한 모습이었다.

여인이 클라니아에게 말을 건 것은 그 뒤의 일이었다.

"몸은 좀 괜찮으세요?"

"네, 저는 괜찮습니다만……."

"다행이네요. 처음에 산속에 쓰러져 계신 걸 봤을 때는 영락없이 시체인 줄 알았다니까요."

"아……!"

여인의 너스레를 들은 클라니아는 탄성을 토했다.

뒤늦게야 이들이 산에서 조난당한 자신을 구해준 은인이라는 사실을 깨달은 것이다.

그런 당연한 사실도 깨닫지 못한 채 두 사람을 정신이상자처럼만 바라보고 있었으니…… 실례도 이만저만한 실례가 아니었다.

클라니아는 즉시 몸가짐을 바로 하고 고개를 숙였다.

"저는 클라니아라고 합니다. 도움을 주셔서 정말 감사합니다."

"전 에를린이에요. 당연히 해야 할 일을 했을 뿐이니 괘념치 마세요."

여인, 에를린은 손을 내저었다.

더불어 호기심 어린 표정으로 클라니아를 바라보았다.

"그런데 칼람프 산에는 무슨 일로 오신 건가요? 여긴 클라니아 씨 같은 분이 혼자 오실 만한 곳이 아닌 걸로 아는데요."

클라니아의 얼굴이 순간적으로 굳어졌다.

두 남녀가 이상을 눈치채기 전에, 클라니아는 살짝 고개를 숙이며 대답했다.

"혼자서 온 것은 아닙니다. 동료들과 떨어지는 바람에 조난을 당했지요."

"아하, 그랬군요."

에를린은 고개를 끄덕거렸다.

뒤이어 녹색 눈동자를 반짝반짝 빛내며 클라니아에게 여러 가지를 물어보기 시작했다. 그야말로 호기심의 화신과 같은 모습이었다.

고향이나 목적지에서부터 동료에 대한 것 등등……

끝없는 질문 세례에 클라니아는 곤혹스러워했다.

클라니아는 생명의 은인에게 매정하게 굴 수 있는 여인이 아니었다. 하지만 그녀에게는 에를린의 질문에 간단히 대답할 수 없는 사정이 있었다.

은혜와 의무 사이에서 쩔쩔매던 그녀를 구해준 것은 의외의 인물이었다.

"아가씨, 좀 너무하신 거 아닙니까요?"

카잔은 퉁명스럽게 말했다.

에를린은 의아한 표정으로 그를 돌아보았다.

"너무하다니요?"

"새로운 놀이 상대가 생겨서 기쁘신 건 이해합니다요. 그래도 새 장난감이 생기자마자 헌 장난감을 던져버리는 건 도리가 아니잖습니까요."

카잔은 고개를 돌린 채 투덜거렸다.

에를린은 멍하니 카잔을 바라보다가 묘한 미소를 지었다.

"늑대 씨, 삐쳤어요?"

"누굴 애 취급하시는 겁니까요?"

"에이, 삐쳤으면서."

에를린은 음흉하게 웃으며 카잔의 옆구리를 쿡쿡 찔렀다.

카잔은 마지못한 태도로 고개를 끄덕였다.

"에이, 에이. 말씀하신 대로 이 몸은 삐쳤으니 아가씨는 잠꾸러기 아씨랑 놀고 계십쇼."

두 남녀는 계속 툭탁거리며 대화를 이어갔다.

클라니아는 떨떠름한 표정으로 그들을 바라보았다. 너무 갑작스럽고도 엉뚱한 대화 전환을 미처 따라잡지 못한 것이다.

카잔과 그녀의 시선이 마주친 그 순간이었다.

깜빡.

'……?'

클라니아는 순간 의아한 표정을 지었다.

카잔이 에를린 몰래 그녀에게 윙크를 해 보였기 때문이 아니다. 그 윙크의 의미 자체를 이해할 수가 없었기 때문이다.

왜 자신에게 몰래 윙크를 한 걸까?

뭔가 신호인 걸까? 신호라면 그건 무슨 의미일까?

제오의 인물이 나타난 것은 클라니아가 한창 고민 속을 헤매고 있을 무렵이었다.

철컹.

클라니아는 난데없는 쇳소리를 따라 고개를 돌렸다.

살짝 열린 천막의 입구에는 기사 한 명이 서 있었다.

두꺼운 갑옷을 걸친 기사는 비에 젖은 망토를 벗어낸 뒤 에블린에게 허리를 숙였다.

"늦어서 죄송합니다, 아가씨."

"아, 잘 다녀오셨어요?"

에블린은 인사를 받고 나서야 기사의 등장을 깨닫고 싱긋 웃었다. 더불어 짧은 질문을 건넸다.

"마차는 괜찮나요?"

"마차는 별문제 없습니다. 다만 13세 쪽이 걱정입니다."

"그래요?"

에블린은 그 말을 듣고 걱정스러운 표정을 지어 보였다. 비를 피해 이곳에 머문 것도 벌써 이틀째. 비가림막 정도는 쳐놨더라도 알렉산드리아 13세의 건강이 염려되는 것은 어쩔 수 없었다.

반면 카잔은 킬킬거리며 고개를 가로저었다.

"캬하하! 어르신이라면 걱정하지 마십쇼. 고작 이틀쯤 비맞았다고 골골대실 분이 아니니 말입죠."

"정말 괜찮을까요?"

"못 믿겠으면 내기라도 해보시렵니까요?"

"아뇨, 지는 내기에는 관심이 없거든요."

에를린은 생긋 웃으며 딱 잘라 말했다.

알렉산드리아 13세는 말을 초월한 말. 걱정되는 것과는 별개로 13세가 병에 걸려 골골거리는 모습은 상상이 가지 않았다.

루틴이 힐끔 클라니아를 돌아본 것은 그때쯤이었다.

"환자가 깨어났습니까?"

"아, 그리고 보니 소개가 늦었네요."

에를린은 아차 하는 표정을 지었다.

"클라니아 씨, 이쪽은 제 호위기사인 루틴 경이에요. 성격이 좀 딱딱한 게 흠이지만 일등 신랑감이니까 언제든 마음에 들면 말씀하세요. 중매 정도는 서드릴 수 있거든요."

"네?"

클라니아는 황당한 표정을 지었다.

에를린은 그녀의 시선을 태연하게 받아넘기며 소개를 이어갔다.

"여기 물에 빠지면 입만 둥둥 떠다닐 것 같은 늑대 씨는 카잔, 저기 나 몰라라 하고 앉아 있는 예쁜이는 하야트라고 해요. 그리고 루틴 경, 이분은 클라니아 씨예요. 동료 분과 떨어지는 바람에 조난을 당했다고 하시네요."

"그렇습니까?"

"아, 네."

클라니아는 살짝 몸을 움츠렸다. 루틴의 서늘한 눈빛에서 왠지 모를 위압감을 느꼈기 때문이다.

루틴은 무뚝뚝한 얼굴로 클라니아를 주시했다.

그리고 나지막하게 입을 열었다.

"클라니아 양께서는 어떡하실 겁니까?"

"……네?"

"언제까지 이곳에 머무실 것인지 물었습니다."

클라니아는 당황했다. 질문 자체가 너무나 갑작스러웠을 뿐만 아니라, 그 점에 대해서는 미처 생각해보지도 못했기 때문이다.

"루틴 경, 무슨 말을 그렇게 해요?"

에를린은 불퉁한 표정으로 루틴을 바라보았다. 산에서 조난당해 이틀 동안 의식을 잃고 있던 클라니아에게 언제 떠날지부터 묻고 보다니.

참으로 매정하기 그지없는 말이었다.

루틴은 담담하게 대답했다.

"무례였다면 죄송합니다. 하지만 일행이 있다면 그들을 찾아 합류하는 게 먼저일 거 같아서 말씀드렸습니다."

"에…… 그건 그러네요."

에를린은 선선히 고개를 끄덕였다. 입장을 바꿔서 에를린 자신이라도 이럴 때는 우선 일행부터 찾고 싶을 터였다.

"어쩌시겠어요? 일행 분들을 찾겠다면 도와드릴게요."

클라니아는 순간 당혹스러운 표정을 지었다.

잠시 후, 그녀는 고개를 내저었다.

"일행은 먼저 떠났을 겁니다. 그러니 굳이 도움을 주지 않으셔도 됩니다."

"엑? 뭐 그런 매정한 일행이 다 있어요?"

"……."

클라니아는 말없이 고개를 숙였다.

다른 일행이 먼저 떠나버린 것은 분명한 사실이었다. 하지만 사정을 안다면 누구도 일행을 탓하지 못할 터였다.

내심 씁쓸함과 죄책감을 되삼키기를 한참.

클라니아는 다시금 고개를 들어 에를린을 바라보았다.

"저도 비가 그치는 대로 떠나도록 하겠습니다."

에를린은 입을 따악 벌렸다.

"떠나겠다고요? 비가 그치는 대로? 혼자? 그 몸으로요?"

"그렇습니다만……."

"말도 안 돼요!"

에를린은 버럭 고함을 내질렀다. 이어서 클라니아에게 조목조목 따져 물었다.

"짐 하나도 없이 어떻게 산을 내려가려고요? 다시 조난당하면 어쩌려고요? 아니, 애초에 걸을 수나 있어요?"

"그건……."

클라니아는 말꼬리를 흐렸다. 에를린의 지적대로 그녀에게는 여행을 지속할 만한 도구도, 식량도, 체력도 없었다.

더구나 이곳은 험하기로 유명한 칼람프 산!

혼자 길을 떠난다면 다시 조난당할 것이 명백했다.

"적어도 산을 내려갈 때까지는 저희랑 동행을 하세요. 안 그러면 꽁꽁 묶어서 데려가버릴 거예요?"

에를린은 딱 잘라 말했다. 농담이라고 하기에는 너무나 단호한 태도였다.

클라니아는 망설임에 잠겼다.

더 이상 이들에게 폐를 끼치고 싶지는 않았다. 하지만 이 상태로 억지를 부릴 수도 없는 노릇.

결국 클라니아가 할 수 있는 행동은 한 가지뿐이었다.

"……이 은혜는 잊지 않겠습니다."

클라니아와의 동행이 결정되는 순간이었다.


## 3.

클라니아가 보기에 카잔 일행은 무척이나 독특한 이들이었다.

전혀 귀족답지 않게 쾌활한 아가씨.

익숙한 태도로 마부 노릇을 하는 기사.

하루 온종일 묵묵히 책만 읽고 있는 소녀.

누구 한 명 평범하지 않은 이들이었지만, 그중에서도 가장 특이한 이를 꼽자면 당연히 카잔이었다.

카잔은 환자답지 않게 하루 온종일 입을 다물지 않았다.

보통 사람이 그렇게 떠들어대면 지겹기 마련이다. 그러나 카잔은 농담에서부터 해설, 상식, 경험담 등등까지 온갖 레퍼토리를 사용해 끝없이 일행의 흥미를 자극했다.

에를린이 그중에서도 특히 선호하는 이야기는 숨겨진 비사였다.

"옛날 옛적, 한 갑부가 살았습죠."

카잔은 진지한 표정으로 말을 이어갔다.

"갑부의 재산은 엄청났습니다요. 소유한 농장은 붉은 평원보다 넓었고, 아흔 개의 곡식 창고와 아홉 개의 비단 창고와 다섯 개의 보석 창고와 세 개의 보물 창고를 가지고 있었습죠. 사람들은 그 갑부를 최고의 부자라 부르기를 주저하지 않았습니다요."

에를린은 입을 꿈틀거렸다. 물어보고 싶은 게 산처럼 있다는 모습이었다.

카잔은 그녀가 입을 열기도 전에 이야기를 이어갔다.

"갑부한테는 무엇 하나 부족한 게 없었습죠. 하지만 시간이 지남에 따라서 한 가지 부족한 게 생겼습니다요."

"그게 뭔데요?"

"바로 수명이었습죠."

아무리 돈이 많아도 시간을 따라잡을 수는 없는 법. 갑부의 마음속에 장수에 대한 갈망이 생겨난 것은 당연한 일이었다.

갑부의 열망은 시간이 흐름에 따라 점차 커져나갔다.

결국 갑부는 한 가지 큰 결심을 했다.

"어느 날부터 갑부는 희귀한 서적을 모으기 시작했습니다요. 아득한 고대로부터 전해지는 민담집부터 어린아이들의 동화책, 약술서나 마법서까지, 동서고금의 종류를 따지지 않는 무차별적인 수집이었지만 그 안에는 한 가지 공통점이 있었습니다요. 바로 불로장생(不老長生)이라는 키워드 말입죠."

얼마나 시간이 지났을까.

아흔 개의 곡식 창고가 바닥을 드러냈다.

책은 쌓이고 쌓여 작은 언덕을 이루었다.

갑부가 '그것'을 찾아낸 것은 그 무렵의 일이었다.

"그건 무척이나 낡은 책이었습니다요. 겉장이 뜯어져서 제목도 없고, 속은 온통 고대어로 돼 있어서 내용을 알아볼 수도 없었습죠. 하지만 갑부는 여러 학자를 초빙해 그 책의 내용을 해독하는 데 성공했습죠."

고서에는 복용자에게 무한한 잠재력과 불로장생을 선사해준다는 비약의 제조법이 적혀 있었다.

비약의 이름은 '생명의 돌'!

신화 속의 대영웅 클리스탄이 신에게 선사받았다고 기록돼 있는 전설의 보물이었다.

"물론 신화 속의 이야기는 신화 속의 이야기. 보통 사람이라면 책의 내용을 헛것으로 치부하고 말았을 겁니다요. 하지만 갑부는 그것을 진짜로 믿고 미친 듯이 생명의 돌의 재료를 모으기 시작했습죠."

설산의 뼈, 토끼의 뿔, 두꺼비의 여섯 번째 다리, 검은 불의 서리, 바닥없는 강의 모래, 나무의 핏방울…….

하나같이 기상천외한 여섯 가지 재료!

갑부는 그 여섯 개의 재료에 막대한 현상금을 걸었다. 그리고 직접 사람들을 수배해 재료를 찾아 나서게 했다.

아홉 개의 비단 창고가 비어 거미줄이 자리 잡았다.

다섯 개의 보석 창고가 비어 돌멩이만 굴러다녔다.

세 개의 보물 창고 중 둘이 비어 먼지가 쌓였다.

갑부는 그렇게 막대한 자금을 투자한 끝에 가까스로 여섯 개의 재료를 모을 수 있었다.

문제는 바로 그때부터였다.

"안타깝게도 고서는 제조법의 마지막 한 장이 손상되어 있었습죠. 학자들이 고대어를 완벽하게 해석할 수 없었던 것도 문제였고 말입죠."

갑부는 필사적으로 비약의 나머지 제조법을 알아내려 애썼다. 하지만 그것은 불가능한 일이었다.

세월의 냉엄한 법칙이 먼저 갑부를 덮쳤기 때문이다.

"제조법의 마지막 장을 찾아 헤매던 갑부는 결국 병에 걸렸습니다요. 자신의 수명이 다했다는 것을 깨달은 갑부는 어느 날 실종돼버렸습죠."

"실종이요?"

에를린은 기어코 질문을 참지 못했다.

카잔은 씨익 웃으며 고개를 끄덕여보였다.

"예입, 그야말로 증발하듯 사라져버렸던 겁지요."

사람들은 갑부의 실종을 두고 많은 얘기를 만들어냈다.

마지막 창고의 보물과 함께 말끔히 사라진 갑부의 존재가 사람들의 호기심을 부채질한 것이다.

"악마와 계약을 해서 지옥에 떨어졌다, 강도에게 납치를 당했다 등등……. 온갖 얘기가 나돌지만 무엇 하나 정확한 것은 없었습죠. 분명한 것은 하나, 갑부 라마나스와 함께 생명의 돌의 제조법도 사라졌다는 것뿐이죠."

"헤에…… 엑?"

에를린은 고개를 끄덕이다가 두 눈을 동그랗게 떴다.

"라마나스요? 설마 그 라마나스 말이에요?"

카잔은 웃음으로 답변을 대신했다. 그 무언의 긍정은 에를린을 환장하게 만들었다.

"세상에, 대륙칠대불가사의 중 하나라는 '라마나스의 재보'가 그렇게 생겨난 얘기였단 말이에요?"

대륙칠대불가사의란 세상에서 가장 신비하다고 일컬어지는 일곱 가지 불가사의였다.

개중에는 '돌아오지 않는 자의 숲' 대수림과 같은 전입미답의 장소가 있는가 하면, 라마나스의 재보와 같이 기이한 전설도 있었다.

불로영생을 얻고자 하는 자는 라마나스를 찾아라.

언젠가부터 전해진 그 전설에 대해 자세히 아는 자는 아무도 없었다. 라마나스가 지명인지 물건인지, 아니면 약초인지 물건인지조차 알려져 있지 않았기에 그것은 불가사의가 될 수밖에 없었던 것이다.

그런데 라마나스가 누군가의 이름이었을 줄이야!

카잔은 킬킬거리며 설명을 덧붙였다.

"천년제국의 멸망 이후 불로장생에 가장 근접했던 인물이었으니 말입죠. 게다가 마지막에 실종까지 됐으니 불가사의가 되기에는 딱 좋은 조건이었습죠."

"흐음, 그거 말 되네요."

에를린은 고개를 끄덕였다. 라마나스가 생명의 돌의 제조법을 가지고 사라졌다면, 분명 불로영생의 단서를 가지고 있다고 해도 과언이 아니니까.

"그나저나 늑대 씨, 한 가지 궁금한 게 있는데요."

"뭐가 궁금하십니까요?"

"대체 늑대 씨는 이런 얘기를 어디서 들은 거예요?"

에를린은 호기심으로 두 눈을 빛냈다.

카잔은 고개를 살짝 기울였다.

"글쎄올시다. 여기저기서라고나 할깝쇼."

"여기저기요?"

"창고 구석에 처박혀 있는 문서 쪼가리나 외딴 시골 영감님의 옛날이야기 같은 것 말입죠."

카잔은 히죽 웃었다.

에를린은 떨떠름한 표정으로 카잔을 보았다.

"그럼 근거 없는 뜬소문이란 말이에요?"

"뭐, 정확한 근거는 없습죠. 이런저런 자료를 모아 논리적으로 조합한 결과일 뿐이니까 말입죠."

카잔은 느긋하게 말했다.

에를린은 감탄한 얼굴로 카잔을 바라보았다.

"우와아. 늑대 씨, 논리적이라는 말까지 알고 있었어요?"

"이 몸을 대체 어떻게 생각하고 계신 겁니까요?"

카잔의 떨떠름한 표정을 지었다.

에를린의 답변은 명쾌했다.

"머릿속에 음흉한 생각밖에 없는 늑대요."

"……거 부정할 수가 없습니다그려."

카잔은 끄응 앓는 소리를 토해냈다.

에를린은 키득거리다가 살짝 옆을 돌아보았다.

"클라니아 씨는 어떻게 생각하세요?"

"네?"

클라니아는 멍하니 둘의 대화를 듣고 있다가 당황했다. 알맹이가 빠진 질문을 이해할 수 없었기 때문이다.

에를린은 아차 하는 표정을 지었다.

"맞다, 고양이 씨가 아니었지."

"고양이…… 말씀인가요?"

"저희 일행이에요. 지금은 일이 생겨서 잠깐 떨어져 있거든요."

에를린은 멋쩍게 웃었다. 한마디만 가지고도 척척 받아치는 카잔과 나라샤와 대화에 워낙 익숙해진 나머지 클라니아가 일반인이라는 사실을 고려하지 못한 것이다.

"제가 물어보려던 건 라마나스의 재보에 대해 어떻게 생각하시는가였어요."

에를린은 눈을 반짝 빛냈다.

그리고 클라니아가 채 대답하기도 전에 자신의 생각을 마음껏 늘어놓았다.

"라마나스는 분명 생명의 돌을 완성하기 위해서 길을 떠났을 거예요. 하지만 결국 생명의 돌을 만들기 전에 수명이 다해버린 거죠. 그럴듯하지 않아요?"

"아, 네."

"아마 라마나스는 남루한 여관이나 동굴에서 수명이 다해서 죽었을 거예요. 사람들은 라마나스인지도 모르고 그 시체를 치워버렸을 테고, 그가 가지고 있던 생명의 돌의 제조법은 시체와 함께 파묻혔거나 누군가가 가져갔겠죠."

에를린은 신나게 자신의 추론을 이야기했다.

클라니아는 무차별적으로 쏟아지는 추론 앞에 '아, 네.', '그렇군요.'를 반복하며 고개를 끄덕일 수밖에 없었다.

끝없이 쏟아지던 에를린의 추론이 멈춘 것은 해가 저물 무렵이었다.

일행은 마차를 세우고 야영을 준비했다.

루틴이 13세를 돌보는 사이 하야트는 천막을 쳤고, 에를린은 콧노래를 흥얼거리며 요리를 시작했다. 워낙 오랫동안 여행을 한 덕분에 손발이 척척 맞아 들어가는 모습이었다.

클라니아는 멀거니 그 모습을 바라봐야만 했다.

에를린이 환자는 일을 하는 게 아니라며 극구 만류한 탓에 도와주고 싶어도 도와줄 수가 없었던 것이다.

일행은 그렇게 눈 깜짝할 사이에 야영 준비를 마쳤다.

그리고 식사 시간이 찾아왔다.

"루틴 경, 음식 남기지 말고 드세요!"

"……알겠습니다."

"캬하하! 나리, 정 드시기 싫으면 이 몸에게 주십쇼."

"늑대 씨, 더 먹고 싶으면 얼마든지 말씀만 하세요. 펄펄 끓는 수프를 직접 먹여드릴 테니까요."

"이왕이면 입으로 먹여주시면 안 되겠습니까요?"

"닥쳐라!"

일행은 수프 냄비를 중심으로 둥글게 모여 앉은 채 식사를 즐겼다.

대체 무엇으로 만들었는지 모를 새까만 수프.

수프를 새하얀 얼굴로 바라보고 있는 루틴.

식사보다는 웃고 떠드는 데 전념하고 있는 카잔.

아무 말 없이 카잔의 시중을 들어주고 있는 하야트.

국자를 휘두르며 두 남정네에게 으름장을 놓는 에를린.

솔직히 말하자면 이게 식사를 하는 건지 난장판을 치는 건지도 모를 정도로 엉망진창인 풍경이었다.

지금껏 정숙한 삶을 살아온 클라니아로서는 아무리 봐도 적응이 안 되는 광경이었다.

'이상한 사람들…….'

클라니아는 엷게 미소 지었다.

지금까지 살아오며 일행처럼 유별난 사람들은 처음이었다.

만약 다른 때, 다른 장소에서 이들을 만났다면 이 유별난 분위기에 불쾌해하거나 거리낌을 느꼈을지도 모른다. 하지만 지금 그녀가 일행에게 느끼는 감정은 그 반대에 가까웠다.

유쾌하게만 느껴지는 소란함.

색다르게만 생각되는 유별남.

다정하게만 여겨지는 장난기.

그것은 하나하나가 모두 낯설고도 즐거운 경험이었다.

'하지만……'

클라니아의 얼굴에서 미소가 사라졌다.

일행과의 동행은 분명 즐거웠다. 문제는 일행이 아닌 그녀 자신에게 있었다.

동료들에 대한 기억이 가슴을 욱신거리게 했다. 그리고 생명의 은인에게 거짓말을 할 수밖에 없었던 사실과 반드시 해내야만 하는 임무가 그 욱신거림을 커지게 했다.

'언젠가는 반드시……'

클라니아는 내심 속삭였다.

이번 임무를 무사히 이뤄내면 이들을 다시 찾아 은혜를 갚을 것이다. 그리고 지금과는 달리 진심으로 이들과의 대화를 즐길 것이다.

작은 결심 속에 클라니아는 미소 지었다.

하야트가 카잔에게 수프를 떠먹여주던 손을 우뚝 멈춘 것은 그 순간이었다.

촤악!

"까울!"

갑자기 숟가락이 멈춘 탓에 안면에 따끈따끈한 수프를 뒤집어쓴 카잔은 기괴한 비명을 토해냈다.

보통 사람이라면 얼굴을 감싸고 뒹굴었으리라.

하지만 수족을 움직일 수조차 없는 카잔은 물에 빠진 개처럼 정신없이 고개를 휘두를 수밖에 없었다.

에를린은 병 찐 표정으로 카잔을 바라보다가 화급히 컵을 들어 물을 뿌렸다. 그리고 황급히 물에 적신 수건으로 카잔의 얼굴을 닦아냈다.

"늑대 씨! 괜찮으세요?"

"끄으응, 이게 괜찮아 보이십니까요?"

카잔은 앓는 소리를 들은 에를린은 떨떠름하게 대답했다.

"전혀 안 괜찮아 보이는데요."

"······너무 솔직하신 거 아뇨?"

"솔직한 게 제 미덕이잖아요."

에를린은 싱긋 웃으며 말했다.

벌겋게 달아오른 카잔은 얼굴은 아무리 봐도 멀쩡해 보이지 않았다. 그나마 수프가 식어 있었던 덕분에 화상을 입지 않은 것이 천만다행이랄까.

카잔은 겨우 열을 가라앉힌 뒤 하야트를 돌아보았다.

하야트는 이 소란을 일으킨 주범답지 않게 무표정한 얼굴로 허공을 주시하고 있었다.

"토끼 아씨, 이 몸에 대한 불만이 있으면 말로 해주십쇼. 토끼 아씨가 원래 말수가 적은 건 알고 있지만 원래 이럴 때는 말로 푸는 게……."

"적입니다."

"적을 만드는 최선의 방법…… 엥?"

카잔은 눈을 깜빡였다. 에를린이 고개를 기울이고 루틴은 얼굴을 굳혔다.

순식간에 얼어붙은 공기!

클라니아는 그 속에서 당혹감을 느꼈다.

온통 특이한 일행 중에서도 비교적 정상인 인물을 뽑자면 당연히 하야트라고 생각해왔던 그녀였다. 그렇기에 하야트의 폭탄 발언은 더욱더 뜬금없이 느껴질 수밖에 없었다.

더욱 뜻밖인 것은 일행의 반응이었다.

"몇 명이냐?"

"모두 아홉. 삼 인 삼 조로 포위망을 만들면서 접근하고 있습니다."

"시간은 얼마나 남았습니까요?"

"길어야 10분입니다."

"피하기는 힘들겠네요?"

"자리를 지키는 게 낫다고 봅니다."

일행은 상황을 정리한 즉시 준비에 들어갔다.

루틴은 마차를 준비했다. 에를린은 카잔을 마차에 태웠

고, 하야트는 모닥불을 끄고 짐을 간단히 정리했다.

클라니아는 야영 준비를 할 때만큼이나 척척 맞아떨어지는 일행의 행동을 멍하니 지켜보았다.

그녀의 정신을 일깨워준 것은 에를린이었다.

"클라니아 씨, 이쪽으로 오세요."

에를린은 클라니아의 손을 덥석 움켜쥐었다.

무심코 에를린을 따라서 마차로 들어온 클라니아는 퍼뜩 정신을 차리고 질문을 건넸다.

"어떻게 된 일입니까?"

"들으셨잖아요? 적이 나타났대요."

클라니아는 더욱더 당황할 수밖에 없었다.

기껏해야 어린아이의 농담을 가지고 이런 긴장감을 조성하다니. 정말이지 기가 막힐 노릇이었다.

표정을 통해 클라니아의 내심을 짐작한 것일까.

에를린은 잠시간의 고민 끝에 어깨를 으쓱거렸다.

"토끼 씨는 농담을 싫어하거든요."

"……."

클라니아로 하여금 할 말을 잃게 만드는 해명이었다.

루틴은 그사이 준비를 마치고 13세의 앞에 떡하니 버티고 섰다. 하야트 또한 마차의 지붕 위에 걸터앉았다.

하야트의 경고로부터 5분이 경과하기도 전의 일이었다.

"귀찮게 됐네요. 밤중만 아니었으면 그냥 마차를 타고 내

달렸으면 될 텐데."

에를린은 창밖을 훔쳐보며 중얼거렸다.

야밤에 마차를 모는 것은 미친 짓이다. 말은 원래 밤눈이 어두운 데다가 마부도 장애물을 보기 힘들기 때문이다. 하물며 이런 산중에서 야밤의 질주란 자살행위와 같았다.

그렇다고 마차를 버리고 도망갈 수도 없는 노릇.

일행이 자리를 지키기로 한 것은 당연한 선택이었다.

카잔은 못내 아쉬운 듯 입맛을 다셨다.

"쩝. 이 몸이 사지만 멀쩡했어도 어떻게 달려봤을 텐데 말입니다요."

클라니아는 이건 또 무슨 헛소린가 싶은 표정을 지었다.

반면 에를린은 창백한 얼굴로 고개를 가로저었다.

"……늑대 씨가 이 꼴인 게 고마운 건 처음이네요."

"엥? 섭섭하게 왜 그런 말씀을 하십니까요?"

"몰라서 물어요?"

에를린은 카잔을 흘겨보았다.

카잔은 억울하다는 표정으로 반박을 쏟아내려 했다.

가느다란 소음이 들려온 것은 그 순간이었다.

# CHAPTER
## 10

# 1.

철컹, 철컹, 철컹.

클라니아는 숨을 죽였다.

불청객은 끈적끈적한 쇳소리와 함께 나타났다.

한 걸음을 내디딜 때마다 자갈을 으깨며 땅을 파고드는 철화, 달빛을 받아 섬뜩한 빛을 발하는 흉갑, 바람을 받아 스산하게 펄럭거리는 붉은 망토까지.

두터운 갑옷으로 무장한 채 모습을 드러낸 아홉 불청객!

그들로부터 흘러나온 무겁고도 스산한 기세는 마차 안에 웅크리고 있던 클라니아를 얼어붙게 만들었다.

모습을 보지 않아도 알 수 있었다.

마침내 그녀가 두려워하던 사태가 벌어졌다는 것을.

클라니아의 동료들을 무참하게 살해하고, 그녀로 하여금 겁에 질려 산속으로 도망치게 만들었던 그자들이 마침내 찾아왔다는 사실을……!

불청객의 등장에 놀란 것은 그녀만이 아니었다.

루틴은 미간을 꿈틀거렸고 에를린은 눈을 크게 떴다.

카잔은 떨떠름한 목소리로 일행의 놀람을 대변해주었다.

"거참, 저렇게 중무장을 하고 칼람프 산을 오르는 얼간……이일 리가 없는 멋진 나리들이 계실 줄은 몰랐습니다요."

긴장감이 무너진 것은 순식간이었다.

클라니아는 공포가 아닌 치명적인 황당함으로 입을 따악 벌렸다. 불청객들은 아예 쓰러질 것처럼 휘청거렸다.

반면 에를린은 감탄을 드러냈다.

"대단한 맹자들이네요."

"시련을 자처하는 용맹을 칭찬하시는 겁니까요?"

"눈멀고 맹하면 맹자잖아요?"

"훌륭하십니다요."

"별말씀을."

카잔과 에를린은 키득거리며 농담을 나눴다.

불청객들의 얼굴은 시뻘겋게 달아올랐다.

안 그래도 갑옷을 입고 칼람프 산을 돌아다니랴 개고생

을 한 그들로서는 당장이라도 카잔와 에를린을 찢어 죽이
고만 싶었다.

분노의 불똥은 엉뚱한 곳으로 튀어 올랐다.

"갑옷을 입고 있는 것은 네놈도 마찬가지가 아니냐!"

유독 굵은 눈썹의 불청객은 루틴을 가리키며 버럭 고함
을 내질렀다. 자신들만 바보 취급을 받자니 억울했던 것이
다.

루틴은 그 고함을 듣고 눈썹을 꿈틀거렸다.

더불어 무뚝뚝하게 입을 열었다.

"나는 마차를 타고 왔다."

"우리는 말을 타고 오지 않은 줄 아느냐!"

굵은 눈썹의 불청객은 노호성을 내질렀다. 그리고 씩씩거
리며 루틴을 노려보다가 흠칫 몸을 떨었다.

루틴이 느닷없이 한숨을 내쉬었기 때문이다.

에를린은 아예 설레설레 고개를 내저었고, 카잔은 창틀에
기댄 채 숨통이 막히도록 웃어젖혔다. 심지어 클라니아조차
어이없다는 표정을 감추지 못했다.

불청객들은 당황한 표정으로 일행을 보았다.

루틴이 입을 연 것은 잠시 뒤였다.

"말을 타고 칼람프 산을 올라왔단 말인가?"

"그렇다!"

"갑옷을 입고 짐까지 실은 채?"

"그, 그렇다."

"……말이 버티던가?"

"……."

불청객은 합죽이가 되었다.

일행은 가련하다는 눈으로 불청객들을 바라보았다.

칼람프가 험산이라 불리는 이유는 암석과 점토가 뒤섞인 지반에 있다. 워낙 발을 헛디디거나 미끄러지기 쉽기 때문에 몇 배에 달하는 피로가 쌓이는 것이다. 특히 말과 같은 가축에게는 치명적이기까지 하다.

때문에 칼람프에 오를 때는 가능한 한 몸을 가볍게 해서 맨몸으로 오는 것이 상식이다.

그런데 갑옷까지 입은 채 말을 타고 칼람프를 오르다니!

이건 말 잡는 짓이나 마찬가지다.

실제 칼람프 산에 들어선 지 반나절도 안 돼서 모든 말을 잃고 만 불청객들로서는 입이 열 개라도 할 말이 없었다.

굵은 눈썹의 불청객은 애써 반론을 쥐어짜냈다.

"네, 네놈들도 마차를 타고……."

히히히히힝!

이번에는 대답할 필요조차 없었다.

알렉산드리아 13세의 거센 울음소리야말로 무엇보다 분명한 답변이었으니까.

다른 말과 자신을 비교하는 것에 대한 불쾌감을 팍팍 드

러내고 있는 13세는 멀쩡하다 못해 지나치게 팔팔해 보였
다.

루틴은 담담하게 입을 열었다.

"할 말이 없으면 그냥 닥치고 있어라. 최소한 더 비참해지
지는 않을 테니까."

불청객들은 벌건 얼굴로 입을 다물었다.

하지만 그들의 침묵은 길게 이어지지 않았다.

흥분이 가라앉자 여기서 쓸데없이 수치를 당하고 있을
이유가 없다는 사실을 깨달았기 때문이다.

"장난은 여기까지다!"

스르릉.

불청객들은 천천히 검을 뽑아 들었다.

장검과 단검 사이의 길이를 가진 중검 아홉 자루는 달빛
을 받아 섬뜩한 광채를 발했다.

"너희가 계집 하나를 주워간 걸 알고 있다. 당장 그 계집
을 내놔라!"

무거운 위압감이 담긴 호령!

동시에 불청객들로부터 흘러나온 살기는 백 마디 말보다
분명한 협박이 되어 일행을 압박해왔다.

'역시……'

클라니아는 부르르 몸을 떨었다.

저들이 자신을 찾아왔다는 것은 처음부터 짐작하고 있

었다. 그렇다고 충격이 줄어든 것은 아니었다.

전신이 굳어버리는 긴장.

마음을 가라앉히는 절망.

영혼을 집어삼키는 공포.

온갖 감정의 늪 속에 파묻혀 있던 클라니아를 끄집어낸 것은 바로 옆에서 작게 속닥거리는 소리였다.

"저거, 말 돌리는 거 맞죠?"

"에구, 민망하게시리 그걸 지적하시면 어쩝니까요."

"할 말 없다고 괜히 언성 높이는 사람은 좀 민망해져도 돼요."

클라니아는 벙 찐 표정으로 에를린을 바라보았다.

불청객들의 얼굴은 아예 홍당무가 되었다. 설마 이 상황에서까지 농담을 할 줄은 몰랐던 것이다.

에를린는 싱글거리는 얼굴로 말을 이어갔다.

"충고 하나 드릴까요? 앞으로 레이디를 초청할 때는 최소한 꽃다발과 예절 정도는 챙겨오세요. 또 민망해지고 싶지 않다면."

굵은 눈썹의 불청객은 빠드득 이를 갈았다.

"지금 우릴 우롱하는 것이냐!"

"우리가 아니라 당신한테 하는 말이에요. 혼자 당하기 억울하다고 괜히 동료들까지 끌어들이지는 마시죠?"

굵은 눈썹의 불청객은 눈을 까뒤집었다. 동료들의 제지

가 아니었다면 기어코 마차로 달려들었을 것이다.

에를린은 그 모습을 보고 만족스럽게 고개를 끄덕였다.

카잔은 창틀에 기댄 채 낄낄거렸다.

"아가씨, 너무 심하게 놀리지는 마십쇼."

"왜요?"

"최소한의 체면은 남겨주는 게 농담의 법도잖습니까요."

"전 원래 무법자인거 몰랐어요?"

에를린과 카잔은 불청객의 존재를 완전 무시한 채 쑥덕쑥덕 농담을 이어나갔다.

굵은 눈썹의 불청객은 참다못해 한 발을 내디뎠다.

쿠웅!

대체 얼마나 힘을 준 것일까.

무서운 굉음과 함께 내려찍힌 철화는 발목 깊이까지 움푹 파고들었다. 그야말로 무시무시한 괴력이었다.

뒤이어 스산하게 내리깔린 음성이 흘러 나왔다.

"죽고 싶으냐?"

불청객은 이글이글 타오르는 눈으로 일행을 노려보았다.

더 이상 헛소리를 지껄이면 대화고 뭐고 없이 당장 죽여버리겠다는 의지가 철철 넘쳐흐르는 모습이었다.

카잔은 히죽 웃었다.

"세상에 죽고 싶은 사람이 어디 있겠습니까요."

"그럼 진지하게 굴어라. 네놈의 입을 찢어버리기 전에!"

"흐음, 진지하게 말씀이십니까요?"

카잔은 불청객의 살벌한 말을 듣고 피식 실소했다.

오싹!

클라니아는 흠칫 몸을 떨었다. 정체 모를 오한이 갑자기 등줄기를 스쳐 지나갔기 때문이다.

의아함과 당혹감 속에 주변을 둘러보길 잠시.

마침내 오한의 근원지를 찾아낸 그녀는 숨을 삼켰다.

창틀에 비스듬히 몸을 기대고 있는 카잔. 그의 얼굴에 맺혀 있는 싸늘한 조소가 그녀의 심장을 조여오고 있었다.

카잔의 냉소에 숨을 죽인 것은 일행도 마찬가지였다.

에를린은 마른침을 삼켰고, 루틴은 얼굴을 굳혔으며, 하야트마저 힐끔 카잔을 돌아보았다.

특히 큰 당혹감을 느낀 것은 불청객들이었다.

지금까지 그들이 봐온 카잔은 정신 나간 농담꾼에 불과했다. 하지만 지금 카잔으로부터 흘러나오는 오싹한 기세는 결코 일개 농담꾼이 가질 수 있는 것이 아니었다.

카잔이 입을 연 것은 그때쯤이었다.

"진지한 걸 원하신다니 진지하게 물어봅죠. 성기사 나리들이 언제부터 인신매매를 시작하신 겁니까요?"

"……!"

공기가 새하얗게 얼어붙었다.

불청객들은 얼굴을 굳혔다. 반대로 일행은 뜨악한 표정

으로 카잔을 보았다.

정적을 깨트린 것은 굵은 눈썹의 불청객이었다.

"무슨 소리냐?"

굳은 얼굴, 딱딱한 목소리, 흔들리는 눈빛.

동요하고 있다는 것을 고스란히 드러내고 있는 불청객의 모습은 그 자체로 확인 증명서나 다름없었다.

카잔은 굳이 그 사실을 지적하지 않았다.

대신 차가운 미소와 함께 말을 이어갔다.

"라이트 소드(light sword)를 들고도 시치미를 뗄 생각이십니까요?"

굵은 눈썹의 불청객은 미간을 꿈틀거렸다.

설마하니 이런 밤중에 라이트 소드를 알아볼 줄은 몰랐던 것이다.

라이트 소드는 성기사의 상징과 같은 보검!

상대방이 그걸 알아본 이상 시치미를 떼는 것은 불가능했다.

'쓸데없이 눈치가 좋은 놈이로군.'

굵은 눈썹의 성기사, 파우스트는 내심 혀를 찼다.

며칠 전 클라니아를 놓쳤을 때부터 일이 꼬인다 싶더니만, 무엇 하나 제대로 되는 게 없었다.

'어쩔 수 없지.'

일이 꼬였다면 풀면 될 뿐!

파우스트는 한 걸음 앞으로 나서며 검을 치켜들었다.

"어리석은 놈들. 모른 척 계집만 내놓았다면 목숨만은 건질 수 있었을 것을……."

클라니아의 얼굴이 새파랗게 물들었다. 피비린내가 물씬 풍겨나는 음성을 통해 파우스트가 일행을 살인멸구하기로 했음을 깨달은 것이다.

아홉 명의 불청객은 모두가 성기사!

작은 영지 정도는 하루 만에 쓸어버릴 수도 있는 전력을 한낱 여행자 일행이 상대하는 것은 불가능했다.

하지만 클라니아의 진짜 불행은 따로 있었다.

"우와아. 방금 들었어요? 나 성기사가 저런 말 하는 거 처음 봐요!"

"……아가씨, 성기사를 본 것도 처음이시잖습니까."

"캬하하! 요즘 성기사 나리들이 좀 파격적이긴 합죠."

클라니아는 벙 찐 표정을 지었다.

탄성을 내지르는 에를린과 얼굴을 쓸어내리는 루틴, 낄낄거리고 있는 카잔까지.

위기감이라고는 한 오라기조차 느껴지지 않는 일행 사이에서 클라니아는 그저 멍하니 눈을 깜빡일 수밖에 없었다.

반면 파우스트는 더 이상 동요하지 않았다.

다만 쩌렁쩌렁한 고함을 내지르며 앞으로 달려들었을 뿐이다.

"실컷 웃어둬라. 그게 생의 마지막 웃음이 될 테니까!"


## 2.

클라니아는 침묵을 지켰다.

일행이 성기사들을 상대로 이기는 것은 불가능했다.

기사란 기본적으로 오러 수련자만이 될 수 있는 존재! 그
것은 성기사라도 예외는 아니다.

물론 순수한 검술이라면 기사보다 떨어진다는 것이 일반
적이다. 하지만 그 차이는 결코 크지 않으며, 9대 1의 싸움이
라면 아예 비교해볼 필요조차 없었다.

적어도 클라니아와 성기사들은 그렇게 생각했다.

하지만 그 결과는 예상을 초월한 것이었다.

"쿨럭, 쿨럭!"

"끄으으응."

"시, 신이시여……."

다리가 부러진 채 신음을 흘리거나, 새우처럼 구부린 채
기침을 토해내거나, 눈물 콧물 범벅으로 신을 부르는 사내
들.

이들이 조금 전까지만 해도 그토록 자신만만해하던 성기
사들이라는 것이 믿겨지지가 않았다.

클라니아는 멍한 표정으로 루틴을 바라보았다.

무뚝뚝한 얼굴로 성기사들을 내려다보고 있는 루틴의 검에서는 아직까지도 푸르스름한 빛이 쏟아져 나오고 있었다.

성기사들은 처음에 그것을 보고 소스라치게 놀랐다.

오러 블레이드는 상급 수련자에게만 허용된 힘! 루틴을 평범한 오러 수련자로 생각한 그들로서는 분명 기겁할 만한 일이었다.

성기사들은 그래도 물러나지 않았다.

루틴이 아무리 상급 수련자라도 고작 한 명. 9대 1의 싸움이라면 충분히 승산이 있다고 판단한 것이다.

그 결과가 바로 이 처참한 광경이었다.

사실 그들의 판단은 틀린 것이 아니었다.

아무리 상급 수련자라도 홀로 아홉 명의 수련자를 상대하는 것은 쉽지 않다. 다른 누군가를 보호하면서 싸울 때는 특히 그렇다.

성기사들이 오판한 것은 단 하나.

이것이 9대 2의 싸움이라는 것이었다.

"수고하셨습니다."

루틴은 천천히 뒤를 돌아보았다.

하야트는 전투 전과 조금도 다르지 않은 모습으로 마차 위에 앉아 있었다.

당연하다면 당연한 일이었다. 하야트가 한 일이라고는 전투가 벌어지는 내내 손가락을 까딱거린 것뿐이었으니까.

루틴은 그 사실에 아무런 불만도 가지지 않았다.

은사에 칭칭 묶인 채 마차 주변에 널브러져 있는 세 성기사야말로 그 손짓의 결과물이었으니까.

"이 비겁한 계집! 당장 이걸 풀지 못하겠느냐!"

파우스트는 은사에 묶인 채로도 버럭 고함을 내질렀다.

루틴은 한심하다는 눈으로 파우스트를 내려다보았다.

성기사들이 루틴에 의해 밀린다 싶은 순간, 파우스트는 누구보다 먼저 마차로 달려들었다. 다른 일행을 인질로 잡아 루틴을 막으려는 속셈이었다.

문제는 하야트의 함정이었다.

결식(結式), 지망(地網)!

땅속에 서른여섯 개의 은사를 묻어뒀다가 단숨에 상대를 포박하는 최상급 조영술.

하야트는 일행이 성기사들과 대화를 나누는 사이 마차 주변에 지망을 펼쳐두었다. 그리고 파우스트가 다른 두 성기사와 함께 달려든 순간, 단숨에 지망을 발동시켜 그들을 묶어버렸다.

명색이 오러 수련자인 그들이 차크라 수련자인 하야트에게 힘도 못 쓰고 쓰러진 것에는 그런 연유가 있었던 것이다.

'어떻게 이럴 수가……!'

클라니아는 내심 신음을 흘렸다.

자신의 동료들을 일방적으로 학살하다시피 했던 성기사들을 이처럼 간단히 제압하다니. 그녀의 눈에는 루틴과 하야트가 인간으로 보이지가 않았다.

하지만 정작 가장 비정상적인 이들은 따로 있었다.

"야아, 오래간만에 좋은 구경 했네요."

에를린은 창밖에 나뒹구는 성기사들을 보며 싱글거렸다.

카잔은 그녀를 보며 혀를 찼다.

"어쩐지 장단을 잘 맞춰주신다 싶더니만, 싸움 구경이 고프셨습니까요?"

"그동안 좀 심심했잖아요."

"거 두 번만 심심하셨다간 사람 잡겠습니다그려."

에를린과 카잔은 낄낄거리며 잡담을 나눴다. 목숨 건 사투를 코앞에서 봐놓고도 무슨 연극이라도 본 것처럼 화기애애하기 그지없는 분위기였다.

클라니아는 질린 표정을 지었다.

이런 상황에서 태연히 웃고 있는 두 사람을 도저히 이해할 수 없었던 것이다.

결국 그녀는 샘솟는 의문을 밖으로 토해냈다.

"대체…… 여러분의 정체는 뭡니까?"

클라니아의 질문을 들은 두 남녀는 시선을 교환했다.

그리고 씨익 웃으며 동시에 입을 열었다.

"평범한 여행자요."

"평범한 여행자입죠."

"……."

클라니아는 할 말을 잃었다. 바보라도 믿지 않을 거짓말을 태연하게 해대는 뻔뻔함에 어이를 잃은 것이다.

카잔은 그런 그녀를 향해 씨익 웃어 보였다.

"사실 이 몸도 잠꾸러기 아씨에게 한 가지 묻고 싶은 게 있습니다요."

"묻고 싶으신 거라면……?"

클라니아는 말꼬리를 늘였다. 카잔이 무엇을 물어볼지 짐작할 수 있었기 때문이다.

그녀의 짐작은 정확했다.

"성기사들이 잠꾸러기 아씨를 쫓아다니는 이유가 뭡니까요?"

카잔의 물음에 클라니아는 입을 다물었다.

클라니아에게 있어 그것은 가장 곤란한 질문. 만약 다른 상황이었다면 결코 대답해주지 않았을 것이다.

하지만 일행은 그녀의 생명의 은인이었다.

더구나 성기사들을 쓰러트림으로써 이번 일에 깊이 관련된 일행에게 언제까지나 비밀을 지킬 수는 없는 노릇이었다.

클라니아는 자세를 단정히 바로잡았다.

그리고 양손을 모아 정중히 허리를 숙였다.

"다시 소개드리겠습니다. 저는 클라니아 아글란, 부족하
게나마 그란티스 교단에서 사제를 맡고 있는 몸입니다."


## 3.

그란티스 교단.

숲과 평화의 신 그란티스를 모시는 이 교단의 역사는 아
득한 과거로 거슬러 올라간다.

침묵왕 제리온 2세 시절, 왕국에는 커다란 전염병이 돌았
다. 워낙 치사율이 높은 전염병인 탓에 왕국은 20퍼센트에
달하는 인구를 잃었고, 결국 나라 자체가 와해되기 직전의
지경에 이르렀다.

성인(聖人) 아리우스가 홀연히 나타난 것은 그때였다.

아리우스는 전염병을 치료하는 위대한 기적의 힘을 선보
였다. 전염병의 공포에 떨던 백성들은 벌 떼처럼 아리우스에
게 모여들었고, 그중 아리우스의 제자가 된 이들을 중심으
로 시작된 것이 그란티스 교단이었다.

기원이 기원인 만큼 그란티스 교단은 창립 시기부터 왕국
에서 최고의 성세를 자랑했다. 왕국민 중 태반은 그란티스
의 신도였고, 어지간한 귀족들도 그리티스 교단 앞에서는
한발 양보를 해줄 정도였다.

문제는 성세가 지나쳤다는 것이다.

아무리 맑은 물이라도 고이면 썩는 법. 왕국 전체를 기반으로 하는 방대한 부와 권력은 그란티스 교단을 급속히 부패시켰다.

특히 부패를 심화시킨 것은 귀족 사제들이었다.

귀족가의 차남이나 서자 출신으로 가문을 이어받지 못하고 교단에 들어온 귀족 사제들은 가문을 물려받지 못한 한을 풀려는 듯 열정적으로 부와 권력을 쌓아올렸다. 그리고 서로 간의 유대를 통해 암중 조직을 만들어냈다.

노블 원(Noble-one)의 탄생이었다.

귀족 사제들로 구성된 노블 원은 막강한 부와 권력을 바탕으로 그란티스 교단에서의 지배력을 넓혀갔다. 이미 부패에 물들어 있던 교단의 사제들은 너무나 쉽게 회유되었고, 결국 그란티스 교단은 노블 원에 의해 암중으로 지배되기에 이르렀다.

다만 모든 사제들이 노블 원의 노예인 것은 아니었다.

부패에 물들지 않은 일부의 사제들은 암암리에 홀리 써클(Holy-circle)이라는 비밀결사를 조직했다. 그리고 노블 원에 대항하여 그란티스 교단을 초기의 순수한 모습으로 되돌리기 위해 갖은 노력을 다해왔다.

하지만 홀리 써클의 노력은 큰 성과를 거두지 못했다. 사제의 태반이 직간접적으로 노블 원의 손길에 닿아 있는 교단에서 소수의 사제들이 할 수 있는 일에는 한계가 있었던 것이다.

절망적이기 그지없는 상황!

홀리 써클은 그럼에도 불구하고 신념을 포기하지 않고 대대로 노블 원에 대항해왔다. 그리고 마침내 노블 원을 무너트릴 수 있는 열쇠를 찾아냈다.

"노블 원을 무너트릴 수 있는 열쇠요?"

에를린은 눈을 초롱초롱하게 빛냈다.

그란티스 교단이 부패한 것은 널리 알려진 이야기였지만 설마 그 배후에 노블 원과 같은 조직이 있었다니.

게다가 노블 원에 대항한다는 홀리 써클의 이야기는 에를린의 혼을 쏙 빼놓다시피 했다.

클라니아는 에를린을 보며 담담하게 이야기를 이어갔다.

"네, 바로 나이트 스피릿(Night-spirit)의 존재입니다."

"나이트 스피릿이라면…… 그 범죄 조직 말입니까?"

"그렇습니다."

루틴은 자신도 모르게 미간을 찌푸렸다.

나이트 스피릿은 왕국 전역에 걸쳐 인신매매, 마약유통, 암살에 이르기까지 온갖 범죄를 다 저지르는 거대 범죄 조직. 절대 사제의 입에서 거론될 만한 이름이 아니었다.

에를린은 루틴으로부터 나이트 스피릿에 대한 설명을 듣고 떨떠름한 표정을 지었다.

"나이트 스피릿이 왜 노블 원을 무너트릴 수 있는 열쇠인데요?"

클라니아는 순간 입을 다물었다.

무언가를 망설이기를 한참. 결국 그녀는 한숨을 내쉬듯 입을 열었다.

"왜냐하면…… 나이트 스피릿이 노블 원에 의해 세워진 범죄 조직이기 때문입니다."

"에엑?"

클라니아는 씁쓸하게 설명을 이어갔다.

노블 원은 기본적으로 귀족 사제들로 구성된 만큼 스스로의 손을 더럽히는 것을 탐탁지 않게 생각했다. 때문에 나이트 스피릿을 만들어 자신들을 대신해 더러운 일을 하게 만든 것이다.

에를린은 거기까지 듣고 입을 따악 벌렸다.

"명색이 사제라는 사람들이 범죄 조직까지 만들었단 말이에요?"

"그렇습니다."

클라니아는 고개를 들지 못했다. 당사자가 아니라도 같은 사제로서 부끄러워할 수밖에 없는 일이었다.

에를린은 떨떠름하게 중얼거렸다.

"확실히, 그 사실이 밝혀지면 아무리 세력이 강해도 치명타를 입게 되겠네요."

"네, 홀리 써클의 판단도 마찬가지였습니다."

클라니아는 씁쓸한 표정을 지었다.

나이트 스피릿과 노블 원의 관계를 알아낸 것이 벌써 10여 년 전. 그때부터 홀리 써클은 둘의 관계를 입증할 수 있는 증거를 찾기 위해 전력을 다해왔다.

하지만 나이트 스피릿과 노블 원은 결코 빈틈을 보이지 않았다. 결국 홀리 써클은 10여 년에 걸쳐 헛물만 켜야 했다.

그런데 얼마 전, 나이트 스피릿에 이변이 벌어졌다.

문제의 시작은 흔한 항쟁이었다.

노블 원은 그 사건을 전혀 신경 쓰지 않았다. 범죄 조직에게 있어 항쟁이란 일상이나 같은 것이었기 때문이다.

결과적으로 그것은 노블 원의 치명적인 실수였다.

작은 다툼으로 시작된 항쟁은 눈 깜짝할 사이에 조직 전체로 퍼져나갔다.

노블 원은 뒤늦게야 이번 항쟁이 단순한 영역 다툼이 아니라는 것을 깨닫고 개입하려 했다. 하지만 그때는 이미 나이트 스피릿이 송두리째 무너진 뒤였다.

"정말 예상치 못한 일이었습니다. 설마 나이트 스피릿 같은 거대 조직이 열흘도 안 돼서 무너질 줄은 몰랐으니까요."

"노블 원이 대응 못 한 것도 무리는 아니네요."

에를린은 고개를 끄덕여 동의를 표했다.

어지간히 범죄 조직이라도 완전히 소탕하려면 제법 긴 시간이 걸리기 마련이다. 하물며 왕국 전역에서 활동하던 거대 조직이 열흘 만에 무너져 내리다니!

노블 원으로서는 뒤로 나자빠질 만한 사건이었다.

동시에 홀리 써클로서는 절호의 기회이기도 했다.

홀리 써클은 나이트 스피릿이 무너지는 틈을 타 노블 원과의 관계를 증명할 수 있는 서류의 일부를 빼돌리는 데 성공했다. 그리고 일부의 사제들을 통해 은밀히 서류를 이송했다.

노블 원은 그 사실을 알고 휘하의 성기사들을 급파했다.

무력이 약한 사제들은 성기사들에 의해 무참히 살해당했고, 서류를 지니고 있던 사제 한 명만이 겨우 살아남아 산속으로 도망치기에 이르렀다.

"그렇다면……?"

에를린은 살짝 말꼬리를 흐렸다. 여기까지 들은 이상 마지막 남은 홀리 써클의 사제가 누구인지는 간단명료했기 때문이다.

클라니아는 담담히 고개를 끄덕였다.

"네, 제가 바로 그 사제 중 한 명입니다."

워낙 기나긴 설명이 끝났기 때문일까.

아니면 설명에 담긴 무게감 때문일까.

클라니아의 말이 끝난 뒤에도 일행은 쉽사리 입을 열지

못했다.

물론 예외가 없는 것은 아니었다.

"사정은 잘 들었습니다요."

카잔은 태연히 고개를 끄덕였다.

장장 수백 년에 걸친 대립에 대한 감탄이나, 동료를 잃고 홀로 살아남은 클라니아에 대한 동정 따위는 눈곱만큼도 느껴지지 않는 태도였다.

"그래서 어쩌겠단 말씀이십니까요?"

"네?"

클라니아는 눈을 깜빡거렸다. 뜬금없는 질문을 파악하지 못했던 것이다.

카잔은 가볍게 혀를 찼다.

더불어 어린애를 가르치듯 차근차근 설명했다.

"기껏해야 성기사들에게 쫓기는 이유를 설명하려고 그 장황한 이야기를 하신 건 아닐 텐뎁쇼."

"그건······."

클라니아는 말꼬리를 흐렸다.

노블 원과 홀리 써클은 존재 자체가 극비. 언급한 것만으로도 클라니아는 큰 죄를 지은 셈이다. 그럼에도 불구하고 클라니아가 그 모든 사실을 밝힌 것은 카잔의 지적대로 숨은 속셈이 있기 때문이었다.

정곡을 찔린 부끄러움 때문일까.

클라니아는 귓불까지 빨개진 얼굴로 침묵을 지켰다.

그리고 한참 뒤에야 쥐어짜내듯이 목소리를 토해냈다.

"……부탁드립니다. 대신전에 도착할 때까지만 저를 도와주십시오."

클라니아는 허리를 숙였다.

만약 자신의 목숨을 위해서라면 결코 이런 부탁을 하지 않았을 것이다. 하지만 홀리 써클의 숙원을 이루기 위해서라면 무슨 짓이라도 할 각오가 있었다.

에를린은 측은한 표정으로 클라니아를 바라보았다.

떨리는 목소리나 빨개진 목덜미만 보더라도 클라니아가 얼마나 힘들게 이 부탁을 한 것인지는 명확했다.

클라니아의 얼굴을 봐서라도, 그리고 홀리 써클의 숙원을 생각해서라도 도와주고 싶은 마음은 굴뚝같았다.

문제는 결정권이 에를린 자신에게 없다는 것이었다.

"늑대 씨, 어쩔 거예요?"

에를린은 지그시 카잔을 주시했다.

카잔은 별다른 고민도 없이 고개를 끄덕였다.

"뭐, 그냥 도와드리죠."

"……에?"

에를린은 자신도 모르게 눈을 동그랗게 떴다.

루틴은 순간적으로 귀를 의심했고, 하야트마저 책장을 넘기던 손을 멈추고 카잔을 돌아보았다.

일행 모두는 그렇게 침묵 속에 굳어버렸다.

클라니아는 그 속에서 홀로 환한 미소를 지었다.

"감사합니다. 이 은혜는 무슨 일이 있어도 갚도록 하겠습니다."

"캬하하! 뭐, 서로 돕고 사는 게 인생 아니겠습니까요."

카잔은 낄낄거리며 고개를 가로저었다.

뒤이어 힐끔 창밖을 내다보았다.

"그나저나 저 형씨들은 어떡하실 겁니까요?"

클라니아는 움찔하며 창밖을 내다보았다.

밧줄에 꽁꽁 묶인 채 나무에 매달려 있는 아홉 성기사들을 보며 클라니아는 갈등에 빠졌다.

억울하게 죽어간 동료들을 생각하면 당장 복수를 하고 싶었다. 하지만 그것은 그란티스의 가르침과도, 동료들의 바람과도 어긋난 행위였다.

잠시간의 고민 끝에 클라니아는 카잔을 돌아보았다.

"잠시 저들과 대화를 하고 와도 되겠습니까?"

"뭐, 딱히 문제될 거야 없습죠."

"감사합니다."

클라니아는 정중히 고개를 숙여 보인 뒤 마차를 나섰다.

만약의 사태에 대비해 하야트가 따라나선 가운데, 클라니아는 성기사들과 대화를 나누기 시작했다.

카잔은 그 모습을 보며 피식 실소했다.

'거 재미있는 아가씨일세.'

당장 쳐 죽여도 부족할 원수들을 놓고 고민하는 걸로도 부족해 대화까지 하다니. 여러 가지 의미로 대단한 성격이었다.

저런 성격이기에 부패한 그란티스 교단에서도 신앙을 지킬 수 있었던 것이리라.

그렇게 클라니아를 바라보길 잠시.

카잔은 문득 뒤통수가 따가운 것을 느끼고 뒤를 돌아보았다. 그곳에는 에를린과 루틴이 묘한 눈으로 카잔을 바라보고 있었다.

"왜 그런 눈으로 이 몸을 보십니까요?"

"아뇨, 늑대 씨가 웬일로 공짜로 남을 도와주나 싶어서요."

에를린은 떨떠름한 표정으로 대답했다. 루틴 또한 고개를 끄덕여 동의를 표했다.

카잔은 황당한 표정을 지었다.

"엥? 이 몸이 남을 돕는 게 그렇게 이상하십니까요?"

"네!"

"……거 너무 단호하게 대답하진 마십쇼. 아무리 사실이라도 듣는 이 몸 기죽습니다요."

카잔은 맥 빠진 목소리로 대답했다.

뒤이어 짧은 투덜거림과 함께 말을 덧붙였다.

"뭐가 오해하시는 거 같은데 말입죠, 이 몸은 단 한 번도 잠꾸러기 아씨를 공짜로 돕겠다고 한 적 없습니다요."

두 사람의 얼굴에 '그럼 그렇지'하는 표정이 떠올랐다.

에를린은 한숨을 쉬듯 물었다.

"대체 뭘 받아내려고요?"

"딱히 뭔가를 받아내려고 그런 건 아닙니다요. 그냥 작은 도움을 받을까 싶어서 말입죠."

"흐음."

에를린은 미심쩍은 눈으로 카잔을 바라보았다.

하지만 더 이상 카잔을 다그칠 수는 없었다. 클라니아가 하야트와 함께 마차로 돌아왔기 때문이다.

클라니아는 곧장 일행에게 고개를 숙여보였다.

"시간을 끌어서 죄송합니다."

"대화는 잘 끝내셨습니까요?"

"……네."

클라니아는 살짝 고개를 숙였다.

카잔은 굳이 대화의 내용을 캐묻지 않았다. 온갖 감정으로 범벅이 된 얼굴이나 묵직하게 가라앉은 음성만으로도 대화가 어떻게 됐는지는 충분히 알 수 있었으니까.

잠시간의 침묵 끝에 클라니아는 입을 열었다.

"저들은 이대로 두고 가겠습니다."

에를린과 루틴은 뜻밖이라는 표정을 지었다. 전혀 예상

하지 못한 대답이었기 때문이다.

반면 카잔은 별달리 놀란 기색 없이 고개를 끄덕였다.

"괜찮으시겠습니까요?"

"저들에 대한 심판은 신께서 해주실 겁니다."

클라니아는 딱딱한 목소리로 말했다. 아직 마음 깊은 곳에는 앙금이 남아 있었던 것이다.

"흐음, 잠꾸러기 아씨의 뜻이 그렇다면야 아무래도 상관없습죠."

카잔은 덤덤한 얼굴로 고개를 끄덕였다.

그리고 힐끔 일행을 돌아보았다.

"이야기도 정리됐으니 슬슬 이동합죠."

루틴은 살짝 고개를 끄덕이고 마부석으로 나갔다.

잠시 후, 다그닥거리며 마차가 움직이기 시작했다. 야영 장소를 옮겨 이차 습격을 예방하기 위해서였다.

워낙 늦은 시간인 만큼 마차는 기어가는 것처럼 느렸다.

에를린은 지루함을 참지 못하고 쿠션에 고개를 묻은 채 잠들었다.

하야트는 램프의 불빛에 의지해 묵묵히 책을 읽었다.

클라니아는 심란한 얼굴로 한숨을 내쉬었다.

모두가 제각각의 세계에 빠져든 마차에서, 카잔은 느긋하게 창밖을 내다보았다.

'뭐, 신의 가호가 있다면 살아남을 수 있겠습죠.'

    내심 혼잣말을 중얼거리는 카잔의 얼굴에는 한 줄기 싸늘한 조소가 맺혀 있었다.


## 4.

"이이익! 빌어먹을!"

파우스트는 부드득 이를 갈았다.

처음 일행이 자신들을 이대로 두고 떠났을 때는 그 어리석음을 비웃었다. 누가 뭐라고 해도 그들은 오러 수련자. 쇠사슬이라면 몰라도 한낱 밧줄 따위에 구속되는 존재가 아니었다.

적어도 파우스트를 비롯한 성기사들은 그렇게 믿었다.

하지만 그 자신감은 10분도 안 돼서 무너졌다.

성기사들을 포박한 하야트는 밧줄에 약간의 수작을 부려놓았다. 밧줄을 억지로 끊으려하면 그 힘이 목으로 쏠리도록 만든 것이다.

파우스트는 그것도 모른 채 힘으로 밧줄을 끊으려다가 하마터면 스스로의 목을 부러트릴 뻔했다.

오러 수련자 특유의 강건한 근육이 아니었으면 십중팔구 즉사했으리라.

"젠장! 누가 어떻게든 해봐!"

"……."

파우스트의 사나운 외침에도 성기사들은 침묵을 지켰다.

사실 밧줄을 풀 수 있는 방법이 없는 건 아니었다.

오러 수련자는 티타나이즈(titanize)라는 공부를 통해 신체를 강철처럼 단단하게 만들 수도 있다. 그렇게 목을 강화하고 밧줄을 끊는다면 무사히 탈출하는 것도 충분히 가능했다.

문제는 그 방법에 도박성이 너무 짙다는 것이다.

일반 수련자가 티타나이즈로 신체를 강화하는 데는 한계가 있다.

목이 부러지기 전에 밧줄이 끊길지는 시험해보지 않고는 모르는데 누가 목숨을 건 도박을 하고 싶겠는가?

"이……!"

'겁쟁이들 같으니!'

파우스트는 가까스로 고함을 되삼켰다.

모험을 하고 싶지 않은 것은 파우스트 또한 마찬가지다. 여기서 그 말을 해봤자 제 얼굴에 침 뱉기인 격이다.

'제기랄!'

파우스트는 결국 속으로만 욕지거리를 중얼거렸다.

이렇게 된 이상 누군가 다른 사람이 오기를 기다릴 수밖에 없다. 문제는 이곳이 인적 드물기로 유명한 칼람프 산이라는 것이다.

사람이 오는 것이 빠를까, 목말라 죽는 것이 빠를까?

아니, 어쩌면 맹수들이 먼저 찾아올지도 모른다.

'악마의 사생아 같은 놈들……!'

어쩐지 자신들을 그냥 두고 간다 싶었더니, 산 채로 말려 죽이려는 속셈이었을 줄이야! 그 잔인함에 치가 떨릴 정도였다.

'반드시 죽여버리겠다!'

파우스트는 이를 악물었다.

자신을 이 꼴로 만든 카잔 일행에 대한 분노, 거기에 가증스럽게도 용서니 자비니 하며 시답지 않은 소리를 지걸이던 클라니아에 대한 혐오가 파우스트의 심장에 증오의 불꽃을 지펴냈다.

하지만 복수도 살아남지 못하면 할 수 없는 법.

파우스트는 분노를 애써 짓누르며 어떻게 해야 밧줄에서 탈출할 수 있을지 고민했다.

낯선 음성이 들려온 것은 그 순간이었다.

"실망이군."

파우스트를 비롯한 성기사들은 번쩍 고개를 치켜들었다.

성기사들이 묶여 있는 나무 앞에는 어느새 한 괴인이 우뚝 나타나 있었다.

전신을 감싸고 있는 칠흑색 옷자락.

하늘을 찌를 것처럼 우뚝 치솟아 있는 새하얀 지팡이.

어둠 속에서도 유독 형형하게 빛나고 있는 회색 눈동자.

수상해도 보통 수상해 보이는 인물이 아니었지만 성기사들 중 그 사실에 신경 쓰는 이는 아무도 없었다.

중요한 것은 오직 하나.

괴인에게 밧줄을 풀 수 있는 두 손이 있다는 점뿐.

"당신! 우릴 풀어주시오, 어서!"

파우스트의 고함은 기폭제가 되었다.

"나부터 풀어주시오!"

"우리는 성기사요!"

"도와주면 사례를 하겠소!"

성기사들이 일제히 내지른 고함은 혼돈을 강림시켰다.

자신들이 무슨 말을 하는지도 모른 채 마구잡이로 소리를 쏟아내는 혼란의 도가니는 한참 동안이나 이어졌다.

괴인은 그 소음 속에서 짧은 한탄을 토해냈다.

"실망이라고 했다."

파우스트를 비롯한 성기사들은 뚝 하니 입을 다물었다.

한탄에 담긴 기묘한 울림이, 그리고 등골을 스쳐 지나가는 오싹한 한기가 그들을 침묵하게 만들었다.

괴인은 모든 것이 얼어붙은 정적 속에서 나지막이 입을 열었다.

"몰살까지는 바라지 않았다. 부상까지는 기대치 않았다."

느닷없이 시작된 음울한 중얼거림.

괴인은 그 끝에 분노를 매달아 질책을 토해냈다.

"하지만 적어도 바닥 정도는 들춰내야 했던 것 아닌가. 무능한 것들 같으니."

"뭐, 뭣이 어째?"

파우스트의 얼굴이 시뻘겋게 물들었다. 자기 자신에 대한 수치심과 괴인에 대한 분노 때문이었다.

그러나 다음 순간, 파우스트는 얼어붙어버렸다.

어둠 속에서 시퍼렇게 빛나는 한 쌍의 귀화(鬼火)!

한 점의 과장도 없이 말 그대로 어둠 속에서 빛을 발하는 괴인의 눈동자가 파우스트를 쏘아보고 있었다.

"나는 쓸모없는 것들이 싫다."

괴인은 스산한 목소리로 중얼거렸다. 동시에 소매에 감춰났던 왼손을 뻗어 파우스트의 목을 움켜쥐었다.

"그러니 너희를 쓸모 있게 만들어주마."

"……!"

파우스트는 숨을 삼켰다.

괴인의 손이 목을 졸라왔기 때문이 아니다.

송장처럼 핏기 없는 괴인의 왼손에 새겨져 있는 검은 뱀의 문신이 파우스트를 경악하게 만들었다.

"KRAI OIS LAIS. AVARN KEIL RONA."

괴인은 파우스트의 목을 움켜쥔 채 작게 중얼거렸다.

언어라기에는 너무나 기괴하고도 섬뜩한 속삭임이 울려

퍼진다 싶은 순간, 괴인의 왼손에 새겨진 검은 뱀의 문신이 꿈틀거리기 시작했다.

뱀 문신의 움직임이 정점에 달한 순간 파우스트의 목에 괴인의 손톱이 파고들었다.

"커스 스펠(curse spell), 리드 어 하프 데드(lead a half dead)."

"컥…… 커컥!"

파우스트는 두 눈을 부릅떴다.

괴인의 목소리와 함께 목으로 스며든 검은 뱀의 문신!

문신이되 스스로 살아 있는 사악한 저주는 혈관을 타고 파우스트의 체내 깊은 곳으로 파고들었다.

파우스트의 오러는 필사적으로 뱀과 맞서 싸웠다.

하지만 그것은 무의미한 저항에 불과했다. 뱀은 결국 오러를 집어삼키고 파우스트의 체내 곳곳으로 퍼져나갔다.

박동하던 심장은 점차 느려져갔다.

뜨거운 혈액은 싸늘하게 식어갔다.

부드럽던 뇌는 딱딱하게 굳어갔다.

눈동자가 뒤집혀 흰자위만이 남는 것을 끝으로 파우스트의 변화는 끝을 맺었다.

괴인은 그제야 파우스트의 목에서 손을 뗐다.

그리고 음울한 목소리로 말했다.

"네 쓸모를 증명해봐라."

파우스트는 괴인의 말에 응하듯 양팔에 힘을 주었다.

양팔의 근육이 터질듯 부풀어 오르자 밧줄은 팽팽히 당겨지며 파우스트의 목을 조여들었다. 하지만 파우스트는 밧줄의 조임에도 아랑곳하지 않고 단숨에 양팔을 좌우로 펼쳐 들었다.

촤아악!

밧줄은 파우스트의 양팔 사이로 갈가리 뜯겨나갔다.

비록 목에 흐릿한 밧줄 자국이 남기는 했지만, 결국 힘만으로 밧줄을 끊어내는 데 성공한 것이다.

원래 파우스트의 능력이라면 절대 불가능했을 일! 어떤 의미에서는 기적이라고 할 수 있었다.

그럼에도 성기사들은 기뻐할 수 없었다.

파우스트의 변화를 이해할 수 없기 때문이 아니다. 오히려 너무 잘 이해하고 있다는 사실이 문제였다.

갑작스럽게 강해진 파우스트의 능력.

온통 새하얗게 뒤집혀져 있는 눈자위.

시체처럼 푸르스름하게 변한 얼굴색.

괴인의 손에 새겨져 있던 검은 뱀 문신.

이 모든 것을 조합해 나오는 단 하나의 결과가 그들을 경악하게 만들고 있었다.

"다, 당신은…… 당신은 설마……!"

도저히 현실을 믿을 수 없었던 것일까.

파우스트 옆에 묶여 있던 성기사는 창백한 얼굴로 부들부들 떨리는 목소리를 토해냈다. 부디 자신의 예상이 틀렸기를 기원하면서.

괴인은 성기사의 질문을 들어주지 않았다.

대신 시퍼런 눈으로 성기사를 돌아봤을 뿐이다.

"이제 네가 쓸모 있게 될 차례다."

"아, 안 돼! 커억!"

성기사는 처절한 비명과 함께 발버둥 쳤다.

괴인은 아랑곳하지 않고 성기사의 목을 틀어쥐었다.

두 번째, 세 번째, 네 번째…… 결국 마지막 성기사를 '쓸모 있게' 만들 때까지 괴인의 행동은 반복되었다.

모든 작업을 마친 괴인은 손을 다시 소매에 넣었다.

괴인의 뒤에서 사람의 그림자가 솟아난 것은 그때였다.

복면인은 나무 앞에 일렬로 늘어서 있는 성기사들을 보며 얼굴을 굳혔다. 그리고 시선을 괴인에게 향했다.

"이게 무슨 짓입니까?"

"쓸모없는 것들을 쓸모 있게 만들었을 뿐이다."

괴인은 뒤도 돌아보지 않고 담담히 대답했다. 그야말로 벌레를 때려잡은 것과 다르지 않다는 듯한 태도였다.

"제르갈 님의 명령을 어길 셈입니까?"

복면인, 카야는 차갑게 괴인을 노려보았다.

괴인은 그제야 뒤를 돌아보았다. 하지만 그것이 카야의

말에 관심을 기울인다는 뜻은 아니었다.

"명령?"

카야는 몸을 굳혔다.

시퍼렇게 불타오르는 귀화가 카야를 얼어붙게 만들었다.

괴인은 말없이 카야를 노려보다가 나지막이 입을 열었다.

"네 쓸모를 봐서 이번만은 용서해주겠다. 하지만 두 번의
용서는 없음을 명심해라."

탕!

괴인은 스산한 음성과 함께 지팡이를 땅에 내리찍었다.

눈을 새하얗게 뒤집은 채 나열해 있던 아홉 명의 성기
사…… 아니, 아홉 구의 시체는 동시에 몸을 돌렸다.

그리고 느릿느릿한 걸음으로 산길 저편으로 걸어갔다.

괴인은 시체들을 따라 어둠 속으로 모습을 감췄다.

우둑.

카야는 괴인이 사라진 방향을 보며 주먹을 움켜쥐었다.

'예상치 못한 바는 아니나……'

괴인은 애초부터 통제 불능의 인물. 뭔가 사고를 치리라
는 것은 이미 예상한 바였다.

하지만 성기사들을 건드린 것은 예상 밖의 사태였다.

그란티스 교단에서 알게 되면 결코 가만있지 않을 터. 이
일은 반드시 어둠 속에 묻어둬야만 했다.

스스슥.

카야가 한 손을 들어 올리자 어둠 속에서 검은 야행의를 입은 10여 명의 복면인이 나타났다.

카야는 그들에게 나지막이 명령했다.

"흔적을 지워라. 절대 실마리를 남겨선 안 된다."

복면인들은 대답 대신 고개를 숙였다. 그리고 능숙한 손놀림으로 성기사들의 흔적을 처리하기 시작했다.

카야는 그 모습을 보며 눈을 차갑게 가라앉혔다.

'이미 던져진 주사위다.'

제르갈의 명령은 절대적. 무슨 일이 벌어지더라도 반드시 완수해야만 했다.

마음의 각오를 굳히는 카야의 눈에는 어느새 괴인과는 전혀 다르면서도 비슷한 푸르스름한 귀화가 타오르고 있었다.

# CHAPTER
11

# 1.

일행이 칼람프 산을 넘는 데는 총 엿새가 걸렸다.

클라니아나 비 때문에 지체된 것을 고려하더라도 꽤나 시간이 걸린 셈이었다.

칼람프 산을 내려온 일행은 곧장 중앙대로에 들어섰다.

중앙대로는 왕국에서도 손꼽히는 교통의 요지. 일단 중앙대로를 탄 이상 나머지는 일사천리나 다름없었다.

더구나 이차 습격 같은 것도 없었기에 일행은 유유자적하게 여행을 즐길 수 있었다.

길에서는 창밖의 경치를 마음껏 구경했다.

밤에는 곳곳의 여관에서 푹 휴식을 취했다.

식사 시에는 각지의 식당에서 별미를 즐겼다.

마차에서는 갖가지 잡담으로 시간을 흘려보냈다.

때로는 예쁜 꽃밭에 둥글게 둘러앉아 차를 마셨다.

넓은 평원이 나오면 바람이 쌩쌩 불 만큼 치달렸다.

강을 건널 때는 꼭 한 번씩 내려서 강가를 구경했다.

숲을 지날 때는 야생 늑대들과 한바탕 격전을 치렀다.

시간이 흐를수록 여행은 즐거워져갔고, 끊임없이 새로운 구경거리가 솟아났다.

얼마나 유쾌했던지 나중엔 클라니아조차 이것이 임무를 위한 여행인지 관광을 위한 여행인지를 헷갈려할 정도였다.

그렇게 왕국을 반쯤 가로질렀을 무렵.

일행은 마침내 목적지에 도달했다.


## 2.


"아아……!"

클라니아는 눈물을 글썽거렸다.

일행이 서 있는 언덕 밑으로 광활하게 펼쳐져 있는 숲. 그 한가운데에는 순백색 탑을 중심으로 수많은 대리석 건물들이 둥글게 자리하고 있었다.

그란티스 대신전!

왕국에서도 최고의 성지로 추앙받는 그란티스 교단의 총본산에 마침내 도착한 것이다.

'드디어······.'

무사히 신전에 도착했다는 안도.

마침내 임무를 완수했다는 기쁨.

곁에 동료들이 없다는 안타까움.

클라니아는 그 온갖 감정의 소용돌이를 억누르기 위해 한 손으로 가슴을 짚었다.

"야아, 역시 장관이네요."

"뭐, 확실히 볼만한 구경거립니다요."

"저거 만드는 데 돈이 얼마나 들었을까요?"

"캬하하! 적어도 아가씨네 축성비보다는 많이 들었을 겁니다요."

"······꼭 이럴 때 빈부격차 느끼게 해야겠어요?"

"이럴 때가 아니면 언제 그러겠습니까요."

클라니아는 감정이 푹 꺼지는 것을 느끼며 옆을 보았다.

카잔과 에를린은 그녀의 시선조차 눈치채지 못한 채 서로 시시덕거리느라 바빴다.

처음의 그녀였다면 벙 쪄버렸을 것이다.

하지만 일행과 함께한 시간은 클라니아에게 농담을 농담으로 받아들일 수 있을 정도의 여유와 관록을 선사해주었다. 다행인지 불행인지는 모를 일이었다.

클라니아는 피식 웃으며 조용히 입을 열었다.

"여기부터는 제가 안내해드리겠습니다."

"네?"

에를린은 떠들던 것을 멈추고 눈을 깜빡거렸다.

이미 대신전이 코앞인 상황인데 또 무슨 안내가 필요하다는 건지 이해가 가지 않았던 것이다.

클라니아는 대답 대신 가볍게 몸을 돌렸다.

언덕 한가운데 우뚝 서 있는 거목으로 다가간 그녀는 눈을 감고 양손을 가슴 앞에 모았다.

"그란티스시여, 모든 수목의 어버이시여. 그대의 종에게 길을 열어주소서."

클라니아의 목소리는 깊고도 잔잔히 울려 퍼졌다.

떡갈나무에 이변이 일어난 것은 그 순간이었다.

쿠구구구궁!

가지가 흔들리며 잎사귀가 떨어진다.

껍질이 벌어지며 비틀림이 생겨난다.

뿌리가 꿈틀거리며 본래의 자리를 벗어난다.

보는 이로 하여금 눈을 의심케 하는 변화가 끝났을 때, 떡갈나무의 뿌리 사이에는 거대한 구멍이 생겨나 있었다.

"……."

에를린은 입을 따악 벌렸고, 루틴은 두 눈을 튀어나올 만큼 부릅떴다.

나무가 스스로 살아 있는 것처럼 움직이다니!

보통 사람으로서는 그야말로 상상도 못할 일이었다.

물론 예외가 없는 것은 아니었다.

"이런 데 뒷구멍이 있을 줄은 몰랐습니다그려."

카잔은 휠체어에 앉은 채 태연히 입을 열었다.

대수림에서 이미 드루이드의 수호성목인 블러디 우드가 인간들을 '사냥'하는 모습까지 보았던 카잔이 고작 이 정도에 놀랄 리가 없었던 것이다.

"대체 이건 무슨 마법이에요?"

에를린은 기어코 질문을 참지 못했다.

루틴도 똑같은 의문을 담아 클라니아를 보았다.

카잔과 달리 블러디 우드의 사냥을 보지 못한 그녀로서는 당연한 반응이었다. 마법사라면 몰라도 사제가 이런 이능을 사용한다는 것은 결코 이해할 수 없는 일이었으니까.

클라니아는 담담히 대답했다.

"성 아리우스께서 직접 만들어놓으신 문입니다. 홀리 써클에서도 일부만 아는 비밀이지요."

"아하, 과연."

에를린은 단숨에 납득하는 표정을 지었다.

루틴도 조용히 고개를 끄덕였다. 이것이 성인 아리우스가 남긴 기적의 잔재라면 전혀 이상할 것 없었으니까.

'흐음, 과연.'

카잔은 일행과 달리 선뜻 고개를 끄덕이지 않았다.

다만 떡갈나무를 바라보며 푸른 눈동자를 차갑게 식혔을 뿐이다.

클라니아는 그것을 미처 눈치채지 못하고 앞장서서 떡갈나무 밑의 구멍으로 일행을 인도했다.

구멍은 의외로 넓고도 깊었다.

더구나 벽과 천장을 비롯한 사방이 대리석으로 뒤덮여 있어 전혀 비밀 통로라는 생각이 들지 않았다.

"이 모든 걸 성 아리우스께서 직접 만드셨다고요?"

에를린은 고개를 갸웃거렸다.

클라니아는 횃불을 든 채 살짝 고개를 가로저었다.

"성 아리우스께서 만드셨을 당시에는 토굴에 가까웠다고 합니다. 그것을 저희 홀리 써클이 조금 손봤지요."

"……조금이 아닌 거 같은데요."

에를린은 떨떠름하게 중얼거렸다.

원래 토굴에 불과하던 것을 이렇게 번듯한 대리석 통로로 만들다니. 석재나 공사 인력은 둘째치고라도 보통 정성으로 해낼 수 있는 일이 아니었다.

하기야 대신전이 세워진 것은 수백 년 전.

토굴을 개조하지 않고 그대로 사용했다면 이 통로는 이미 옛날에 흔적도 없이 사라졌을 것이다.

통로를 따라 걸어가길 한참.

뜻밖에도 통로 끝에서는 막다른 길이 기다리고 있었다.

에를린은 당황하는 대신 두 눈을 초롱초롱 빛냈다.

"여기에도 주문이 필요한가요?"

"아닙니다. 여기는 홀리 써클이 개조한 곳이니까요."

"그래요?"

에를린은 대놓고 실망하는 표정을 지었다. 이번에야말로 자신이 주문을 사용해보고 싶었기 때문이었다.

클라니아는 살짝 웃으며 옆으로 손을 뻗었다.

그그그그긍!

무엇을 어떻게 한 것일까.

대리석 벽면의 일부분이 쑥 들어간다 싶은 순간, 무거운 마찰음과 함께 정면의 벽이 비스듬히 뒤로 기울어지며 위로 올라가는 경사가 생겨났다.

에를린은 그 모습을 보고 다시금 눈을 반짝거렸다.

반면 루틴은 황당한 표정을 지었다.

이만한 장치를 만드는 것은 전문 기술자들이라도 힘들다.

하물며 사제들이 이런 장치를 만들었다니!

홀리 써클이 사제들의 비밀결사인지 아니면 건축 기술자들의 비밀결사인지 다 의심스러워질 만한 모습이었다.

클라니아는 그런 루틴의 의심도 모른 채 위쪽으로 일행을 안내했다.

통로 위에는 둥근 나선형의 계단이 있었다.

계단이 너무 좁았기에 일행은 한 줄로 길게 늘어서서 클라니아를 따라가야 했다. 카잔은 아예 휠체어를 하야트에게 맡기고 루틴의 신세를 졌다.

"쩝, 이 몸은 원래 미인의 등이 아니면 싫은데 말입죠."

"당장 저 밑에 던져지고 싶으냐?"

"캬하하! 아무리 싫더라도 해야만 할 때가 있는 법입죠."

"알면 닥치고 있어라."

카잔과 루틴이 작은 목소리로 툭탁거리는 가운데 일행은 계단을 따라 올라갔다.

오르고, 오르고, 또 오르길 한참.

계단은 아무리 올라가도 끝을 드러내지 않았다.

에를린이 슬슬 의문을 느낀 것은 체력의 한계가 호기심의 한계보다 가까워졌을 무렵이었다.

"헤엑, 헤엑, 아니, 대, 대체 얼마나 더 올라가야 해요?"

"후우…… 이제 반쯤 왔습니다."

클라니아의 목소리에는 힘이 없었다.

에를린은 어처구니없는 얼굴로 클라니아를 보았다.

지하 통로가 아무리 깊더라도 이 정도면 지상까지 올라오고도 남았다. 그런데 이제야 고작 반이라니?

"으으윽, 이 끝에 천국이라도 있어요?"

"그런 건 아닙니다만……."

클라니아는 말꼬리를 흐렸다. 뭔가 망설이는 기색이 한 가득 묻어나는 태도였다.

에를린은 궁금함이 가득한 얼굴로 클라니아를 보았다.

대답은 엉뚱한 곳에서 돌아 왔다.

"천국 비슷한 것은 있을 겁니다요."

카잔은 루틴의 등에 업힌 채 히죽거리며 말했다.

에를린은 그 말을 듣고 고개를 살짝 기울였다.

"천국 비슷한 거라뇨? 대신전 말이에요?"

"흐음, 체력이 떨어져서 그런지 농담력이 많이 떨어지셨습니다그려."

"늑대 씨 농담력도 떨어트려드릴까요?"

에를린은 싱긋 웃어 보였다. 불끈 움켜쥔 주먹이 보이지 않을 정도로 상큼한 미소였다.

"캬하하! 정중히 사양하겠습니다요."

카잔은 낄낄거리며 고개를 가로저었다.

그리고 나선계단을 올려다보며 나지막이 말했다.

"한 번 들어가면 살아서 나올 수 없다는 점에서는 천국과 비슷하다는 뜻입니다요."

"헤?"

에를린은 그 말을 듣고 눈을 깜빡거렸다.

정작 가장 놀란 사람은 클라니아였다.

"……알고 계셨습니까?"

"하나 더하기 하나는 둘이니까 말입죠."

카잔은 히죽 웃으며 클라니아의 질문에 답했다.

클라니아는 새삼스러운 눈으로 카잔을 바라보았다.

사실 이곳의 정체를 알아내는 것은 쉬운 일이다. 그럼에도 불구하고 처음 방문한 이들은 이곳이 십중팔구 여기가 어딘지 깨닫지 못하기 마련이다.

판단력이나 추리력의 문제가 아니다.

상식과 고정관념이 사고를 방해하기 때문이다.

말이 없는 마차가 존재할 수 있을까? 불꽃이 얼어붙을 수 있을까? 시간을 거슬러 올라갈 수 있을까?

대다수의 사람들은 그것을 상상할 수 있을지언정 생각할 수는 없다. 절대 불가능하다는 상식이 상상을 망상으로 치부해버리기 때문이다.

그런 면에서 카잔의 직관력은 놀라운 것이었다.

"대단하시군요."

"캬하하! 이 몸이 꽤 대단하긴 합죠."

카잔은 시원스럽게 고개를 끄덕였다. 겸손은커녕 눈곱만큼의 멋쩍음조차 찾아볼 수 없는 태도였다.

"대체 여기가 어딘데요?"

에를린은 살짝 카잔과 클라니아를 흘겨보았다.

자신만 따돌려진 느낌이 들어서인지 영 기분이 좋지 않은 모습이었다.

카잔은 씨익 웃으며 해답을 알려주었다.

"잘 생각해보십쇼. 대신전에서 이만큼 계단이 많이 있는 장소가 대체 얼마나 있을지 말입니다요."

"계단이야 어디에나……."

에를린은 무심코 대답하다가 입을 다물었다.

물론 계단이야 얼마든지 있다. 하지만 이만한 높이까지 계단이 있는 건물은 대신전에서도 오직 하나뿐이었다.

"잠깐, 잠깐만요."

에를린은 우뚝 걸음을 멈췄다. 그리고 믿을 수 없다는 표정으로 카잔을 바라보았다.

"설마 이곳이 〈성령의 탑〉이라는 건 아니겠죠?"

"맞는뎁쇼?"

"으에에에엑!"

에를린은 자신도 모르게 비명을 내질렀다.

카잔의 대답의 그만큼 놀라운 것이었다.

성령의 탑!

대신전이 세워지기도 전부터 존재했다는 유적.

전 세상을 통틀어 가장 성스럽다고 알려진 성역.

사제일지라도 접근하는 것만으로 목이 잘리는 금지.

신성불가침이라는 말을 건축물로 형상화해 놓은, 어떤 의미에서는 대수림보다 접근하기 힘든 장소가 성령의 탑이었다.

그런데 자신들이 성령의 탑에 들어와 있다니!

일행으로서는 심장이 튀어나올 정도로 놀라운 일이었다.

"어, 어떻게? 아니, 왜? 어째서?"

에를린은 드물게도 더듬더듬 질문을 토해냈다.

클라니아는 담담하게 대답해주었다.

"노블 원의 눈을 피할 수 있는 유일한 장소니까요."

"아니, 아무리 그래도……."

에를린은 꼬인 혀를 풀어내지 못했다.

성령의 탑은 접근하는 것만으로도 신성모독이 되는 성역이다. 그런데 고작 그런 이유로 이곳을 이용하다니?

다른 이들이 안다면 당장 파문당할 일이다. 아니, 아예 마녀로 낙인찍혀 화형을 당할지도 모른다.

카잔이 입을 연 것은 그때였다.

"뭐, 그 외에도 다른 이유가 있습죠."

"다른 이유요?"

에를린은 떨떠름한 물음을 들은 카잔은 히죽 웃으며 클라니아를 돌아보았다.

클라니아는 그 무언의 재촉을 받고 한숨을 내쉬었다.

지금부터 말해야 하는 것은 극비 중에서도 극비. 하지만 여기까지 와놓고 그것을 숨긴다는 것도 우스운 일이었다.

"이곳에 홀리 써클의 수령께서 계시기 때문입니다."

"에?"

328

에를린의 눈은 점이 되었다.

클라니아의 말을 이해할 수 없었기 때문이다.

성령의 탑은 접근조차 금지된 신성불가침 지역. 일행을 제외한 누군가가 이곳에 있다는 것은 불가능했다.

예외가 있다면 오직 하나.

성령의 탑의 진정한 주인뿐이었다.

"잘 생각해보십쇼. 교단의 정통성을 중시하는 홀리 써클이 수령으로 삼을 수 있는 인물, 노블 원에 대적할 수 있는 힘을 가진 인물, 그럼에도 불구하고 노블 원이 함부로 손댈 수 없는 인물이 과연 누군지."

콰광!

카잔의 보충 설명은 에를린의 머릿속에 벼락을 떨어트렸다. 대략 다섯 방쯤 됐으리라.

당장이라도 쓰러질 것처럼 비틀거리길 잠시.

에를린은 벽을 한 팔로 짚어 겨우 몸을 지탱했다.

그리고 불신과 경악이 멋지게 어우러진 얼굴로 고함을 내질렀다.

"서, 성녀(聖女)님이 홀리 써클의 수령이라고요!"


3.

에를린은 마른침을 삼켰다.

긴 계단을 올라온 끝에 도달한 떡갈나무 문. 이 너머에 성녀가 있다는 사실이 에를린을 한껏 흥분시키고 있었다.

"루틴 경, 저 괜찮아요? 옷은요? 얼굴은요?"

"괜찮아 보이십니다."

루틴은 담담한 목소리로 대답했다. 하지만 힐끔힐끔 스스로의 복장을 살피는 것은 루틴도 마찬가지였다.

"아아! 성녀님을 만날 줄 알았으면 좀 더 준비를 하고 왔을 텐데!"

에를린은 안타까운 심정으로 발을 굴렀다.

카잔은 떨떠름한 표정으로 에를린을 바라보았다.

"······아가씨, 또 코피 터지셨수다."

"엑! 또요?"

에를린은 황급히 코를 틀어막았다. 그리고 코피를 멈추고 얼굴을 닦기 위해 부산을 떨었다.

일행 중 그 모습을 보고 당황하는 이들은 아무도 없었다. 이미 수차례나 반복해서 일어난 일이기 때문이다.

처음 성녀를 만나게 된다는 사실을 깨달았을 때, 에를린은 아예 기절할 뻔했다.

성녀.

지상에서 가장 고결한 여인.

천상의 목소리를 지닌 미의 화신.

성 아리우스의 성혈(聖血)을 이은 마지막 후예.

순수하게 신의 대리자를 보고 싶어 하는 이들부터 기적을 소망하거나 단순히 미모를 구경하고 싶은 이들까지, 세상에 성녀를 만나고자 하는 이들은 부지기수다.

하지만 성녀를 만나는 것은 불가능에 가깝다.

성녀에게 있어 속세의 혼탁함은 독과 같기에 모든 것을 멀리한 채 성령의 탑에서만 살아가고 있기 때문이다.

그런데 성녀를 직접 만날 수 있다니!

에를린이 이토록 흥분하는 것도 무리는 아니었다.

문제는 그 때문에 다른 일행은 착착 피로가 쌓여가고 있다는 사실이었다.

"이제 열어도 되겠습니까?"

"잠깐! 잠깐만요. 한 번만 더 점검하고요."

에를린은 황급히 클라니아를 제지하고 다시금 의복과 얼굴과 혈압을 점검했다.

클라니아는 그 모습을 보며 한숨을 내쉬었다.

잠깐만 기다려달라는 것이 벌써 한 시간째. 아무리 클라니아라도 지칠 수밖에 없었다.

"음, 음. 좋아요. 준비됐어요."

에를린은 고개를 끄덕였다.

더불어 초롱초롱 빛나는 눈으로 문을 바라보았다.

클라니아는 일행이 지켜보는 가운데 문을 열었다.

끼긱. 쿠구구구궁.

몇 겹이나 되는 잠금장치가 풀리며 떡갈나무 문이 열리는 모습은 장엄하고도 엄숙하게 보였다.

에를린은 감동과 기대 어린 눈으로 문 너머를 보았다.

그리고 입을 따악 벌렸다.

바람과 함께 흘러나오는 맑은 과일 향.

실내라고는 믿을 수 없을 만큼 환한 빛.

벽과 천장을 둘러싸고 있는 하얀 대리석.

바닥에 드넓게 깔려 있는 가지각색의 꽃밭.

꽃밭 위를 노니는 작고도 앙증맞은 동물들.

……같이 천국을 연상케 하는 광경이 펼쳐져 있으리라는 에를린의 예상은 그야말로 완벽하게 빗나갔다.

대신 에를린을 맞이한 것은 상상을 초월한 풍경이었다.

햇빛 한 점 없이 어둑어둑한 공간에는 가지각색의 술병들이 굴러다니고, 두 개의 화로는 흐릿한 불빛과 함께 뿌연 연기를 토해내며 시야를 뒤튼다.

실내 한가운데에 있는 침대는 너무나 넓어 여섯 명이나 되는 여인들이 뒤엉켜 있음에도 자리가 부족하지 않지만, 여인들은 드넓은 자리 따위는 필요 없다는 듯 더욱더 서로의 공간을 좁혀나갔다.

가느다란 손가락으로 허리를 쓸어내린다. 붉은 입술로 부드러운 목덜미를 빨아들인다. 긴 다리와 새하얀 팔목이

뱀처럼 얽혀든다. 풍만한 유방이 둥그스름한 둔부에 짓눌려 찌그러진다.

늘씬한 몸매와 아름다운 외모를 지닌 여섯 미녀들이 반라의 차림으로 서로를 탐닉하는 모습은 불처럼 열정적이고도 기름처럼 끈적끈적하게 시선을 끌어들였다.

이 모든 풍경의 뒤, 두 장한이 좌우에 서 있는 석좌.

그곳에는 한 미녀가 담뱃대를 입에 물고 있었다.

침대에 얽혀 있는 여섯 여인들은 하나같이 빼어난 미녀였지만, 그녀와는 감히 아름다움을 비교할 수 없었다.

단지 외모만을 말하는 것이 아니다.

청백색 입술로 담뱃대를 빨아들이는 모습 하나에까지 녹아 있는 고고하면서도 퇴폐적인 자태, 깊고도 나른하게 가라앉아 있는 남색 눈동자, 입가에 맺혀 있는 차갑고도 도발적인 조소, 그 모든 것이 어우러져 남녀를 불문하고 빠져들게 하는 마력을 만들어냈다.

이 모든 광경에 대한 에를린의 감상은 간결했다.

"……어버버."

"흠, 참 심오한 말씀이십니다."

카잔은 고개를 끄덕여 동의를 표했다.

일행 중 에를린의 말에 반응한 것은 카잔뿐이었다.

루틴은 시뻘건 얼굴로 얼빠진 표정을 짓느라 바빴고, 하야트는 무표정한 얼굴 그대로 침묵하고 있었으니까.

반면 클라니아는 담담히 앞으로 걸어갔다.

아직까지도 여인들이 뒤엉켜 있는 침대를 빙 돌아간 그녀는 석좌에 앉아 있는 미녀에게 조용히 고개를 숙였다.

"명을 수행하고 왔습니다, 알레이나 님."

이른바 확인사살이었다.

에를린은 현실을 방황하는 정도를 넘어 혼이 빠졌다.

루틴 또한 무거운 신음으로 자신의 심정을 대변했다.

정작 석좌에 앉아 있던 미녀는 클라니아의 말을 듣고도 침대에서 시선을 떼지 않았다.

다만 담뱃대를 입에서 떨어트렸을 뿐이다.

"늦었구나."

일행은 흠칫 몸을 떨었다.

더없이 고고하고도 퇴폐적인 음성. 속세를 벗어난 듯한 아름다움을 품은 그 목소리가 절로 소름을 자아냈다.

그것은 말 그대로 천상의 목소리.

오직 성녀 알레이나만이 가질 수 있는 음성이었다.

클라니아는 담담히 입을 열었다.

"노블 원의 습격 때문에 시간이 지체됐습니다. 셀트, 마크, 제이나, 하젠은 사망했습니다."

담담한 음성과 달리 클라니아의 얼굴은 어두웠다. 동료들을 잃었다는 슬픔과 자책감을 떨쳐내지 못한 것이다.

알레이나는 그제야 클라니아에게 시선을 향했다.

"무얼 괴로워하느냐?"

클레이나는 당혹스러운 표정을 지었다.

잠시간의 망설임 끝에 그녀는 힘없이 대답했다.

"동료들을 잃은 것 때문입니다."

"어리석구나."

알레이나는 나른하게 중얼거리며 담뱃대를 물었다.

잠시 후, 담뱃대를 빼어 든 그녀는 청백색 입술 사이로 희뿌연 담배 연기를 뿜어냈다.

길게 뿜어져 나온 담배 연기가 화로에서 흘러나온 연기와 뒤섞여 허공으로 흩어지는 가운데, 알레이나는 나지막이 입을 열었다.

"살아 있는 것은 언젠가 죽는 것이 이치. 조금 빠르다 하여 무엇을 슬퍼하고, 조금 늦는다 하여 무엇을 기뻐하느냐?"

알레이나의 말은 냉정했지만 클라니아는 서운해하지 않았다. 그것이 알레이나 나름대로의 위로이며 가르침임을 알고 있기 때문이었다.

"······쓸데없는 심려를 끼쳐 죄송합니다."

"되었다."

알레이나는 가볍게 한 손을 휘저었다. 그리고 손으로 비스듬히 턱을 괴었다.

"사과보다는 먼저 설명할 것이 있지 않느냐?"

클라니아는 흠칫 몸을 떨었다.

알레이나의 질문은 카잔 일행에 대한 것이었다.

본래 성령의 탑은 불침의 성역. 원래 홀리 써클의 일원이라도 함부로 들어올 수 있는 곳이 아니었다.

그럼에도 불구하고 클라니아가 일행을 데려온 데에는 이유가 있었다.

클라니아는 가볍게 심호흡했다.

뒤이어 일행에 대한 설명을 시작했다.

성기사들의 습격으로 칼람프 산에서 조난을 당한 것, 목숨을 구함 받은 것, 성기사들을 물리치고 함께 여행한 것 등등……. 파란만장한 여행담 끝에 클라니아는 이들을 데려온 이유를 밝혔다.

"……꼭 알레이나 님을 만나야 하는 이유가 있다고 해서, 제 독단으로 여기까지 데려왔습니다."

클라니아의 목소리는 바짝 말라붙어 있었다.

처음 그 부탁을 받았을 때, 그녀는 심각하게 갈등했다. 아무리 생명의 은인의 부탁이라도 그것은 알레이나를 비롯한 홀리 써클 전체를 위험하게 할 수 있는 일이었으니까.

하지만 클라니아는 결국 일행을 여기에 데려왔다. 함께 여행하면서 겪은 일행의 인간성을 믿었기 때문이다.

알레이나는 나른하게 눈을 감았다.

그리고 청백색 입술로 담배를 빨아들였다.

무겁게 이어지던 침묵이 깨진 것은 대략 세 호흡쯤 되는 담배 연기가 허공에 흩어졌을 무렵이었다.

"은혜는 갚는 것이 도리지."

알레이나의 나지막한 음성은 클라니아의 안색을 환하게 만들었다. 하지만 그것은 잠시뿐이었다.

"하지만 규율을 어긴 잘못을 넘어갈 수는 없는 법. 열흘간 내 시중을 드는 것으로 벌을 대신하여라."

클라니아는 쩌저적 얼어붙었다.

새빨갛게 달아오른 얼굴에는 당혹감, 부끄러움, 곤혹스러움 등이 마구잡이로 얽혀 있었다.

한 줄기 웃음소리가 터져 나온 것은 그때였다.

"캬하하! 너무 혼내지 마십쇼. 잠꾸러기 아씨한테 억지를 부린 건 이 몸이니까 말입죠."

알레이나는 그제야 일행에게 시선을 향했다.

에를린을 비롯한 일행은 아직까지도 돌처럼 굳어 있었다.

단 한 명, 카잔만이 히죽거리며 알레이나를 바라보고 있을 뿐이었다.

"그대더냐, 순진한 아이를 속여서 이용한 무뢰한은?"

알레이나는 나른한 듯싶으면서도 묘하게 차가운 눈으로 카잔을 마주 보았다.

"무슨 말씀이십니까요?"

카잔은 영문을 모르겠다는 듯 고개를 갸웃거렸다.

알레이나는 그런 카잔을 보며 담뱃대를 빨아들였다. 그리고 짙은 담배 연기와 함께 말을 토해냈다.

"애초부터 이 아이가 나의 밀사인 것을 알고 도와준 것이 아니더냐."

".......!"

알레이나의 말에 클라니아는 당황한 표정을 지었다.

클라니아가 생각하기에 그것은 절대 불가능한 일이었다. 밀사로 움직이기 위해 신분을 증명할 것은 아무 것도 가지고 있지 않았으니까.

하지만 알레이나는 클라니아의 확신을 부정했다.

"칼람프 산은 종적을 숨기는 자들만이 이용하는 길. 대신전과 관련된 비밀 서류를 가지고 있고 제향이 몸에 배어 있는 여인이 칼람프 산에 있다면 십중팔구 교단의 밀사일 수밖에 없지."

알레이나는 손가락으로 담뱃대를 툭툭 두드렸다.

회색빛 담뱃재가 허공에 흩날리는 가운데, 그녀는 나른하게 말을 이어갔다.

"호위가 없다는 것은 정식 임무가 아니라는 뜻. 그런데 교단에서 개인적으로 사제를 밀사로 부리는 게 가능한 사람은 나뿐이지 않느냐?"

알레이나의 남색 눈동자가 칙칙하게 가라앉았다. 너무나 깊기에 오히려 혼탁하게 보이는 눈빛이었다.

카잔은 알레이나를 마주 보며 피식 웃었다.

"10점 드리죠."

알레이나는 카잔의 평가에 싸늘하게 조소했다.

"쓸데없이 높은 점수로구나."

"미녀시니까 100점, 억측이 심하니 마이너스 30점, 증거가 없으니 마이너스 30점, 창의성이 없으니 마이너스 30점입니다요."

카잔이 씨익 웃으며 대답했다.

알레이나는 나른한 얼굴로 고개를 끄덕거렸다.

근거가 없는 이상 지금까지 말한 것은 음모론자의 공상과 같다.

하지만 카잔이 클레이나를 보고 알레이나와 똑같은 공상을 했음은 분명하다. 그래서 창의성에 감점이 들어간 것이다.

알레이나는 담배를 빨아들였다.

뒤이어 청백색 입술 사이로 가느다란 연기를 토해냈다.

"말해보아라. 확실치도 않은 도박을 하면서까지 나를 만나고 싶어 한 이유가 무엇이더냐?"

"흐음, 설명하자면 길어지는데 말입죠."

카잔은 고민하는 표정을 지었다.

클라니아는 물론 에클린, 루틴마저 궁금한 표정으로 카잔을 바라보았다. 카잔이 여태까지 자세한 여행 목적을 함

구해왔기 때문이었다.

모두의 시선을 받으며 고민하길 한참.

마침내 튀어나온 대답은 엉뚱한 것이었다.

"생명의 돌이라고 들어보셨습니까요?"

"에?"

"네?"

에를린과 클라니아는 황당한 표정을 지었다.

진지한 대화를 하던 도중에 왜 갑자기 그런 옛날이야기를 꺼내는지 이해할 수 없었던 것이다.

반면 알레이나의 반응은 색달랐다.

담뱃대를 입가에 대기만 한 채 카잔을 바라보길 한참.

알레이나는 문득 담뱃대를 든 손을 옆으로 뻗었다.

좌측에 시립해 있던 장한은 정중히 담뱃대를 받아 담뱃잎을 채웠다. 그리고 불을 붙여 알레이나에게 바쳤다.

한 모금, 두 모금, 세 모금.

청백색 입술이 열린 것은 결국 새로운 담배 연기로 폐를 가득 채웠을 무렵이었다.

"라마나스의 재보가 어쨌단 말이냐?"

알레이나의 말을 들은 클라니아는 눈을 크게 떴다.

생명의 돌이 대륙칠대불가사의 중 하나인 라마나스의 재보라는 것은 카잔에게 들은 얘기다. 그런데 알레이나가 그 사실을 알고 있었다니?

카잔은 알레이나의 반문을 듣고도 놀라지 않았다.

오히려 당연하다는 얼굴로 씨익 웃어 보였다.

"뭐, 별건 아닙니다요. 이 몸이 라마나스의 재보를 가지고 있다는 것뿐입죠."

시간이 얼어붙었다.

에를린은 입을 따악 벌렸고 루틴은 두 눈을 부릅떴다. 클라니아는 양손으로 입을 가렸으며 하야트는 무표정하게 카잔의 뒤통수를 바라보았다.

모든 것이 가라앉은 정적의 공간.

알레이나는 그 속에서 지그시 카잔을 바라보았다.

라마나스의 재보는 어디까지나 전설. 재담꾼들이 흥미를 위해 만들어낸 이야기인 만큼, 카잔의 이야기는 어디까지나 헛소리에 불과하다.

알레이나는 굳이 그런 '상식'을 지적하지 않았다.

대신 나른하게 입을 열었을 뿐이다.

"그것이 나를 찾아온 이유와 무슨 상관이더냐?"

알레이나의 태도는 어디까지나 담담했다.

생명의 돌이고 라마나스의 재보고, 아무런 관심도 없다는 모습이었다.

사실 그녀의 지적은 정확했다.

라마나스의 재보가 있다고 해도 단지 그뿐. 그것이 알레이나를 만나야 할 이유는 눈곱만큼도 되지 못하니까.

하지만 카잔의 생각은 달랐다.

"충분히 상관이 있습죠."

알레이나는 담배를 빨아들이던 것을 멈췄다.

카잔은 그런 그녀를 향해 차갑게 웃어 보였다.

"성녀 아씨야말로 생명의 돌을 완성할 수 있는 유일한 분이니까 말입죠."

## 4.

알레이나는 청백색 입술에 담뱃대를 물었다.

담뱃대로부터 흘러들어온 뿌연 연기는 폐를 통해 혈액으로 스며들었다. 그리고 혈관을 타고 전신곳곳으로 퍼져나갔다.

지나친 흡연으로 인해 심신이 나른하게 가라앉았다.

하지만 알레이나는 흡연을 멈추지 않았다.

생리를 하기도 전부터 담뱃대를 달고 살아온 그녀에게 나른함 정도는 아무런 문제도 아니었다. 아니, 오히려 이 정도가 딱 좋은 상태였다.

알레이나는 나른한 감각 속에서 나지막이 입을 열었다.

"내가 생명의 돌을 완성할 수 있다는 억측은 어디서 나온 것이냐?"

"뭐, 굳이 근거를 들자면 세 가지입니다요."

카잔은 히죽 웃었다.

그리고 느긋하게 이야기를 시작했다.

"첫 번째는 라마나스가 엄청난 부자였다는 것, 두 번째는 생명의 돌이 신화 속의 보물이라는 것, 세 번째는 생명의 돌이 절세의 치료약이라는 것, 네 번째는…… 뭐, 없는 걸로 칩죠."

루틴은 황당한 표정을 지었다. 카잔이 근거랍시고 얘기한 것들 중 무엇 하나도 알레이나와 연관되지 않았기 때문이다.

어리둥절해하는 것은 클라니아도 마찬가지였다. 에를린조차 고개를 갸웃거리며 고민에 잠겼다.

카잔의 말을 이해할 수 있었던 것은 오직 한 명, 알레이나뿐이었다.

나른한 눈으로 카잔을 바라보길 한참.

알레이나는 담뱃대를 입에서 떼어내며 나지막이 물었다.

"어째서 네 번째는 말하지 않느냐?"

카잔은 씨익 웃으며 답했다.

"아직 죽기엔 젊은 나이라 말입죠."

클라니아를 비롯한 일행은 일제히 어리둥절해했다.

반면 알레이나는 싸늘한 조소를 머금었다.

그리고 천천히 담뱃대를 입에 물었다.

'과연······.'

알레이나는 담배를 빨아들이며 생각에 잠겼다.

첫째, 라마나스는 대륙 제일이라 불리던 갑부였다.

과연 그런 갑부가 전 재산을 쏟아놓고도 어째서 생명의
돌을 완성하지 못했을까? 어쩌면 그 실패의 원인은 제조법
보다 근본적인 것, 즉 돈으로는 절대 해결할 수 없는 부분
에 있는 게 아니었을까?

카잔의 추리는 거기에서부터 시작됐을 것이다.

둘째, 신화에 따르면 생명의 돌은 신이 선사한 보물이다.

물론 모든 신화에는 과장과 왜곡이 들어가는 법. 실제로
신이 직접 강림해 생명의 돌을 선물한 것은 아니다. 하지만
생명의 돌이 신과 밀접한 관련이 있다는 해석은 가능하다.

때문에 카잔은 생명의 돌을 사제, 그것도 강력한 스피릿
파워를 지닌 고위 사제가 만든 것이라고 추측했을 것이다.

셋째, 생명의 돌은 치료약으로 쓰일 수도 있다.

신화에 따르면 생명의 돌은 신체를 최상의 상태로 유지시
켜줌으로써 모든 병과 상처를 물리치고 불로장생을 선사
하는 보물. 치료약으로 쓰인다면 어떤 병과 상처라도 기적
처럼 낫게 하는 게 가능하다.

카잔은 분명 기적적인 치료에 대한 기록을 조사한 끝에
생명의 돌의 흔적을 찾아냈을 것이다.

넷째를 '없는 걸로 치겠다.'고 한 이유는 분명하다.

그것을 말하는 순간 알레이나가 장내에 있는 모든 이들을 죽여야 한다는 사실을 알고 있었기 때문이다.

알레이나는 나지막이 입을 열었다.

"제법 실력이 있는 무뢰한이구나."

"캬하하! 칭찬 감사합니다요."

카잔은 시원하게 웃어 보였다.

겸손함 따위는 눈곱만큼도 보이지 않는 모습이었지만 알레이나는 그것을 오만하게 보지 않았다.

라마나스의 재보가 전설이 된 것도 벌써 수백 년.

그동안 라마나스의 재보를 찾아다닌 자는 많았지만 성령의 탑까지 도달한 자는 오직 카잔뿐이었다.

수백 년이 흐른 시간.

전 세계에 걸친 장소.

뿌리 깊이 박힌 관념.

이 모든 것을 뛰어넘어 생명의 돌의 '정체'를, 나아가서는 알레이나 자신의 '비밀'을 알아낸 카잔에게는 충분히 자부심을 가질 만한 자격이 있었으니까.

알레이나는 그렇게 카잔의 능력을 인정했다.

단, 그뿐이었다.

"그런데 무뢰한 자야, 한 가지 잊고 있는 게 아니냐?"

"뭘 말씀이십니까요?"

"내가 생명의 돌을 만들 수 있다 한들 그것을 너희에게 베

풀 이유가 대체 어디에 있단 말이냐?"

알레이나는 싸늘한 조소를 머금었다.

생명의 돌은 대륙십대비보에 뒤지지 않는 보물 중 보물. 그것을 카잔 일행에게 만들어줄 이유는 어디에도 없었다.

카잔은 고민하는 표정을 지었다.

"잠꾸러기 아씨를 구해준 값에서 퉁치면 안 될깝쇼?"

"저 아이 목숨이 백 개가 있다고 한들 생명의 돌의 가치와 비견될 듯싶더냐?"

알레이나은 냉혹하게 카잔의 말을 잘랐다.

클라니아는 서운해하기는커녕 당연하다는 얼굴로 고개를 끄덕였다. 그녀가 아무리 알레이나의 심복이라 한들 생명의 돌에 버금가는 가치는 없었으니까.

카잔은 떨떠름하게 반박했다.

"잠꾸러기 아씨가 가진 서류는 성녀 아씨한테 꼭 필요한 거였을 텐뎁쇼?"

알레이나은 즉답했다.

"언제 도와달라고 했더냐?"

"……거 인생을 참 삭막하게 사십니다그려."

카잔의 불평에도 알레이나는 꿈쩍하지 않았다.

클라니아는 일행을 성령의 탑으로 인도해준 것만으로도 은혜를 충분히 갚았다. 아니, 설령 은혜가 남았더라도 알레이나가 그것을 대신 갚아줄 이유 따위는 눈곱만큼도 없었다.

알레이나는 나른하게 입을 열었다.

"은혜란 어디까지나 마음으로 얻어 마음으로 갚는 것. 은혜를 요구하고 싶다면 우선 내 마음부터 얻어보거라."

"쩝, 할 말 없게 만드십니다요."

카잔은 투덜거리기를 멈췄다.

알레이나는 묘한 눈으로 카잔을 바라보았다.

보통 은혜를 입힌 자들은 빚쟁이라도 되는 것처럼 의기양양해하기 마련. 그런 면에서 선선히 잘못을 인정하고 물러난 카잔의 태도는 특이한 것이었다.

이 경우는 둘 중 하나다.

진정으로 선량하기 그지없는 선인이거나, 아니면……

"대신 충분한 대가를 드린다면 어떻습니까요?"

'달리 준비해온 것이 있거나.'

알레이나는 담뱃대를 입에 물었다.

그리고 매캐한 담배 연기를 폐 깊숙이 빨아들이며 카잔을 바라보았다.

카잔은 태연한 얼굴로 알레이나를 마주 보고 있었다. 실망이나 좌절감은커녕 여유까지 묻어나는 모습이었다.

어떻게 보면 당연한 일일지도 모른다.

수백 년 만에 최초로 성령의 탑에 도달한 자가 쓸 만한 패 하나 준비해오지 않았다면 오히려 이상했으리라.

알레이나는 비틀린 조소를 담아 말했다.

"지껄여보거라."

"이 몸이 제공할 수 있는 대가는 세 가지입니다요."

카잔은 히죽 웃으며 이야기를 시작했다.

"첫 번째는 생명의 돌의 재료입니다요."

생명의 돌의 재료는 하나하나가 뛰어난 영약이나 보물! 고작 여섯 개의 재료를 모으기 위해 세계 제일의 갑부이던 라마나스가 재산의 태반을 쏟아부어야 했다는 전설만 해도 그 가치를 짐작하기에는 충분했다.

하지만 그 가치란 어디까지나 일반적인 것에 불과했다.

"내놓는다는 대가가 고작해야 그런 것뿐이냐?"

"일단 재료는 있어야 하니까 말입죠. 본론은 이제부터입죠."

알레이나의 냉소에 카잔은 뻔뻔하게 대답했다.

사실 첫 번째 대가는 생명의 돌을 만드는 데 필요한 재료를 공급하겠다는 의미에 불과하다. 즉, 진정한 대가는 두 번째 부터였다.

"두 번째는 생명의 돌의 절반입니다요."

카잔의 말을 들은 일행은 눈을 휘둥그레 떴다. 특히 에를린은 손뼉을 짝 치며 감탄했다.

생명의 돌은 세상에 손꼽히는 보물! 그러니 생명의 돌 자체를 대가로 삼겠다는 것은 참으로 획기적인 발상이었다.

중요한 재료를 모두 카잔이 제공하는 이상 알레이나는 제조만 하면 된다. 그것만으로 생명의 돌을 절반이나 얻을 수 있다면 누구라도 거부하지 않을 최고의 조건이었다.

알레이나는 담뱃대를 문 채 카잔을 주시했다.

뒤이어 나른한 음성이 허공을 갈랐다.

"그딴 것, 개한테나 던져주거라."

클라니아를 비롯한 일행은 황당한 표정으로 알레이나를 바라보았다.

알레이나는 나른한 눈으로 그들을 바라보았다.

"왜? 내가 생명의 돌을 탐내지 않는 것이 이상하더냐?"

"아, 아뇨. 그게……."

에를린은 말을 더듬거렸다. 차마 곧이곧대로 이상하다는 대답을 할 수 없었던 것이다.

알레이나는 청백색 입술로 담뱃대를 물었다.

그리고 폐 깊숙이 연기를 빨아들인 뒤 나지막이 이야기를 시작했다.

"생명의 돌과 관련된 옛날이야기를 하나 들려주마."


## 5.

머나먼 과거, 한 사제가 있었다.

본래 교단이란 시간이 흐름에 따라 흥망성쇠를 반복하는 법. 사제의 교단은 그런 면에서 망쇠의 끄트머리에 자리 잡고 있었다. 사제 한 명을 제외하면 동료는커녕 신도 한 명 남아 있지 않은 상태였기 때문이다.

사제는 그럼에도 자신의 신앙을 포기하지 않았다.

숲 속의 버려진 신전에서 홀로 신께 기도를 올리고, 제사를 지내고, 교리를 공부하며 지내길 수십 년. 사제의 스피릿 파워(spirit power)는 신앙과 함께 나날이 깊어갔다.

그러던 어느 날, 전염병에 걸려 마을에서 쫓겨난 환자들이 신전에 찾아왔다.

사제는 기꺼이 그들을 치료해주었다.

환자들이 걸린 전염병은 너무나 치명적이라 일반적인 방법으로는 치료가 불가능했다. 하지만 사제의 교단에 대대로 전해지는 한 가지 비약의 제조법이 그것을 가능케 했다.

그 비약의 이름은 '생명의 돌'.

복용자의 모든 병과 상처를 물리치고 신체를 최상의 상태로 유지시켜주는 불로장생의 묘약이었다.

사제는 신화 속의 대영웅 클리스탄과 마찬가지로 '생명의 돌'을 물에 녹여 '생명의 물'을 만들어냈다. 그리고 생명의 물을 이용해 수많은 환자들을 치료해주었다.

죽음을 눈앞에 두었다가 구원받은 환자들은 사제를 기적의 힘을 지닌 신의 사도라 칭송했다.

사제는 굳이 그들의 오해를 풀어주지 않았다. 생명의 돌은 오직 그의 교단에만 전해지는 비약으로, 결코 세상에 알려져서는 안 될 물건이었기 때문이다.

하지만 그것은 사제의 실수였다.

환자들의 오해는 날이 가면 갈수록 커져갔고, 종래에는 사제를 신의 화신으로 떠받들게 되었다.

사제는 이제라도 생명의 돌에 대한 것을 밝혀야 할지, 아니면 이대로 숲 속의 신전으로 돌아가야 할지 고민했다. 그리고 결국 이 기회를 이용해 교단을 부흥시키기로 결정했다.

포교가 시작되자 사제의 교단은 급격히 성장했다.

아니, 그것은 성장이라기보다는 변신이었다. 포교를 위해 본래의 교리나 의식을 많이 뜯어고쳤기 때문이었다.

결국 사제가 새운 교단은 원래의 교단과는 전혀 다른 모습을 가지게 되었다.

그 변화는 신들을 분노케 했다.

신들은 어느 날 사제의 꿈에 나타나 계시를 내렸다.

'너는 반평생 우리를 위해 기도하고 반평생 우리를 배신했다. 그러니 너의 후손은 누구보다 아름답게 태어나 언제나 존경받되, 평생 속박 받고 괴로워하게 될 것이다.'

사제는 자신의 선택을 후회하며 신에게 사죄했다. 하지만 신은 사제를 용서하지 않았다.

신에게 버림받은 사제는 사흘 밤낮을 통곡했다.

사제는 자신의 잘못을 뉘우치기 위해 외동딸에게 진정한 교단의 가르침을 전해주며 대대로 그것을 전할 것을 명했다. 그리고 후손을 보호하기 위해 생명의 돌의 제조법을 함께 물려주었다.

하지만 신의 예언은 빗나가지 않았다.

사제의 후손은 대대로 여자아이 하나만 태어났다. 그렇게 태어난 여자아이는 누구보다 아름다웠고, 생명의 물로 사람들을 치료하며 누구보다 많은 존경을 받았다.

문제는 생명의 돌이었다.

라운칼크의 2차 침공으로 인해 중요한 재료가 멸종해버린 것이다.

생명의 돌을 만들지 못하게 된 사제의 후손은 당황했지만 진실을 밝히지 않았다. 그때까지 누려온 존경과 부귀영화를 잃는 게 두려웠던 것이다.

결과적으로 그것은 최악의 선택이었다.

사제의 후손들은 선조가 남긴 생명의 물을 아껴서 사용하며 기적을 흉내 내야 했다. 대가 지날수록 후손들이 사용할 수 있는 생명의 물은 줄어들었고, 기적은 약해져갔다.

교단의 신자들은 그 이유를 속세의 혼탁함이 기적의 힘을 약화시키기 때문이라고 믿었다.

신자들은 세상에서 가장 성스러운 장소에 사제의 후손을

보호했다. 그리고 아무도 그곳에 접근하지 못하게 만들었다.

아무도 만날 수 없었기에 사제의 후손은 더 이상 기적을 연출할 필요가 없었다.

때문에 계속해서 존경받게 된 대신 그들은 자유를 잃었다.

오직 성역 안에서만 살아갈 수 있는 존재.

다른 어떤 인간도 만나서는 안 되는 여인.

세상에서 가장 고결하다고 여겨지는 죄인.

사람들은 진심 어린 존경을 담아 그들을 이렇게 칭했다.

성인 아리우스의 후예, 성녀(聖女)라고.


# 6.

"……."

장내에 무거운 침묵이 흘렀다.

에를린은 벌어진 입을 다물지 못했고, 루틴은 바위처럼 굳어버렸다. 하야트마저 무거운 침묵을 지켰다. 특히 큰 충격을 받은 클라니아는 당장이라도 졸도할 듯한 얼굴을 하고 있었다.

그만큼 알레이나의 이야기가 충격적이었던 것이다.

성인 아리우스의 '기적의 힘'이 생명의 돌이었다니!

이야기한 장본인이 알레이나가 아니었다면 당장 신성모독으로 몰릴 정도로 엄청난 발언이었다.

알레이나는 그들을 보며 싸늘한 조소를 머금었다.

"아직도 생명의 돌이 탐나더냐? 아니, 그 전에 내가 과연 생명의 돌을 원할 듯싶더냐? 그 저주받은 보물을?"

일행은 침묵했다.

생명의 돌을 얻는다면 알레이나는 '기적의 힘'을 사용할 수도, 탑을 나설 수도 있을 것이다.

하지만 반 조각의 생명의 돌로 얼마나 버틸 수 있을까?

설사 평생 동안 기적의 힘을 사용하더라도, 그녀의 딸은? 그리고 손녀는?

결국 성 아리우스의 후손에게 내려진 저주, 성녀의 주박은 앞으로도 수백수천 년 동안이나 계속해서 이어지리라.

알레이나는 침묵 속에서 담배를 깊이 빨아들였다.

뒤이어 짙은 담배 연기와 함께 나지막이 말을 끝맺었다.

"이해했다면 당장 꺼져라. 쓸데없는 시간 낭비는 그만하고 싶구나."

알레이나는 나른하게 눈을 감았다.

지금까지 이들의 말상대를 해준 것은 단순한 유흥이었을 뿐, 생명의 돌을 만들어줄 생각은 애초부터 없었다.

생명의 돌은 선조로부터 물려받은 모든 업의 근원!

이제 와서 그것을 부활시켜봤자 재앙을 부를 뿐이니까.

한 줄기 음성이 들려온 것은 그 순간이었다.

"적어도 이야기는 마저 들어보시는 게 어떻습니까요?"

알레이나는 감았던 눈을 떴다.

그리고 천천히 시선을 돌려 카잔을 바라보았다.

카잔은 여전히 태연한 표정을 짓고 있었다.

사실 당연하다면 당연한 일이다. 애초부터 생명의 돌의 비밀을 알고 있던 카잔에게 알레이나의 이야기는 단지 사실 확인에 지나지 않았으니까.

"내가 굳이 손을 써야겠느냐?"

알레이나의 남색 눈동자가 차갑게 가라앉았다.

수백 년 동안 숨겨져 있던 진실을 굳이 밝힌 이유는 카잔에게 생명의 돌의 비밀을 이용한 협박 따위는 소용없다는 것을 알려주기 위해서였다.

이렇게까지 했음에도 카잔이 생명의 돌을 포기하지 못한다면, 알레이나는 얼마든지 손을 쓸 용의가 있었다.

카잔은 알레이나의 협박을 듣고 씨익 웃어 보였다.

"손을 쓰시는 것도 좋지만, 그 전에 얘기는 마저 하게 해주십쇼."

"시간 낭비일 뿐이다."

알레이나는 짧은 조소와 함께 담뱃대를 입에 물었다.

카잔이 의미심장한 미소를 지은 것은 그 순간이었다.

"세 번째 대가가 '자유'라도 말입니까요?"

알레이나는 담배를 빨아들이는 것을 멈췄다.

가라앉은 눈동자로 카잔을 바라보길 잠시. 그녀는 담뱃대를 입에서 떼어내며 나른한 목소리로 말했다.

"내가 이곳을 나가지 못해서 이러고 있는 줄 아느냐?"

"아닙니까요?"

"……."

카잔의 반문에 알레이나는 침묵을 지켰다.

생명의 돌만 만들면 얼마든 성령의 탑을 벗어날 수 있다. 아니, 당장 비밀 통로만 이용해도 이곳을 벗어날 수 있다.

알레이나는 그럼에도 이곳을 나갈 수 없었다.

"물론 이곳에서 도망치는 거야 가능하시겠습죠. 하지만 성녀 아씨께서 원하시는 건 도피도, 탈출도 아닐 텐뎁쇼."

카잔은 히죽 웃어 보였다.

생명의 돌을 이용해서 탑을 벗어나는 것은 어디까지나 순간의 도피에 불과하다. 비밀 통로로 도망치더라도 대대손손 교단의 추적을 받게 되는 것은 마찬가지다.

결국 알레이나에게 필요한 자유란 한 가지뿐이었다.

"나를 교단으로부터 자유롭게 해주겠다는 말이냐?"

알레이나는 지그시 카잔을 노려보았다.

교단의 속박으로부터 벗어난 완전한 자유란 현실적으로 불가능하다. 교단은 결코 성녀를 포기하지 않을 테니까.

하지만 카잔의 대답은 거침없었다.

"물론입죠."

"……광오하구나."

"캬하하! 이 몸이 좀 제정신이 아니기는 합죠."

카잔은 낄낄거리며 고개를 끄덕였다.

그리고 알레이나의 기묘한 시선을 받으며 태연하게 말을 이어갔다.

"지금 승낙하시면 서비스도 있습니다요."

"서비스?"

"네 번째 대가로 노블 원을 싹 쓸어드립죠."

카잔은 자신만만한 발언은 클라니아를 황당하게 했다.

노블 원은 그란티스 교단을 장악하고 있는 조직. 그것을 쓸어버린다는 것은 제정신으로 할 수 있는 말이 아니었으니까.

반면 알레이나는 당황하지 않았다.

다만 칙칙한 눈으로 카잔을 직시했을 뿐이다.

애초에 그녀를 교단으로부터 자유롭게 해주겠다는 것은 그란티스 교단과 맞서 싸우겠다는 뜻이나 다름없다. 왕국 제일의 종교 세력인 그란티스 교단과 맞서 싸우다니! 그것은 자살행위나 다름없는 짓이다.

그나마 가능성이 있다면 단 하나.

노블 원을 제거함으로써 교단을 뒤집는 것뿐이었다.

때문에 알레이나를 비롯한 역대 성녀들은 홀리 써클의 수장으로서 대대로 노블 원과 싸워온 것이다.

'대체……'

알레이나는 청백색 입술에 담뱃대를 물었다.

'누군가, 이자는?'

축 늘어진 사지, 붕대에 감긴 오른팔, 온갖 주머니가 매달린 허리춤, 뼈 목걸이가 걸린 목까지, 무엇 하나 평범하지 않게 보이는 사내.

처음에는 그 독특한 외양에도 불구하고 관심을 두지 않았다. 생명의 돌을 언급했을 때도, 거래를 제시했을 때도, 그것은 지루함에서 비롯된 약간의 여흥에 지나지 않았다.

하지만 이제는 더 이상 카잔을 무시할 수 없었다.

알레이나 자신이 가장 원하는 것을 짚어오는 말이, 웃고 있음에도 불구하고 더없이 차갑게 식어 있는 눈이, 감히 그란티스 교단과 대적하겠다는 그 포부가 그녀의 흥미를 끌고 있었다.

"자, 어쩌시겠습니까요, 성녀 아씨?"

카잔은 히죽거리며 알레이나를 재촉했다.

알레이나는 담뱃대를 입에 문 채 침묵을 지켰다. 카잔을 바라보는 그녀의 눈동자는 여전히 나른했지만, 그 깊은 곳에는 기묘한 빛이 흐르고 있었다.

흥미일까, 한탄일까, 조소일까, 피로일까.

딱히 뭐라 구분하기 힘든 빛줄기의 흐름 끝에 알레이나의 남색 눈동자는 다시금 깊게 가라앉았다.

"좋다. 생명의 돌을 만들어주마."

알레이나는 나른하게 조소 지었다. 그리고 한마디 말을 덧붙였다.

"단, 노블 원이 사라진 뒤에 말이다."

카잔은 히죽거리는 웃음으로 답했다.

"기대하십쇼. 반드시 성녀 아씨를 내보내드릴 테니 말입니다요."

지상 제일의 성역, 성령의 탑. 그 심처에서의 비밀 거래는 그렇게 성사되었다.

CHAPTER

12

# 1.

에를린은 팔짱을 꼈다.

"어디부터였어요?"

"흠, 조금 외딴 오지였습죠. 봄만 되면 민들레 향기가 진동을 하는 멋진 곳이었습니다요."

"……늑대 씨 고향이 아니라, 대체 어디부터가 의도된 거였냐고요."

에를린은 지그시 카잔을 쏘아보았다.

카잔은 피식 실소를 흘렸다.

"잠꾸러기 아씨를 만난 건 우연입니다요."

"저한테 그 말을 믿으라고요?"

에를린은 노골적인 불신을 드러냈다.

성녀 알레이나를 만나러 가다가 홀리 써클의 일원인 클라니아에게 도움을 주게 되다니. 우연이라고 생각하기에는 너무나 수상한 일이었다.

때문에 여관에 돌아오자마자 카잔을 심문한 것이다.

"우연을 아니라고 우길 수는 없잖습니까요."

카잔은 태연하게 대답했다.

그리고 어이없다는 얼굴로 에를린을 보았다.

"아가씨 말씀대로라면 잠꾸러기 아씨가 산속에 쓰러진 것조차 이 몸의 계획이었다는 말인데, 대체 어떻게 하면 그게 가능한지 이 몸이 다 알고 싶습니다그려."

카잔의 주장에 대한 에를린의 반론은 간단했다.

"늑대 씨는 음흉한 늑대니까요."

"……거 너무 당당하게 누명 씌우지 마십쇼. 누가 들으면 진짜인 줄 알겠습니다요."

카잔은 떨떠름한 얼굴로 투덜거렸다.

에를린은 피식 실소했다. 더불어 궁금한 표정을 지었다.

"그건 그렇다 치고, 대체 어쩌자고 알레이나 님께 그런 약속을 한 거예요?"

알레이나에게 카잔이 내건 조건은 파격적이다 못해 정신 상태를 의심하게 하기에 충분한 것이었다.

성령의 탑에서 그녀를 꺼내주는 것도 부족해서 노블 원

까지 쓸어주겠다니. 에를린으로서는 알레이나가 그런 헛소리를 받아준 게 오히려 신기할 지경이었다.

카잔은 입술을 삐죽거렸다.

"신경 쓰지 마십쇼. 뭐가 어찌됐든 이 몸이 음흉한 늑대답게 잘 처리할 테니 말입니다요."

"으, 쪼잔하게 그러기예요?"

"이 몸이 쪼잔한 거 이제 아셨습니까요?"

카잔은 당당하게 말했다.

에를린은 눈을 가늘게 뜨고 으름장을 놓았다.

"계속 이러면 앞으로는 쪼잔 씨라고 부를 거예요?"

"마음대로 하십쇼. 대신 아가씨를 미소녀 아가씨라고 불러드립죠."

"……그 농담, 진담이에요?"

"다 큰 어른이 미소녀라고 불려보십쇼. 아주 자랑스러우실 겁니다요."

"으윽."

에를린은 짧은 신음을 토해냈다.

카잔은 낄낄거리며 느긋하게 고개를 젖혔다.

"너무 초조해하지 마십쇼. 때가 되면 알게 되실 테니 말입죠."

"대체 그 때가 언제냐가 문제죠."

에를린은 불퉁한 표정을 지었다.

카잔이 생각을 숨기고 있는 거야 하루 이틀 일도 아니었지만, 이번에는 유독 심했다.

알레이나를 만나기 전까지는 이번 여행의 정확한 목표도 알지 못했고, 나라샤가 어디에 뭘 하러 가 있는지에 대해서도 철저하게 함구하고 있었으니까.

호기심 덩어리인 에를린에게는 고문 같은 일이었다.

카잔은 피식 실소했다.

"대신 앞으로 일어날 일이라면 알려드릴 수 있습죠."

"앞으로 일어날 일이요?"

에를린은 고개를 갸웃거렸다.

카잔은 씨익 웃었다.

"성녀 아씨가 나이트 스피릿의 기밀 서류를 어떻게 쓸지 궁금하지 않으십니까요?"

"당연히 궁금하죠!"

에를린은 즉답했다.

카잔은 킬킬거리며 이야기를 시작했다.

"나이트 스피릿의 기밀 서류는 노블 원에게 치명타를 줄 수 있는 무기입죠. 문제는 성녀 아씨에게 그걸 제대로 사용할 힘이 없다는 겁니다요."

아무리 예리한 검이 있어도 그것을 휘두를 힘이 없으면 무용지물인 법. 현재 알레이나와 홀리 써클의 상황이 딱 그와 같았다.

홀리 써클과 노블 원의 사이에는 단순한 서류 한 장만으로 해결하기에는 너무나 큰 격차가 있었던 것이다.

"성녀 아씨가 이 싸움에서 이길 방법은 하나, 세력을 만들어내는 것뿐입죠."

카잔의 말에 에를린은 눈을 빛냈다.

"여론을 형성하는 거군요?"

"캬하하! 바로 그겁니다요."

카잔은 시원하게 고개를 끄덕였다.

노블 원이 그란티스 교단을 지배하고 있더라도 모든 사제들이 노블 원에 속해 있는 것은 아니다. 만약 어디에도 속하지 않은 이들을 끌어들일 수만 있다면 홀리 써클로서는 대역전을 노려볼 수 있었다.

"근데 늑대 씨, 여론만으로 노블 원을 쓰러트릴 수 있을까요?"

에를린은 고개를 갸웃거렸다.

카잔은 씨익 웃어 보였다.

"물론 불가능합죠."

"……그럼 큰일 아니에요?"

"뭐, 걱정하실 필요 없습니다요. 성녀 아씨가 노리는 건 어디까지나 그 다음일 테니 말입죠."

"그게 뭔데요?"

에를린의 질문에 카잔은 느긋하게 답했다.

"대집회입니다요."


## 2.

"대집회를 열어야 합니다."

청년은 단호하게 말했다.

순백색 대리석으로 이뤄진 넓은 회의실 중심부에는 열두 사제가 원탁을 둘러싸고 심각한 표정을 짓고 있었다.

대사제 옥토퍼스, 제사장 케르밀, 제일교리해석사 하른, 최고심문관 타리온, 성기사단장 아만 등등…… 하나같이 교단 내에서도 핵심적인 지위를 맡고 있는 고위 사제들!

하지만 그들이 지닌 신분은 그것만이 아니었다.

그란티스 교단을 지배해온 비밀결사, 노블 원! 그중에서도 수뇌부인 십이원로회가 바로 이들의 정체였다.

"대집회를 말인가?"

옥토퍼스는 미간을 찌푸렸다.

대집회는 고위 사제에서부터 수련 사제까지 모든 이들이 투표권을 행사하는 교단 최고의 의결기관. 노블 원으로서는 아무래도 내키지 않는 방식이었다.

청년, 수석사제 로빈은 거침없이 말했다.

"이미 대신전 내부에는 나이트 스피릿에 대한 소문이 가득 퍼져 있는 실정입니다. 이 소문을 깨끗하게 잠재우려면 대집회를 여는 수밖에 없습니다."

원로들은 침묵했다.

소문의 여파는 이미 교단을 흔들고 있었다. 여기에 성녀가 가진 기밀 서류까지 더해진다면 그들로서도 적지 않은 타격을 감수해야만 했다.

가장 쉬운 방법은 누군가가 혼자 죄를 뒤집어쓰는 것이다.

하지만 누가 보상을 해준다고 그런 미친 짓을 할까? 그들이 고민하는 것도 당연한 일이었다.

"으음. 괜히 기밀 서류를 공개할 기회만 주는 게 아니겠는가?"

옥토퍼스는 깊은 우려를 드러냈다.

"걱정하지 마십시오. 확인한 결과, 홀리 써클에서 빼낸 기밀 서류는 일부에 불과합니다. 그것만으로 우리에게 죄를 뒤집어씌울 수는 없을 겁니다."

로빈은 즉답했다.

그리고 한 줄기 의미심장한 미소를 지었다.

"그리고 대집회를 여는 데는 또 다른 이유가 있습니다."

"음? 그건 무슨 말인가?"

옥토퍼스를 비롯한 원로들은 의아한 표정을 지었다.

로빈은 차가운 미소와 함께 입을 열었다.

"귀찮은 벌레들을 쓸어버릴 기회이기 때문입니다."

# 3.

"노블 원은 분명 대집회를 막지 않을 겁니다요."

"무슨 말이냐?"

루틴은 미간을 찌푸렸다.

카잔은 휠체어에 앉은 채 히죽거렸다.

"대집회는 이른바 최후의 결전장입니다요. 홀리 써클이 노블 원을 무너트릴 수 있는 유일한 기회인 동시에, 노블 원이 홀리 써클을 지워버릴 수 있는 절호의 기회이기도 합지요."

루틴은 우뚝 손을 멈췄다.

알렉산드리아 13세는 푸르릉하며 짧은 콧김을 토해냈다.

퍼뜩 정신을 차린 루틴은 계속 13세의 몸을 닦아가며 이해가 가지 않는다는 표정으로 카잔을 바라보았다.

"성녀님께는 노블 원의 기밀 서류가 있지 않느냐?"

"오러 블레이드가 있으면 칼도 안 맞습니까요?"

"으음……"

카잔의 반박에 루틴은 신음을 흘렸다.

아무리 강한 무기라도 방어가 받쳐주지 않으면 무용지물. 그런 의미에서 홀리 써클은 반격에 극히 취약했다.

루틴은 고민 끝에 문뜩 미간을 찌푸렸다.

"성녀님도 그 정도는 예측하셨을 텐데?"

"물론 그렇습죠."

카잔은 씨익 웃으며 말을 이어갔다.

"결국 이번 대집회는 카드 게임과 같은 겁니다요. 각자가 서로가 가진 패를 알거나 짐작하고 있지만, 동시에 그걸 대비한 비장의 패 하나쯤은 숨겨두고 있는 상황인 겁죠."

"네 말대로라면……."

루틴은 말꼬리를 흐렸다.

카잔은 그의 추측을 확인시켜주었다.

"예입, 승패는 마지막 카드로 결정 날 겁니다요."

루틴은 미간을 찌푸렸다. 애초부터 도박 같은 것을 좋아하지 않는 그에게 이런 상황은 골치 아플 뿐이었다.

하지만 걱정 따위는 하지 않았다.

루틴이 아는 한 최고의 사기꾼이 눈앞에 있으니까.

"그래서, 네놈은 또 무슨 흉계를 꾸미고 있는 거냐?"

"……왜 이 몸이 흉계를 꾸미고 있다고 단정하시는 겁니까요?"

카잔은 떨떠름한 표정으로 반문했다.

"지금 그걸 질문이라고 하느냐?"

촤아악!

루틴은 코웃음 치며 13세의 몸에 물을 뿌렸다.

그리고 알렉산드리아 13세의 비쩍 마른 몸을 타고 주르륵 흘러내리는 물방울을 닦아내며 태연히 말을 이어갔다.

"네놈이 도박판에 수작을 부리지 않을 리가 없으니까."

카잔은 루틴의 단언에 입을 따악 벌렸다. 뒤이어 억울하다는 표정으로 무언가 투덜거리려 했다.

루틴은 냉소 지었다.

"어떤 수작도 부리지 않았다면 세계 제일의 추색탐험가의 명예를 걸고 맹세해봐라."

"……이 몸의 할아버지의 명예를 걸면 안 될깝쇼?"

"하!"

루틴은 헛웃음으로 카잔의 말을 씹어 넘겼다.

카잔은 쩝 하고 입맛을 다셨다.

'거참, 이 나리는 갈수록 말발이 세진단 말입죠.'

지금까지 루틴을 골려먹은 것은 깨끗이 무시한 채 꿍시렁거리던 카잔은 변명처럼 말을 주워섬겼다.

"나리께서 생각하신 것처럼 특별히 흉계를 부려놓은 적은 없습니다요. 단지……."

카잔은 잠시 말꼬리를 흐렸다.

뒤이어 그 얼굴에 익살스러운 웃음이 떠올랐다.

"조금 장난을 쳐놨을 뿐입죠."

# 4.

"흐음, 자네 말은 충분히 알겠네. 홀리 써클을 지워버릴 수 있다면 분명 대집회를 열 가치가 있지."

옥토퍼스는 고개를 끄덕였다.

로빈의 설명은 적절하고도 설득력이 있었다.

지금까지 노블 원이 홀리 써클을 방치해둔 것은 굳이 손쓸 필요성을 느끼지 못했기 때문이다. 하지만 이렇게 된 이상 홀리 써클을 계속 방치해둘 수는 없었다.

문제는 다른 것이었다.

"그런데 대체 어떻게 홀리 써클을 매장할 셈인가?"

옥토퍼스의 질문에 원로들은 로빈에게 시선을 모았다.

홀리 써클은 노블 원과 달리 약점이라고 할 만한 것이 없다. 워낙 소규모 조직인 데다가 원래부터 고지식한 사제들로만 구성돼 있기 때문이다.

"걱정하지 마십시오. 준비는 이미 다 돼 있습니다."

짝!

로빈은 담담히 웃으며 손뼉을 쳤다.

순간 그의 뒤에서 한 인영이 솟아나듯 모습을 드러냈다.

원로들이 모두 놀란 표정을 짓는 가운데 로빈은 담담히 인영을 소개했다.

"소개드리겠습니다. 이번 항쟁에서 나이트 스피릿을 흡수한 조직의 간부이십니다."

"뭐, 뭣?"

옥토퍼스는 황당한 표정을 지었다.

십이원로회의 회의장에 외인을 데려온 것도 모자라, 그 상대가 나이트 스피릿을 무너트린 장본인이라니!

원로들로서는 기가 막힐 노릇이었다.

"자네, 제정신인가?"

"물론입니다."

로빈은 태연히 고개를 끄덕였다.

그리고 옅은 미소를 머금은 채 말을 이어갔다.

"어차피 나이트 스피릿을 대신해 우리를 도와줄 조직이 필요한 상황입니다. 나이트 스피릿까지 흡수한 조직이라면 새로운 협력자로 부족함이 없지 않습니까."

"으음."

옥토퍼스를 비롯한 원로들은 신음을 흘렸다.

범죄 조직과의 밀월 관계가 위험하다는 것은 이번 사건을 통해 충분히 드러났다. 하지만 수익과 편리를 생각해볼 때, 새롭게 수족이 되어줄 범죄 조직이 필요한 것은 분명했다.

로빈은 원로들이 흔들리는 틈을 놓치지 않았다.

"조직에서는 협력의 증표로 홀리 써클을 위협할 결정적인 증거를 제공해주기로 했습니다. 우리로서는 감사할 노릇이지요."

"호오, 그런가?"

옥토퍼스는 탄성과 함께 수염을 쓸어내렸다. 다른 원로들도 서로 시선을 교환하며 고개를 끄덕였다.

상대가 나이트 스피릿을 집어삼킨 범죄 조직이라는 게 거슬리지만 영 내키지 않는다 싶으면 쓰고 버리면 될 일. 미리부터 거절할 이유는 없었다.

"좋네. 그 결정적인 증거라는 게 쓸 만한 거라면, 나이트 스피릿을 대신해 이들과 손을 잡기로 하지."

"현명한 결정이십니다."

로빈은 살짝 웃으며 뒤에 있던 인물에게 손짓했다.

인물은 천천히 앞으로 걸어 나섰다.

등에 매고 있는 한 자루 장검.

탄력적인 몸매를 감싼 가죽옷.

허리까지 늘어트린 검은 생머리.

어딘가 고양이를 닮은 눈매까지.

누가 봐도 범죄 조직의 간부답지 않게 생긴 절세의 미녀는 원로들에게 생긋 눈웃음을 지어 보였다.

"블랙 하운드의 나라샤예요. 모두 만나서 반가워요?"

『익사이터』 다음 권에 계속

# ROYAL DOOM

# 파천의 군주

태제 판타지 장편소설

FANTASYSTORY & ADVENTURE

문피아 선호작 1위! 골든베스트 1위!
『리버스 담덕』, 『역천의 황제』의 작가

태제 판타지 장편소설

## 파천의 군주

제국을 향한 야심, 9번의 환생, 뒤틀린 운명.
새롭게 태어난 군주 카빌론의 대륙정벌이 시작된다.

라이나프! 신이 되고픈 자들에게 내리는 신들의 저주!
9개의 삶이 끝나는 순간 제국을 집어삼킬 군주가 태어난다.

dream
books
드림북스

용중신권

雷乭龍拳

권용찬 신무협 장편소설
ORIENTAL FANTASY STORY & ADVENTURE

『칼』, 『철중쟁쟁』, 『신마협도』의 작가!
권용찬 신무협 장편 소설

『용중신권』

서른셋 늦깎이 무인 강건.
군중의 기대를 담은 그의 주먹이 새로운 강호를 열리라!

dream
books
드림북스

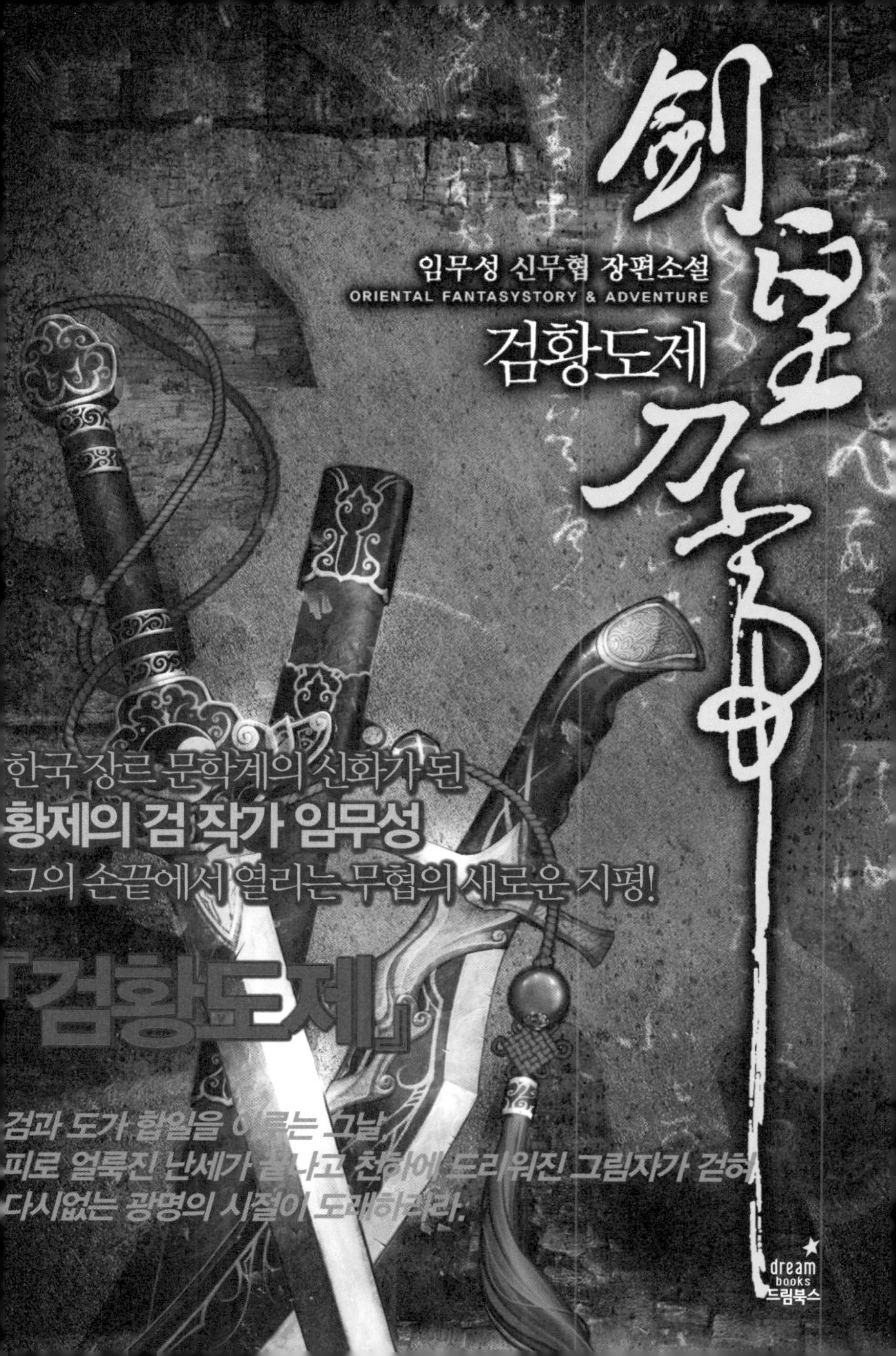
劍皇刀帝
임무성 신무협 장편소설
ORIENTAL FANTASYSTORY & ADVENTURE
검황도제
한국 장르 문학계의 신화가 된
황제의 검 작가 임무성
그의 손끝에서 열리는 무협의 새로운 지평!
『검황도제』
검과 도가 합일을 이루는 그날,
피로 얼룩진 난세가 끝나고 천하에 드리워진 그림자가 걷히
다시없는 광명의 시절이 도래하리라.
dream books
드림북스

天劍帝
천검제
『절대천왕』, 『암천제』, 『천풍전설』의 작가!
장담 신무협 장편소설
『천검제』
세상을 뒤엎는 한이 있어도,
아버지의 죽음에 관여한 자들 모두 용서치 않으리라!
dream books
드림북스